दांपत्य की धूप-छाँह

दांपत्य की धूप-छाँह

मृदुला सिन्हा • डॉ. रामकृपाल सिन्हा

प्रभात प्रकाशन, दिल्ली
ISO 9001:2015 प्रकाशक

प्रकाशक • **प्रभात प्रकाशन**
4/19 आसफ अली रोड,
नई दिल्ली–110002

संस्करण • प्रथम, 2019
मूल्य • चार सौ रुपए
मुद्रक • आर–टेक ऑफसेट प्रिंटर्स, दिल्ली

DAMPATYA KI DHOOP-CHHANH
by Smt. Mridula Sinha & Dr. Ram Kripal Sinha ₹ 400.00
Published by Prabhat Prakashan, 4/19 Asaf Ali Road, New Delhi-2
e-mail: prabhatbooks@gmail.com ISBN 978-93-5322-503-2

हम दोनों को जन्म और संस्कार देनेवाले

स्व. **सूर्यदेव सिंह**

एवं

स्व. **बनारसी देवी**

(डॉ. रामकृपाल सिन्हा के पिताजी एवं माताजी)

✤ ✤ ✤

स्व. **छबीले सिंह**

एवं

स्व. **अनूपा देवी**

(श्रीमती मृदुला सिन्हा के पिताजी एवं माताजी)

को सादर

श्रद्धावंत स्मृतियों के साथ।

दलहन का दाना है दांपत्य

भारतीय संस्कृति में सौ वर्ष की आयु माने जानेवाले मनुष्य जीवन के आविर्भाव से लेकर अवसान तक के समय में सोलह संस्कारों की व्यवस्था की गई है। यों तो संस्कारों में विवाह का स्थान पंद्रहवें संस्कार के स्थान पर आता है, इसके पूर्व के चौदह संस्कारों की गणना सही मायने में जीवन की तैयारी के संस्कार हैं। इसलिए कि विवाह की आयु (शास्त्रों के अनुसार 25 वर्ष) तक पहुँचते-पहुँचते युवक और युवतियों के शरीर, मन और बुद्धि परिपक्व होते हैं। वे विवाह करके गृहस्थाश्रम में प्रवेश कर अपने सांसारिक जीवन को आगे बढ़ाते हैं। हमारी संस्कृति में ब्रह्मचर्याश्रम (0 से 25 वर्ष तक), गृहस्थाश्रम (25-50 वर्ष तक), वानप्रस्थाश्रम (50 से 75 वर्ष तक) और संन्यासाश्रम (75 से 100 वर्ष तक), चारों आश्रमों में मनुष्य की आयु निर्धारित की गई है। चारों में दूसरा आश्रम, गृहस्थ आश्रम ही विशेष महत्त्वपूर्ण है। यही आश्रम अन्य तीनों आश्रमों का आश्रय माना जाता है। विद्यार्थी हो या वानप्रस्थी अथवा संन्यासी, वे गृहस्थाश्रम पर ही आश्रित होते हैं। मात्र अपनी प्राथमिक व प्राकृतिक आवश्यकताओं की पूर्ति भर के लिए नहीं, वरन् सोलहों संस्कारों के आयोजन भी गृहस्थों द्वारा (परिवारों द्वारा) ही संपन्न होता है। व्यक्ति के जन्मकाल से लेकर विवाह के योग्य आयु तक अनौपचारिक शिक्षा और संस्कार परिवारों में दी जाती है।

समाज से एक युवक और एक युवती का मिलन विवाह-संस्कार से होता है और एक नया परिवार बस जाता है। भारतीय धारणा और व्यवहार के अनुसार विवाह दो व्यक्तियों का मिलन नहीं, बल्कि दो परिवारों का मिलन होता रहा है। इसलिए दो परिवारों के गुण-दोष और संस्कार मिलाए जाने की प्रथा रही है। हमारे शास्त्रों

और व्यवहारों में विवाह-संस्कार के लिए ढेर सारे नियम-उपनयन बताए गए हैं। वे पालन भी किए जाते रहे हैं।

विवाह युवक-युवतियों की प्राकृतिक आवश्यकताओं और सांसारिक इच्छाओं की पूर्ति के लिए तो है ही, दांपत्य की सफलता पर परिवार और समाज का कल्याण एवं उचित विकास भी निर्भर करता है। दांपत्य एक वचन है, जिसमें एक स्त्री और एक पुरुष एकाकार होते हैं। भारतीय संस्कृति में शिव और पार्वती (आदर्श दांपत्य) को अर्धनारीश्वर के रूप में प्रगट किया गया है, जिसमें दोनों एक-दूसरे के पूरक हैं। एक के बिना दूसरे की कल्पना नहीं। प्रकृति ने दोनों को एक-दूसरे की आवश्यकता बनाकर भेजा है।

वैवाहिक जीवन के संचालक तत्त्वों पर गहराई से विचार करते हुए मेरे मन में दांपत्य की तुलना दलहन (मूँग, चना, अरहर, मटर, मसूर) के एक दाने से करना शत-प्रतिशत उचित लगा। दलहन के दाने के ऊपर जो छिलका (आवरण) है, वही अंदर के दो दलों को बाँधकर रखता है। जब तक वह आवरण है, तभी तक दोनों दल आपस में संबद्ध रहते हैं। उनमें जीवनीशक्ति होती है। वे एक से अनेक हो ही सकते हैं, उनमें उच्च विचारों की भी उत्पत्ति और संवर्धन होता है। यह भी सत्य है कि एक ही विषय पर विचार-मंथन में नारी का स्त्रियोचित विचार होता है तो पुरुष का पुरुषोचित। दोनों के बीच से समाजोपयोगी समन्वय तत्त्व निकलते हैं। ज्योंही छिलका (दांपत्य) अलग कर दिया जाता है, उनकी उर्वराशक्ति समाप्त हो जाती है। दलहन के दाने अंकुरित भी नहीं हो सकते और पति-पत्नी अपनी पारिवारिक-सामाजिक जिम्मेदारियाँ भलीभाँति पूरी नहीं कर सकते।

कुछ लोगों का भ्रमित मन विवाह को केवल दोनों की यौनेच्छा की पूर्ति के लिए स्वीकारता है। मनुष्य जीवन ही नहीं, प्राणिमात्र के लिए 'आहार, निद्रा, भय, मैथुनश्च' जीवन के चार प्रमुख प्रेरणास्रोत बताए गए हैं। इन चारों में भी प्रारंभ में मैथुन क्रिया की प्रधानता मानी गई है। मनुष्य एक विचारवान प्राणी होने के कारण अपनी इच्छाओं पर नियंत्रण भी करता है। हमारी संस्कृति के विकास के प्रारंभिक काल में ही ऋषि-मुनियों ने व्यक्ति, परिवार, समाज और राष्ट्र की आवश्यकताओं को देखकर विवाह-संस्कार की व्यवस्था कर दी। समाज में कई प्रकार की अनियमितताओं से बचने के लिए एक स्त्री का एक पुरुष का बँधकर पारिवारिक जीवन बिताना उपयोगी समझा गया, जहाँ बच्चे जन्मेंगे, पलेंगे और संस्कारित होंगे, वहीं बुजुर्गों की भी सुरक्षा और रख-रखाव होगी। ऋषि-मुनि, साधु-संतों का भी स्वागत होगा।

अपने विवाह के समय मैंने न उपर्युक्त बिंदुओं पर चिंतन-मनन किया था, न पंडित द्वारा पढ़ाए गए मंत्रों के आशय समझे थे। विवाह होने के उपरांत दिनानुदिन दांपत्यीय यात्रा बढ़ने पर एहसास हुआ कि विवाह मनोरंजन के लिए नहीं है। यह भी कि कदम-कदम पर कभी धूप तो कभी छाँह के नीचे खड़ा होना पड़ता है। अनजाने ही एक-दूसरे के प्रति समर्पण भाव बढ़ता गया। एक-दूजे के लिए जीने का संकल्प और व्यवहार भी। अनुभूति हुई कि दो पैरों पर स्वतंत्रतापूर्वक चलना आसान था, चार पैरों पर चलने की शक्ति और समझ जुटानी पड़ी।

एक-दूसरे को विशेष जानने-पहचानने में व्यर्थ समय गँवाने का समय भी नहीं था। वैवाहिक-पारिवारिक जीवन की गाड़ी तेज रफ्तार से बढ़ रही थी। साँस लेने की फुरसत नहीं। उस गाड़ी को भी ईंधन की जरूरत थी। एक-दूसरे के लिए स्नेह, समर्पण, त्याग और कदम-से-कदम मिलाकर चलते रहने से ही ईंधन मिलता रहा।

एक दिन अपने अंदर झाँककर देखा, मैं मात्र एक व्यक्ति से नहीं जुड़ी थी, पति से अधिक जुड़ाव सास-ससुर, नौकर-चाकर, हित-मित्र और रिश्तेदारों से भी हो गया था। उन सबके लिए थोड़ा-थोड़ा जीवन जीना सीख गई थी। विवाह के पूर्व या बेदी पर ऐसा करार पति की ओर से नहीं हुआ था। ऐसा हुआ कैसे? विवाह-बंधन तो मात्र पति के साथ हुआ था।

लेकिन मैं तो सबकी होती गई थी—परिवार, समाज की भी। मैं उनके लिए, वे सब मेरे लिए। मिथिलांचल में गाए जानेवाले गीतों में एक गीत प्रमुख है। विवाहिता विवाह की रात्रि को ही भाई से कहती है, "हम नहीं जइवई भैया वही कोहवरवा, परपुत्र पढ़लक गारी।" मैं सुहागरात के कक्ष में नहीं जाऊँगी। 'परपुत्र' दूसरे के पुत्र ने मुझे भला-बुरा कहा है।

भाई उसे सिखाता है, "परपुत्र, परपुत्र जनि बोलू बहिनी, परपुर होयत प्राण।" (आज जो तुम्हें किसी और का पुत्र लग रहा है, आगे वह तुम्हारी जान हो जाएगा। साँसें एक हो जाएँगी।) गीतों के माध्यम से मायके-परिवार द्वारा बेटी को दी गई ऐसी सीखें शास्त्रों में लिखे विवाह निर्देशों के ही अनुवाद हैं।

दांपत्य विवाद सुलझाने के लिए दिल्ली में एक समिति 1977 में बनी थी। मैं भी उसकी सदस्य थी। भाँति-भाँति के वैवाहिक झगड़े सुनने को मिलते थे। समिति का प्रयास रहता था कि पति-पत्नी के बीच झगड़े सुलझ जाएँ। दोनों को सुखपूर्वक रहने के हमारे सुझाव उन्हें ग्राह्य हो जाएँ। ऐसा होता भी था। समिति के सदस्यगणों को संतुष्टि मिलती थी।

एक दिन एक युवती आई। बिना हमारे द्वारा कोई प्रश्न पूछे ही बोलने लगी, "आंटी! आप लोग मेरा तलाक करवा दीजिए। जितना शीघ्र हो, उतना अच्छा। मैं अब उस पुरुष के साथ नहीं रह सकती। मैंने उसे अच्छी तरह पहचान लिया।"

हमें उसकी उम्र देखकर आश्चर्य हुआ। बहुत कम उम्र की लग रही थी। मैंने ही पूछा, "तुम्हारे विवाह के कितने दिन हुए?" वह तपाक से बोली, "तीन महीने हो गए आंटी। मैंने उसका नस-नस पहचान लिया। आप लोग हमें अलग होने का कोई उपाय बताएँ। मैं उसके साथ नहीं रह सकती।"

उसके बारे में सोचना छोड़ अपने पति का चेहरा सामने आ गया। विवाह के पैंतालीस वर्ष बीत चुके थे। मैं तो अपने पति को नहीं पहचान पाई थी। आज 60 वर्ष बीत गए। अब भी नहीं। मनुष्य को पहचानना आसान है क्या? क्षण-क्षण बदलता है। स्त्री के लिए तो कहा गया है, "क्षणं रुष्टं, क्षणं तुष्टं, रुष्टं, तुष्टं क्षणैः-क्षणैः।" और इस रूठने-मनाने का असर वैवाहिक जीवन की दीर्घता पर भी पड़ता है।

हर वर्ष जितने भी विवाह पृथ्वी पर होते हैं, उनमें से अधिकांश एक-दूसरे के लिए जीते ही देखे जाते हैं।

विवाह के 60 वर्ष पूरे होने पर सोचा, एक बार पीछे मुड़कर देखूँ कि कहाँ-कहाँ किस मोड़ पर क्यों एक हुए। मंडप पर पंडितजी द्वारा मंत्र पढ़वाते हुए, साड़ी और धोती के छोरों की गाँठ बाँधकर अग्नि के सात फेरे लेते हुए, वचनों का मंडप पर आदान-प्रदान करवाते हुए तो मनबंधन नहीं हुआ। जीवन की धूप हो या छाँह, उसे एक साथ जीते हुए हम गाँठ को अपनी-अपनी ओर खींचते रहे और मन रहा कि हम एक-दूसरे को अपनी ओर ढालकर अपने संस्कार में ढाल लें। थोड़े ही समय बाद गाँठ इतनी सख्त हो गई कि हम दोनों की उँगलियों और दाँतों से नहीं खुल सकती। कभी-कभी तिहल्ले की आवश्यकता होती है। अधिकांश दांपत्य जीवन भर साथ रहते हैं। एक-दूसरे के होकर अथवा समानांतर चलकर भी।

मेरे पड़ोस में एक दादी थीं। दादाजी दरवाजे की, वे आँगन की शोभा थीं। वे दोनों आपस में बातचीत नहीं करते थे। दिन-रात में किसी बात को लेकर एक बार लड़ाई अवश्य हो जाती थी। घर के बीस बड़े-छोटे सदस्य कभी उस झगड़े पर ध्यान नहीं देते। सुबह-शाम जब कोई एक या दो बहुएँ मिलकर दादाजी का भोजन परोसतीं, दादी वहाँ पहुँच जातीं। परोसी जा रही थाली में दादाजी की रुचि के अनुसार ही भोजन परोसवातीं। दादाजी दरवाजे पर खाना खाते, दादी दरवाजे के परदे के पीछे खड़ी निहारती रहतीं। दरअसल विवाह के कुछ दिनों बाद ही वे अपने

पति के लिए माँ की भूमिका में आ गई थीं। सभी सार्थक और सफल दांपत्य में ऐसा ही देखा जाता है।

साठ वर्षों तक विवाह की गाड़ी उत्साह से चलाते हुए अपने दादा-दादी के बीच देखे हुए व्यवहार का असर रहा कि उस तीन महीने पूर्व विवाहिता युवती का या इस यात्रा में पगडंडी से राजपथ पर मिले सैकड़ों-हजारों जोड़ियों का प्रभाव, कहा नहीं जा सकता। अधिकांश जोड़ियाँ विवाह के बाद साथ-साथ चलते हुए पता नहीं कब, कैसे एक हो जाती हैं। हमारा भी एकाकार हो गया। दुःख-सुख, हास-परिहास, मित्र-शत्रु ही नहीं, जीवन का ध्येय भी एक हो गया।

कभी धूप, कभी छाँह तो रहा ही। दोनों स्थितियों में समरस रहने के प्रयास रहे। यह साठ वर्षीय दांपत्य जीवन की लघु कथा है। सत्य कथा भी कही जा सकती है। संपूर्ण नहीं। हर पल का वर्णन किया ही नहीं जा सकता था। जो कुछ कागजों पर उतार पाई, आपको, युवा पीढ़ी को समर्पित है।

और आगे भी जाना है।

—मृदुला सिन्हा

अनुक्रम

द्वितीय खंड : रामकृपाल सिन्हा

प्रथम खंड

मृदुला सिन्हा

विवाह का मुहूर्त

22 जून, 1959 की वह शाम। 27 नवंबर, 1942 के अगहन माह की पंचमी (शुक्ल) तिथि (राम विवाह पंचमी) के दिन मुजफ्फरपुर (बिहार) जिले के छोटे से छपरा गाँव में एक शिक्षक पिता के घर जनमी बालिका सोलह वर्ष छह महीने की युवती हो चुकी थी। शिक्षा-प्रेमी पिता अपनी बेटी की महाविद्यालय में पढ़ाई के लिए चिंतित थे तो गाँव, अड़ोस-पड़ोस के लोग और उसकी माँ उसके विवाह के लिए। आखिर पिता बाबू छबीले सिंह ने ढूँढ़ा एक वर। बेटी के लिए वर पढ़ा-लिखा ही चाहिए था। नौकरी-पेशावाला भी। लड़के के सिर पर (हिस्से में) कितनी जमीन थी, उन्होंने न पूछा, न जाना। उस महत्त्वाकांक्षी पिता ने मटिहानी गाँव के स्वतंत्रता सेनानी, गांधीवादी गृहस्थ श्री सूर्यदेव सिंह के प्रथम सुपुत्र रामकृपाल सिंह को अपनी बेटी के लिए योग्य वर मानकर चयन किया। इस विवाह में लीक से हटकर एक बात थी। विवाह का निर्णय लड़के को ही करना था। उस समय कई पढ़ी-लिखी लड़कियों के समृद्ध पिता भी उस लड़के को अपना जमाई बनाने की इच्छा रखते थे। पश्चिम बंगाल के मुर्शिदाबाद जिले के कांदी राज कॉलेज में अंग्रेजी के व्याख्याता, चौबीस वर्षीय नौजवान को विवाह में कोई रुचि नहीं थी। पर माँ के जबरदस्ती करने तथा आई.ए में पढ़ाए अपने दो गुरुजन डॉ. सुरेंद्र नाथ दीक्षित और डॉ. रामस्वार्थ मिश्र (लंगट सिंह महाविद्यालय में हिंदी के प्रोफेसर) तथा लड़की की शिक्षा-दीक्षा की पृष्ठभूमि को देखते हुए बालिका विद्यापीठ (लक्खीसराय) के छात्रावासीय विद्यालय में विशेष शिक्षा ग्रहण की लड़की का ही चयन किया।

उस समाज में लड़की देखने-दिखाने का रिवाज नहीं था। कन्या के जन्मकाल से माँ और दादियाँ भी चिंतित थीं, "ईश्वर ने ऐसा रूप-रंग दिया है, विवाह कैसे होगा?" लड़की दिखाना तो दूर, वह बिना तसवीर दिखाए चुनी गई। दान-दहेज देने की पिता की कूबत नहीं थी। थोड़ा-बहुत नगद, बरतन, बिस्तर-कपड़े कबूल कर

विवाह निश्चित हुआ। बेटी को एम.ए. तक पढ़ाने की शर्त अवश्य थी। लड़की के पिता ने यहाँ तक कि बारात में दूल्हा को लाने के लिए कार भी स्वयं भेजना स्वीकार कर लिया। बारात लगाने के लिए बाजा भी। कम औकात में अपनी शान-ए-शौकत अमीरों जैसी समझनेवाले लड़की के पिता ने पालकी पर नहीं, कार पर जमाई लाना निश्चय किया। इलाके वाले देखें तो सही। गाँव क्या, उस इलाके की संभवत: पहली पढ़ी-लिखी लड़की के विवाह में दूल्हा भी नए ढंग में आना था।

उन दिनों दस-बीस गाँव के बीच भी शायद एक ही कार थी। एंबेसडर कार। कांटी निलहा कोठी में। बाबू छबीले सिंह की पढ़े-लिखे व्यक्ति के रूप में पहचान थी। उन्हें बेटी विवाह के लिए दूल्हे को दरवाजे पर लाने हेतु उधार की कार तो मिली, पर वे स्वयं उसके लिए पूरे दिन परेशान रहे। और बेटा, भतीजों और अन्य नौजवानों के रहते स्वयं कार लेकर बीस मील दूर लड़के के गाँव पहुँचे। लड़की के घर में सब चिंतित थे, बारात आएगी भी कि नहीं।

लड़के के घर की स्थिति दूसरी थी। बारात जाने से पूर्व चुमावन, नहछू, सारे विधि-विधान संपन्न हो गए। कार का कोई अता-पता नहीं। 'न चिट्ठी, न कोई संदेश।' लड़के के पिता आग-बबूला। उनके क्रोधाग्नि में घी का काम कर रही थी महिलाओं द्वारा बार-बार गाए गीत की पंक्ति, 'ठग लिया बबुआ हमार रे, समधी बेईमान।'

लड़के ने समय की नाजुकता को समझा। बोला, "साइकिल लाओ। मैं साइकिल पर ही ब्याह करने जाऊँगा।" लड़के की माँ बनारसी देवी पालकी पर अपने बबुआ को दूल्हा बनाकर बैठा विदा करने का पाला हुआ अपना अरमान मन के अंदर ही मसलने में मशगूल हो गईं। इसलिए मुँह खोलना भी मुश्किल हो गया। लड़के के दरवाजे पर तो अपनी साइकिल भी नहीं थी। पड़ोस से साइकिल मँगनी करके आई। दूल्हा बनाकर प्रथम पुत्र को विदा करते समय माँ ने बेटे का रूप देखकर आँखें जुड़ाने की जगह छुपा लीं। तभी खेतों में धूल उड़ती दिखी। धूल-धूसरित एक काली एंबेसडर भी। एक लड़का हाँफता हुआ आया, 'हवा गाड़ी आ गई।' बड़ी मुश्किल से बिना रोड वाले उस गाँव में खेतों की मेंड़ें पार करती कार लड़के के दरवाजे तक आई। और फिर तो 36 कि.मी. की दूरी पार कर गोधूली वेला तक लड़की के दरवाजे पहुँची बारात। लड़की के पिता स्वयं उस कार में थे। जल्दी-जल्दी स्नान किया। पीली धोती पहनकर पंडित के साथ दूल्हे का परिछावन करने खड़े हुए। वे एक नजर दूल्हे को तो दूसरी नजर गाँववालों की आँखों को देखते। क्या प्रतिक्रिया है उनकी?

गाँववालों ने समवेत स्वर में दूल्हे के रूप-रंग की सराहना की। बाबू छबीले सिंह धन्य-धन्य हुए। मेहनत सफल हुई।

दूल्हे के पिताजी के मन की खटास में एक और बूँद खटास डाल दी, दरवाजे पर बजते खुर्दक बाजे ने। दरअसल मास्टर साहब के पास रुपए थे नहीं। अंग्रेजी बाजा वाला ज्यादा पैसा लेता, इसलिए उन्होंने अपने खेत में काम करनेवाले मजदूरों को ही खुर्दक बाजा बजाने के लिए खड़ा कर दिया। लड़के के पिता का वश चलता तो शायद कार से उतर जाते। पर बेटे की चाहत का बंधन था। बैठे रहे मन मसोसकर।

दूल्हे की परिछावन करती खड़ी महिलाएँ मंगल गीत गा रही थीं। झुंड के आगे खड़ी लड़की की चाची ने प्रारंभ किया, "बिन बादल बिजली कहाँ चमके!"

लड़के ने चेहरे पर से मोड़ की लटकती लड़ियाँ हटाकर ऊपर आसमान देखा। बोला, "बिजली तो चमक नहीं रही।" फिर क्या था। गाँव की औरतों के बीच मुँहामुँही चर्चा पसर गई, "दूल्हा बड़ा हँसमुख है। चंचल और मिलनसार भी।"

मंडप पर भी दूल्हा रस्म-रिवाजों के समय कुछ-कुछ टीका-टिप्पणी करता रहा। पंडितजी से सवाल करता। लड़की के पड़ोस के एक भाई ने कहा, "प्रोफेसर साहब। अपना भाषण लड़कों के बीच दीजिएगा। अभी मंडप पर दूल्हा बने बैठे हैं। चुप रहिए। पंडितजी के अनुसार मंत्र पढ़िए।"

इधर मंडप पर विवाह-संस्कार संपन्न हो रहा था। उधर बारातियों के बीच से समाचार आ रहे थे, "समधी नाराज हो गए।"

"क्यों?"

"बारातियों को घीउरा (तोरी) की सब्जी परोस दी गई। कटे हुए आम के कतरे परोसे गए।"

चार किलो दही और आठ-दस लँगड़ा आम एक बार में खानेवाले बारातियों को बारात में भी भूखे रहने का एहसास हुआ। उस इलाके में कहावत है, 'सब बरियतिया तीन मन।' दूल्हा दुलहन के लिए, समधी दान-दहेज के लिए और बाराती भोज के लिए। उस बारात में समधी का मन भी मलिन हुआ। बारातियों की क्षुधा तृप्त नहीं हुई। अब दूल्हे की बारी थी। साड़ी के घूँघट पर एक मोटी चादर से ढकी मंडप पर बैठी दुलहन के हाथ दान के लिए निकाले गए थे। दूल्हा चौंक गया था। इसलिए विवाह-संस्कार संपन्न होने पर अपनी शंका पर नियंत्रण नहीं कर सका। अपनी सलहज से पूछ बैठा, "रंग कचिया है या पकिया?"

सुबह होते-होते लड़के का मन भी बोझिल हुआ था। लड़की से मिलते समय कोहबर घर में अँधेरा था। पर उसे अपनी दुलहन की असुंदरता का आभास हो गया था, इसलिए बारात आने की शाम के समय जो मन खिला-खिला था, मुरझा गया था। दूल्हे को अपने पिताजी के गुस्सा हो जाने की खबर भी मिली थी। दोनों छोटे भाई भी नाखुश ही हुए थे। विवाह संपन्न हुआ। पर कइयों के अरमान पूरे नहीं हुए। लड़की की ओर सब-के-सब प्रसन्न थे। दूल्हे की सुंदरता और मनमोहक मुसकान पर सब फिदा थे। बड़े-बूढ़ों ने टिप्पणी की थी, "पढ़े-लिखे हैं मास्टर साहब। लड़के के सिर पर जमीन नहीं देखी, उसकी डिग्री देखी है। ठीक ही है। अब पढ़ाई-लिखाई का जमाना शुरू हो गया। जमीन-जायदाद पीछे छूट जाएगा।"

वहाँ बैठे हुए लोगों ने समर्थन किया था।

□

ससुराल में स्वागत

उन दिनों विवाह की रात या अहले सुबह ही ससुराल के लिए दुलहन विदा होने का रिवाज नहीं था। बारात तो तीसरे दिन विदा होती थी। दूसरे दिन को 'मरजाद' कहते थे। उस दिन भी कई रस्म-रिवाज संपन्न होते थे। बारात विदा हो जाने पर भी दूल्हा-दुलहन लड़की के घर ही रहते थे। छपरा गाँव में संपन्न उस विवाह में भी बारात तो विदा हो गई; दूल्हा दुलहन के घर ही रह गया।

तीसरे दिन एक विचित्र घटना घट गई। दुलहन की दादी (82 वर्षीया) अपनी पौत्रवधू को बुलाकर कहने लगीं, "अब तो विवाह हो गया। अब मैं मर भी जाऊँ तो कोई हर्ज नहीं होगा।" दुलहन की भाभी चौंक गई। पूछा, "आप ऐसा क्यों कह रही हैं?"

क्षीणकाया दादी वहीं जमीन पर लुढ़क गई थीं। सब लोग दौड़े। मास्टर साहब को वृद्धावस्था में माँ के चले जाने से अधिक चिंता अपने जमाई के फँस जाने की हुई। दरअसल उस इलाके के रिवाज के अनुसार घर में किसी की मृत्यु हो जाने पर लड़की विदा नहीं हो सकती थी। तेरह दिनों में श्राद्ध कर्म समाप्त होने पर ही विदा होती। मास्टर साहब ने अपने नए दामाद से कहा, "आपको अभी विदा कर देते हैं।"

"नहीं! आप लोग इन्हें देखिए! मेरी चिंता छोड़ दीजिए। यदि कुछ गड़बड़ हुआ तो मैं यहीं से कलकत्ता (नौकरी पर) चला जाऊँगा।"

ऐसी नौबत नहीं आई। शाम तक दादी उठ बैठी थीं। और हमारा शाम को ही शहर जाकर प्रदर्शनी देखने का कार्यक्रम बन गया। दूल्हा-दुलहन और दुलहन के भैया-भाभी। उस गाँव के लिए शायद यह पहली नवविवाहित जोड़ी थी, जो विवाह के चार दिनों बाद ही प्रदर्शनी देखने पति के साथ शहर गई थी। खबर जंगल में आग की तरह फैल गई थी। सुननेवालों ने दाँतों तले उँगली दबाई। यही सोचकर मन ठंडा किया, 'आखिर हमारे गाँव की पढ़ी-लिखी लड़की भी तो यह पहली है।' फिर तो

मास्टर साहब के मस्तिष्क में दूसरा फितूर समाया। उन्होंने कहा, "मैं बेटी का गौना करूँगा।" सुनकर लोग अचंभित हुए। कई लोग उन्हें समझाने में जुट गए। यह बात तो बाद में प्रकट हुई कि दूल्हे का मकान मिट्टी की दीवारों से बना था। मास्टर साहब नहीं चाहते थे कि उनकी बेटी मिट्टी के घर में प्रवेश करे। उनकी बेटी ने ईंट की दीवारों और छत वाले मकान में जन्म लिया था। मास्टर साहब को बेटी विदा करने के लिए उनके समधी (बहू के पिता) दुर्गा बाबू शहर से आ गए थे।

गाँववालों ने भी अपने गाँव के सबसे अधिक समझदार समझे जानेवाले मास्टर साहब को मनाया। आखिरकार मास्टर साहब को अपनी जिद्द छोड़नी पड़ी। सात दिनों बाद विदाई का समय आ ही गया। एक जीप भाड़े पर लाई गई। जीप में ड्राइवर के साथ दूल्हा बैठा। पिछली सीट पर दुलहन। सब रो रहे थे। भाई रामेश्वर से रहा नहीं गया। वे भी बहन के साथ बैठ गए। एक सेविका या सेवक को दुलहन के साथ भेजने का रिवाज था। लगन महतो परिवार का विश्वासी सेवक था। वह भी एक लोटा पानी लेकर जीप में बैठा। एक घंटे की यात्रा थी। वह दुलहन से बार-बार पूछता, "पानी पीना है?" दुलहन ने पानी नहीं पिया।

अँधेरा घिर आया था। ऊबड़-खाबड़ राह। एक स्थान पर जीप रुकी। गीत के स्वर सुनाई दिए, 'हँसत खेलत बाबू के विदा कइली, मन बेदिल काहे अइली।' अर्थात् हँसते-खेलते बेटे को दूल्हा बनाकर विदा किया था, वह मन (बेदिल) मारा हुआ क्यों लौटा है? सच तो यह था कि उस विवाह में दूल्हा को कुछ नहीं मिला था। न दान, न दहेज। न सुंदर दुलहन। दूल्हे ने संतोष किया था। घरवालों के मन में भी हुलास भरना था। फिर तो मियाँ-बीबी राजी, क्या करेगा काजी वाली स्थिति आ गई।

दुलहन को जीप (डोली) से उतारकर सारे रस्म-रिवाज संपन्न होने लगे। गीत मंगल के साथ दूल्हा-दुलहन का चुमावन हुआ। फिर गठबंधन खोलकर दूल्हे को बाहर जाने के लिए कहा गया। एक महिला दुलहन का घूँघट उठा-उठाकर आनेवाली महिलाओं को दिखाती रही। स्कूल-कॉलेज के छात्रावास में रहकर पढ़नेवाली उस गाँव की पहली दुलहन भी घूँघट उठाते वक्त आँखें मूँद लेने की रस्म जानती थी, इसलिए जमीन पर पटिया (चटाई) बिछाकर चुकुमाली बैठी (दुलहन के लिए बैठने का निर्धारित आसन) दुलहन की आँखें मुँदी थीं, कान खुले थे।

दुलहन ने महिलाओं की फुसफुसाहट के शब्द सुने, "कनिया (दुलहन) में भी ठग लिए छबीले सिंह। न रूप न, न रंग। दूल्हा देखो, कितना सुंदर है!" बचपन से अपनी कुरूपता का बखान सुनने की अभ्यासी दुलहन के कानों के लिए वे कोई

नए शब्द नहीं थे। यह तो होना ही था। दादी और माँ ने तो छोटे-छोटे कटे बाल, पैंट-शर्ट पहनाकर बेटी को शहर ले जानेवाले मास्टर साहब को हिदायतें दी थीं, "बेटी देखने में सुंदर नहीं है। शहर ले जाकर सबको मत दिखाएँ। इससे विवाह कौन करेगा?"

मास्टर साहब फूले न समा रहे थे। लैक्चरर दामाद ढूँढ़ा था। वह भी अंग्रेजी का एम.ए.। उस गाँव में अंग्रेजी पढ़े-लिखे मास्टर साहब इकलौते थे, और सुंदर भी। पर अपनी बेटी के मन पर क्या बीतेगी, उन्होंने सोचा नहीं।

उस घर में बिछावन के नाम पर पलंग-चौकी कुछ भी नहीं था। दो पतले-पतले बेंचों को जोड़कर उस पर दरी-चादर बिछा दी गई थी। दुलहन को जमीन पर बिछी चटाई पर ही सोना सुखकर लगा।

दूसरी सुबह उस गाँव में सूरज की किरणों के प्रसार के साथ यह बात हर आँगन, हर देहरी और दरवाजे तक पहुँच गई थी कि उस गाँव में ब्याहकर आई दुलहन न तो सुंदर है और न ही दान-दहेज लाई है। दोपहर बाद पुरुष भी आने लगे दुलहन देखने। गाँव के हेडमास्टर साहब श्री रामवृक्ष सिंह तो दुलहन के ससुर लगते थे, दुलहन देखने आए। उनकी भाभी, दुलहन की सास स्वयं दुलहन का घूँघट उठाकर दिखाने लगीं। मास्टर साहब ने पूछा, "गाँव में हल्ला है कि कनिया (दुलहन) को नाक ही नहीं है। नाक तो है।"

फिर क्या था। दुलहन के दाहिने हाथ की उँगलियाँ उसके चेहरे पर फिरकर नाक ढूँढ़ने लगीं, मानो अपनी आयु के 17वें वर्ष में उसने चेहरे पर अपनी नाक ढूँढ़ी हो। और नाक पा लेने की खुशी से उसके युगल होंठ भी विलग हो गए। दाँत ऊँचे थे ही, दिख गए। आँखें क्यों मुँदी रहतीं, वे भी खुलकर सामने पसरा नजारा देखने लगीं। और दुलहन की वह स्थिति देखकर सासजी ने वैसे ही थामा हुआ घूँघट गिरा दिया, जैसे स्टेज पर पात्रों द्वारा राम का डायलॉग हनुमान द्वारा बोले जाने या हनुमान का बीड़ी पीते स्टेज पर प्रवेश करने पर रामलीला में परदा खींच लिया जाता है।

उस कमरे में पसरे उस दृश्य की खबर भी शाम तक घर-घर पहुँच गई। पूरब-टोले की संध्या और जानकी जब दुलहन देखने आईं, यह खबर भी ले आई थी। दुलहन की हमउम्र सुशीला मगन थी। अपनी सहेलियों को बुला-बुलाकर भाभी दिखा रही थी। उन सहेलियों से बदला भी चुकाना था। किन-किन सहेलियों ने अपनी भाभी से बात नहीं करवाई थी, उसे स्मरण था। भाभी के आगमन की आश उसने इसलिए भी लगा रखी थी।

माँ ने कहा, "अपने बाबूजी को बुलाकर भी दुलहन दिखला दो न!" सुशीलाजी ने भोजन करने आँगन में आए अपने बाबूजी से कहा, "चलिए! आप भी दुलहन देख लीजिए।" वे मुसकरा बोले, "दुलहन देखूँगा, पर घूँघट में लिपटी नहीं। तुम्हारी तरह ही तुम्हारे साथ बैठी हुई रहनी चाहिए।" वैसा ही हुआ। वे दुलहन के कमरे में आए तो दुलहन सिर पर पल्लू लिये बिना घूँघट के थी। पाँव छूने पर आशीष दिए। बोले, "आगे की पढ़ाई भी मन लगाकर कीजिए।"

दोनों देवर मदन और अभय के भिन्न-भिन्न अरमान और भाभी से अपेक्षाएँ रही होंगी। मदन तो दुलहन से दो वर्ष बड़े थे। अभय दस वर्ष छोटे। अभय को दुलहन के मैके में ही दुलहन को दिखा दिया गया था। घर लौटने पर माँ, चाची और बहन ने पूछा था, "भौजी कैसी हैं?"

वे झल्लाकर बोले, "ललवतिया (पड़ोस में रह रही मजदूर महिला) जैसी।" फिर तो सबने पूछना ही छोड़ दिया। क्यों आगे पूछकर अपना मन खट्टा करते। अपने मुहल्ले में सुंदर बहुओं में गिनी जानेवाली दुलहन की सास बनारसी देवी के अंदर भी कुछ दरका था। पर उन्होंने अंदर ही मलहमपट्टी कर ली थी। बाहर उफ तक नहीं निकला। दरअसल सब चुप थे। उस विवाह का निर्णय दूल्हे का जो था।

ससुराल के तीन दिन तीस रंगों के आते-जाते के साथ बीत गए। विदाई कराने भाई का आना जरूरी था। दुलहन से दो वर्ष बड़े उसके चचेरे भाई कामेश्वर को बहन की विदाई कराने भेजा गया। कामेश्वर ने बाहर और भीतर से मिट्टी की दीवारों पर फूस के छप्पर वाला दूल्हे का घर देखा। बहुत दुःखी हुआ। कमरे के अंदर अपनी बहन से मिलते हुए उसने देखा—न पलंग, न पटिहाट। जमीन पर पटिया बिछी थी। रुआँसा मुँह बनाए पूछा, "कहाँ सोती हो?"

दो वर्ष भाई से छोटी बहन तो विवाह के साथ सयानी हो गई थी। भैया को अपनी खुशी का आश्वासन दिलाती पटिया दिखा गई, "यहाँ।"

फिर तो कामेश्वर की आँखें भर आईं। बोला, "बड़का चाचा को यही घर मिला तुम्हारी शादी के लिए?"

दुलहन मायके लौटने की खुशी में थी। इसलिए भाई के दर्द को सहला न सकी।

इस प्रकार कइयों के अरमानों के तार जोड़ और कइयों के तोड़कर पृथ्वी पर दूल्हा-दुलहन की एक और जोड़ी बन ही गई। उस दांपत्य की सुखद यात्रा प्रारंभ हुई।

विवाह के पाँच-छह महीने बाद ही हम भाभी-ननद एक साथ बैठी थी। इधर-उधर की बातों में मेरी ननद ने मेरे प्रति सहानुभूति जताते हुए कहा, "भौजी! ससुराल

आते ही आपको दो शिकायतें सुननी पड़ीं। एक कि दुलहन सुंदर नहीं है, दूसरी कि आप दहेज नहीं लाईं। आपको बहुत दुःख होता होगा न!"

मैं उनकी बातें सुनकर मुसकराने लगी। मैंने अपना वही जवाब दिया, जिसका अभ्यास कर मैं ससुराल में हुई शिकायतों से विचलित नहीं हुई थी। मैंने कहा, "यह जो मेरा थोभड़ा (मुख) है, इसे मैंने नहीं बनाया। भगवान् ने बनाया। उनसे गलती हुई। दूसरा कि मेरे पिताजी के पास पैसा नहीं था, इसलिए उन्होंने भरपूर दहेज नहीं दिया। फिर मैं कहाँ दोषी हूँ। लेकिन छह महीने बाद यदि मेरे द्वारा अपने ससुराल परिवार को भरपूर सम्मान और सेवा नहीं मिलेगी, मैं उनसे भी ज्यादा दुःखी हो जाऊँगी।"

मेरी हमउम्र ननद मेरा मुँह देखने लगी। मेरे प्रति उनका स्नेह भरा आवरण छलक आया था।

मुझे एक बात का गुमान होने लगा था। मायके के एक-एक सदस्य की प्रिय पात्रा मैं ससुराल में भी सबकी चाहत की पात्रा होती जा रही थी। किसी के मुख से कभी मुझे कोई उलाहना सुनने को नहीं मिली।

□

विवाहिता विद्यार्थी

उस एक महीने के अंदर धनमन के जीवन में इतनी उथल-पुथल आईं, रंग बदले और अनुभव बढ़े, जितने आयु के सत्रह वर्ष में नहीं हुए थे। यों तो गाँव की हमउम्र बुधिया, सीता, बिंदु और अनेक सहेलियों से कई मायने में जन्म से सबसे विशेष थी। माता-पिता की आयु के चालीसवें वर्ष में पैदा हुई बिटिया (जब उन्होंने एक बिटिया ब्याह ली थी, एक बेटा दस वर्ष का हो चुका था) पारिवारिक-सामाजिक दृष्टि से बोझ ही समझी जा सकती थी। आखिर उसकी जरूरत ही क्या थी ? जब वे गर्भ से रहीं, माँ अनूपा देवी की कमर और घुटनों में दर्द प्रारंभ हो गया था। उन दिनों बेटी ब्याहने के बाद भी बच्चा पैदा करने का रिवाज तो था, पर शर्म की ही बात मानी जाती थी। इसलिए अनूपा देवी ने चुपचाप गर्भ गिराने की दवा मँगाकर खा ली थी। अनूपा की हितैषी उसकी चचेरी सास को यह बात मालूम हुई और उसने अनूपा के पति को यह बात बता दी। वे एक पढ़े-लिखे पति थे। उस गाँव के वे पहले पति थे, जिन्होंने शहर (मुजफ्फरपुर, बिहार) ले जाकर पत्नी का इलाज करवाया और गर्भ में पल रही बेटी को (अनजाने ही) जनमने से पूर्व मरने से बचा लिया। उस गाँव की वह पहली बिटिया थी, जिसके बाल बेटे की तरह नाई को बुलाकर कटवाए जाते थे। पढ़े-लिखे पिता की बिटिया जो थी। इसलिए भी कि उसके पिता उसे अपने साथ टमटम पर बैठाकर शहर ले जाते। अपने बिछावन पर बैठने देते। सावधान रहते कि कहीं बिटिया के बालों में जूँ न रेंगें। वह पैंट-शर्ट भी पहनती थी।

तभी तो विशेष बेटी थी। दस वर्ष की आयु में ही उसे पढ़ने के लिए पिता ने छात्रावास भेजा। इलाके की ऐसी पहली बेटी। छात्रावास के लिए विदा हो रही बिटिया तो मगन थी। पहली बार उसके लिए ढेर सारे नए कपड़े, बक्सा, थाली-कटोरा, रजाई, गद्दा, तकिया और पता नहीं क्या-क्या जरूरत के सामान खरीदे गए

थे। वह छात्रावास में रहने जा रही थी। 1952 तक विवाह के पूर्व किसी बेटी को घर से बाहर रहने जाने की बात गाँववालों ने देखी-सुनी भी नहीं थी। छात्रावास में पढ़ने तो शायद कोई लड़का भी नहीं गया था। हाँ, खेती से कम आय लेनेवाले पुरुष गाँव से छोटी-मोटी नौकरी करने कलकत्ता या अन्य शहर जाते थे।

उस गाँव की एक दस वर्षीया बेटी विदा तो हुई, पर ससुराल के लिए नहीं। फिर तो छात्रावास से छुट्टियों में घर आती बिटिया गाँव भर के लोगों के लिए दर्शनीय हो गई थी। बिटिया द्वारा नृत्य-संगीत सीखने, गीता के अध्याय कंठाग्र करने, स्काउट एवं गाइड के कैंप में जाने की खबरें गाँववाले सुन-सुनकर अघाते रहते। इस प्रकार, उस बिटिया के जीवन की उस उम्र तक ही कई विशेष घटनाएँ स्मरणीय हो गई थीं।

विवाह-संस्कार तो जीवन की धार बदलने वाला होता है। महाविद्यालय में द्वितीय वर्ष की छात्रा छात्रावास में ही रहती थी। मात्र तीन दिनों तक ससुराल में रहकर विदा होकर प्रथम बार मायके आई वह प्रथम बेटी ही थी, जिसके साथ उसके पति भी आए थे। गाँववालों ने इसे अन्यथा भी नहीं लिया। पढ़ा-लिखा लैक्चरर जमाई और कॉलेज में पढ़ रही बेटी के व्यवहार तो कुछ नए-नए होने ही वाले थे। लीक से हटकर।

तीन दिन बाद ही दामाद की विदाई हो गई। वे अपनी नौकरी पर पश्चिम बंगाल वापस जा रहे थे। उन्हें विदा करती हुई सास, बड़ी साली (पत्नी से बीस वर्ष बड़ी) और सलहज भी सुबक रही थीं। शांत थी तो दुलहन। मेरी आँखें नहीं भरीं। सत्रह वर्षीया दुलहन को पति से विलग होने पर वियोग की अनुभूति नहीं हुई। विद्यार्थिनी जो थी। कॉलेज खुलने वाला था।

पिछले एक महीने में पढ़ाई नहीं हुई थी। कॉलेज खुलते ही टेस्ट होगा। इन सारी चिंताओं में विवाहिता विद्यार्थिनी को विवाह के रास-रंग, अनुराग-उमंग का स्मरण नहीं रहा। पिता की आश भी पूरी करनी थी। उन्होंने हॉस्टल के लिए विदा करते हुए कहा था, "गाँववालों के जिद्द करने एवं अपनी आयु देखकर मैंने तुम्हारा विवाह कर दिया। लेकिन मेरी दिली इच्छा है कि तुम भी एम.ए. पास करके लैक्चरर बनो। मुझे विश्वास है, तुम मेरी इच्छा जरूर पूरी करोगी।"

छात्रावास पहुँचने पर वहाँ का चपरासी, रसोइया और छात्राएँ भी घूर-घूरकर मुझे देख रही थीं। दो महीने पूर्व सूनी माँग लिये छुट्टी बिताने गई लड़कियों में मैं अकेली नहीं थी, जिनकी माँग सिंदूर से भर गई थी। कान, गले में जेवर थे। कलाई

पर लाख की चूड़ियाँ थीं। रंगीन साड़ियों में लिपटी उन विवाहिता लड़कियों के पाँव थम-थम कर चल रहे थे। वे अपने पाँवों की ससुराली जकड़न छुड़ाती, कॉलेज के उस प्रांगण में तेज चलने की चाल लौटाने में प्रयासरत थीं। कभी-कभी वैसी नई आकृतियाँ आमने-सामने आकर एक-दूसरे को देखकर शरमा जातीं। एक ही क्लास में वे पाँच-छह विवाहिताएँ विशेष तो थी हीं। अन्य छात्राओं का ध्यान भी उन छह हमउम्रों पर ही रहता। गरमियों की छुट्टी में क्या उनसे बिछुड़ी, उनका रंग-रूप, चाल-ढाल और स्टेटस बदल गया था। विवाहिता और अविवाहिता की दो श्रेणियों में बँट गई थीं। समाज में विवाहित युवक-युवतियों का भिन्न स्तर तो हो ही जाता है। विशेषकर युवतियों के दो घर हो जाते हैं। उन्हें पहले घर से संबंध बनाए हुए नए घर से नया संबंध जोड़ना पड़ता है। नए-नए अनुभव आते हैं।

घंटी बजने के बाद उस एक के बाद दूसरी क्लास-रूम में जब तक प्राध्यापिका नहीं आतीं, लड़कियाँ अपनी जगहें छोड़कर उन छह विवाहिता लड़कियों के इर्द-गिर्द खड़ी हो जातीं। न जाने कितने प्रश्न। एक प्रश्न का उत्तर देते-देते कई प्रश्न पूछ लिये जाते। वे विवाहिता विद्यार्थिनियाँ अपने ससुराल के सदस्यों और प्रसंगों का वर्णन सुनातीं। यह भी तय था कि ज्यादातर अविवाहिताएँ अपनी विवाहिता सहेलियों से उनके पति के साथ हुए वार्त्तालाप और व्यवहार विस्तार से सुनना चाहती थीं।

उस क्लास में जिन लड़कियों के विवाह हुए थे, सभी के पति विद्यार्थी ही थे। इंजीनियरिंग, मेडिकल या फिर बी.ए., एम.ए. में पढ़ते छात्र। उनसे भिन्न हमारी जोड़ी थी। पति पश्चिम बंगाल में अंग्रेजी के प्राध्यापक, इसलिए भी मैं विशेष आकर्षण की केंद्र थी।

वह आकर्षण तब अधिक बढ़ गया, जब चिट्ठियों की छाँट-छँटाई करती कॉलेज हॉस्टल की सुपरिंटेंडेंट ने एक विशेष मोटे लिफाफे को उलट-पुलटकर देखा। मुसकराई। अपने पास खड़ी दो-तीन छात्राओं की उत्सुकता शांत की, "नई नवेली दुलहन का प्रेमपत्र है।" हॉस्टल में भी तीन नई विवाहिताएँ थीं। बड़े लिफाफे पर अंग्रेजी में लिखे नाम-पता वाली चिट्ठी अंग्रेजी के प्राध्यापक की ही थी। और वह नवेली दुलहन मैं ही थी।

सायंकाल मेरे कमरे में वह चिट्ठी पहुँचाने हॉस्टल का चपरासी भोला पहुँचा था। बोला, "बबूनी! आपकी चिट्ठी।" वह मेरी पहली चिट्ठी लेकर आया था। चिट्ठी देते हुए स्वयं शरमा गया। शायद उसके हाथ से चिट्ठी लेते हुए उसके भाव की छूत मुझे भी लग गई। उस रूम में तीन और सहेलियाँ थीं। तीनों टूट पड़ीं उस

नन्हे लिफाफे पर। पता नहीं, किसके हाथ खुला वह लिफाफा। एक सहेली उच्च स्वर में चिट्ठी बाँचने लगी। दूसरे कमरे से भी तीन-चार आ गईं। वे एक-एक वाक्य पढ़तीं और देर तक हँसतीं। चिट्ठी लंबी थी। इसलिए पढ़ने में भी उन्हें देर लगी। दो ने मुझे पकड़ रखा था। मेरे कान खुले थे। मैंने हथेलियों से आँखें मूँद रखी थीं। उन्होंने आखिर अपने द्वारा पढ़ी, चखी और चटखारे ली जूठी चिट्ठी मुझे दे ही दी।

फिर तो दो-तीन दिनों तक उस चिट्ठी के मसौदे एक-दूसरे को सुनाती रहीं। मुझे चिट्ठी के शब्द और वाक्यों को बोलकर चिढ़ातीं। चिट्ठी आने का सिलसिला चला। अंग्रेजी, हिंदी और अन्य विषयों के सवाल-जवाब लिखने के साथ मेरा भी एक काम सप्ताह में आए तीनों पत्रों का एक जवाब लिखने का हो गया। मेरे द्वारा लिखी चिट्ठी का लिफाफा भी मेरी दो-तीन अंतरंग सहेलियों द्वारा मजमून पढ़ने के उपरांत ही बंद होता था। उन सहेलियों के नाम भी लिखना आवश्यक होता था। उधर से आनेवाली चिट्ठियों में भी उन सबके लिए कुछ-न-कुछ संदेश होता।

मेरे लिए अंग्रेजी में लिखे पत्र का उद्देश्य मुझे अंग्रेजी सिखाना ही होता था। संभवत: मेरे गाँव के उस कूटनीतिज्ञ व्यक्ति की बात मेरे पति के कानों तक भी पहुँच गई थी। मास्टर साहब की बेटी एक ऐसे घर में ब्याही गई थी, जिसके मकान की दीवारें मिट्टी की थीं। छत फूस की। मास्टर साहब की उस बिटिया का जन्म ही पक्की दीवारोंवाले घर में हुआ था। गाँव में दो-तीन घर ही ऐसे थे। फिर मास्टर साहब ने मिट्टी की दीवारोंवाले घर में बेटी क्यों ब्याहा? उस कूटनीतिज्ञ पुरुष ने कहा था, "नहीं समझे? मास्टर साहब की बेटी की अंग्रेजी कमजोर है। दूल्हा अंग्रेजी पढ़ाएगा।" यानी कि 'लाल बुझक्कड़ बूझ गया, और न बूझा कोय, पाँव में चक्की बाँधकर चूहा कूदा होय' वाली कहावत चरितार्थ हुई।

फिर तो दुर्गापूजा की छुट्टी में दूल्हे के घर लौटने पर मुझे भी ससुराल जाने की अनुमति इसलिए मिल गई कि दूल्हा मुझे अंग्रेजी पढ़ाएगा।

मेरी ननद सुशीला मेरी हमउम्र ही थी। उनकी शादी के लिए लड़का ढूँढ़ा जा रहा था। मेरी शादी हो जाने पर उस तलाश में तेजी आ गई। मेरे ससुरजी ने सोच-समझकर विशनपुर गाँव (कटरा थाना), अपने इलाके का ही एक संयुक्त परिवार के पिता का इकलौता लड़का कामेश्वर मिश्र का चयन किया। वे रामदयालु सिंह कॉलेज में प्रथम वर्ष के छात्र थे। गोरा-चिट्टा छोटे कद का नौजवान। फाल्गुन के महीने में ब्याह निश्चित हुआ। मेरी परीक्षा चल रही थी। शादी वाले दिन भी परीक्षा

थी। परीक्षा देकर मैं गाँव के लिए रवाना हुई। बस से सायंकाल बस स्टैंड पहुँची। वहाँ मेरे लिए बैलगाड़ी खड़ी थी। दरवाजे पर बारात लग रही थी और मेरी बैलगाड़ी पिछले दरवाजे पर लगी।

रात भर विवाह देखकर सुबह ही मैं कॉलेज हॉस्टल में लौट आई। मेरे विवाह में ढेर सारे भारी-भारी बरतन (जो मेरी भाभी के तिलक में आए थे) मेरी ननद के घर चले गए। उन दिनों दहेज में आए बरतन, कपड़ा, बक्शा और साज-सामान का यही हश्र होता था। एक गाँव से दूसरे गाँव प्रवास करते रहना। सुशीलाजी ने बाद में बताया था, "वे सारे बरतन उनकी चचेरी ननद के विवाह में उनके घर चले गए।"

मेरी सास को मेरा सुहाग का बक्शा (बिअहुति पेटी) भी विशनपुर चले जाने का दुःख था। कई वर्षों तक उनके मन में वह काँटा चुभता रहा। उन्होंने अपने दूसरे पुत्र मदन सिंह से पच्चीस रुपए लेकर एक चदरे का बड़ा बक्शा खरीदकर मुझे दिया और अपने मन का काँटा निकाल लिया। मुझे उसकी न जरूरत थी, न ननद के साथ अपना बक्शा चले जाने का मलाल। लेकिन सास की खुशी के लिए मैंने रख लिया। अब भी है।

आई.ए. की परीक्षा में अच्छे अंक प्राप्त कर उत्तीर्ण हुई। बाबूजी की साँस रुकी पड़ी थी। कुछ लोगों ने कहा था, "विवाह के बाद क्या पढ़ेगी। पास ही नहीं करेगी।"

उनकी आशंकाओं को नकारता मेरा रिजल्ट पिता का उत्साह बढ़ा गया। दरअसल पढ़ाई में मेरी मेहनत का उद्‌देश्य मात्र बाबूजी को सुखद अनुभूति देना रहता था। एक बार मैंने अपने शुभाकांक्षी पति से कहा, "मैं इसलिए पढ़ती हूँ कि मेरे परीक्षाफल पर मेरे पिताजी को खुशी होगी।"

उन्होंने तपाक से पूछा था, "और किसी को नहीं?" मेरे प्रति उनका व्यवहार भी अग्रजी स्नेह में सना होता था। एक बार और मैं अपने हितैषी जीवनसाथी के कायल हो गई। दरअसल हम दोनों पति-पत्नी बराबरी के दंगल में कभी नहीं उतरे। बिल्ली पहली रात मारी गई थी। पत्नी ने अपने से उम्र में आठ वर्ष बड़े पति को बुद्धि और अनुभव में भी बड़ा मानकर स्वीकारा था। उन्होंने भी मेरे हितकारी होना ही कबूल किया था।

बी.ए. ऑनर्स में नामांकन करवाया। छात्रावास में ही रहकर बी.ए. पढ़ना प्रारंभ किया। पर एक वर्ष भी नहीं बीता कि मेरे पिताजी ने दामाद को अपने शहर स्थित रामदयालु सिंह कॉलेज में लैक्चरर होने के लिए प्रेरित किया। उन्हें वहाँ नौकरी मिली और मुझे छात्रावास छोड़ना पड़ा। दस वर्ष छात्रावास में छात्रा-जीवन

बिताकर मैं गृहस्थिन हो गई। गृहस्थिन विद्यार्थी। दोनों पदों की जिम्मेदारियों के बीच सामंजस्य बैठाना कठिन तो था, असंभव नहीं।

मेरे घर-गृहस्थी चलाने से अनभिज्ञ होने की मेरी शिकायत मेरे पिता तक पहुँचती थी। थोड़ा घुमा-फिराकर मेरे पति कहते, "मैं समझता हूँ कि लड़कियों को हॉस्टल में रखकर नहीं पढ़ाना चाहिए। वे घर चलाने का गुर नहीं सीख पातीं।"

मुझे एम.ए. पास कराने के अभिलाषी पिता विनीत स्वर में कहते, "उसकी पढ़ाई पूरी होने दीजिए। सब सीख जाएगी।"

ये भी आशान्वित हो जाते। दरअसल ये स्वयं पत्नी को अपने अनुकूल ढालने की कोशिश में थे। मेरी माँ को खिझाते, "आपकी बेटी न देखने में सुंदर है, न प्रथम श्रेणी में उत्तीर्ण। दान-दहेज नहीं लाई। घर का काम भी नहीं आता, फिर मैं क्यों ले जाऊँ। यहीं रहेगी।"

मेरी माँ हालाँकि उनके द्वारा निकाली गई मुझमें सभी कमियों का समर्थन करती थी, लेकिन थोड़ी परेशान हो जाती।

ये फिर कहते, "आपने मुझे माटी का लोंदा दिया है। इसमें आँख-कान ही नहीं।"

सीधी-सादी माँ को बहुत परेशान होते देख बोले, "कोई बात नहीं, मैं इस माटी के लौंदे में आँख-कान गढ़ लूँगा। अपनी आँखों से दुनिया दिखाऊँगा।"

मेरी माँ की अटकी साँसें लौट आतीं। और ये मेरी माँ को दिए वचन को कार्यान्वित करने की दिशा में बढ़ते जाते।

□

बराबर होने, न होने के बीच

मेरे बी.ए. ऑनर्स (मनोवैज्ञानिक) के परीक्षाफल से सभी प्रसन्न थे। दोनों परिवारों में खुशी की लहर दौड़ गई थी। मायके के गाँव में तो प्रथम सदस्य ग्रैजुएट हुई थी। वह भी लड़का नहीं, लड़की। इसलिए भी मास्टर साहब के परिवार ही नहीं, गाँववालों का भी सिर ऊँचा उठा था। मेरे पिताजी अपनी आयु के 65वें वर्ष में थे। गठिया ग्रसित शरीर को छड़ी का सहारा लेना पड़ता था। छरहरे बदन के थे, इसलिए चलते रहते थे। उस दिन तो मानो उनके शरीर में बिजली लगी हो। दोपहर को हमारे शहरी आवास (मझौलिया रोड) पर आ गए। भैया और भाभी भी। सब लोग खुशियाँ मना रहे थे। प्रसन्न तो मेरे पति भी थे, पर मेरे मायकेवालों को छेड़ने में उन्हें आनंद आ रहा था। मेरे भैया (अपने हमजोली) से बोले, "ऐसा करिए। अपनी बहन को घोड़े पर बैठाकर पूरा कांटी थाना में घुमाइए।"

"क्यों, कटरा थाना (ससुराल का थाना) में क्यों नहीं?"

बाबूजी के साथ हम सब भी हँस पड़े। वे कहाँ हार माननेवाले थे। बोले, "हमारे घर में तो हम दोनों भाई प्रथम श्रेणी वाले हैं। मेरे गाँव में भी कई ग्रैजुएट हैं। आपकी बहन तो द्वितीय श्रेणी में पास हुई है। पर गाँव की पहली बी.ए. हो गई।"

थोड़ी देर के लिए परिवेश निःशब्द हुआ, मानो प्रसन्नता के उफनते दूध में किसी ने नीबू की चार बूँद डाल दी हों। खुशियों के उफान को गिरने से रोक लिया बाबूजी ने। हँसते हुए बोले, "द्वितीय श्रेणी है तो क्या, मात्र 2 प्रतिशत से प्रथम श्रेणी छूट गया। द्वितीय श्रेणी में भी द्वितीय नंबर पर है। मेरे परिवार की खुशियों के लिए इतना ही काफी है।" उन्होंने मुझे शहर से पाँच किलोमीटर दूर अपने गाँव ले जाने का कार्यक्रम बनाया। सायंकाल अपने दरवाजे पर कीर्तन का आयोजन किया। लोगों के बीच लड्डू बाँटे। मेरे पति नहीं आए। देवर मदन सिंह आए थे। वे भी हुलस रहे थे। उनके बी.एससी. पास करने पर उनके पिता ने कोई ऐसा आयोजन नहीं किया

तो क्या। वे उम्र में मुझसे दो वर्ष बड़े थे। पर रिश्ते में मैं बड़ी हो गई थी। वे रिश्ते का मान ही रखते थे।

दूसरी सुबह मेरे बाबूजी से बातें कर रहे थे। बाबूजी ने अपना उद्‌गार व्यक्त किया, "अब शीघ्रातिशीघ्र इसका एम.ए. में नामांकन कराना होगा।"

मुझे देखकर बोले, "इलाके में शोर है कि मैंने पढ़ा-लिखा कॉलेज का लैक्चरर दामाद ढूँढ़ा है। मैं चाहता हूँ कि कुछ दिनों बाद लोग यह भी जानें कि मेरी बेटी भी लैक्चरर है।"

मेरे देवर का दिल बड़ा साफ था। मेरे बाबूजी के उद्‌गार को उन्होंने अपने हुलास से पखार दिया। खुलकर हँसे। फिर तो हम उसी सप्ताह अपने ससुराल के गाँव गए। सास-ससुर वहीं थे। वे भी बहुत प्रसन्न थे। मैं ससुरजी को प्रणाम कर रही थी। उन्होंने भी हुलसकर आशीष दिए। मैं उनकी प्रसन्नता को गहरा रंग देना चाहती थी। बोली, "कल ही शहर लौट जाना पड़ेगा।"

"क्यों! इतनी मेहनत से पढ़ाई की है। अब गाँव में थोड़े दिन रहकर आराम करिए। दही-दूध खाइए।"

मैंने कहा, "एक-दो दिनों के अंदर ही एम.ए. में नामांकन करवाना होगा। विश्वविद्यालय में सीट कम हैं। भर जाएँगी।"

वे दो पल चुप हो गए। बोले, "नहीं! आगे मत पढ़िए। इतना ही काफी है।"

"क्यों?" मैं चौंक गई थी। थोड़ी दुःखी भी।

उनके चेहरे पर एक परिचित मुसकान बिखर गई। बोले, "इसलिए कि पति-पत्नी को बराबर नहीं होना चाहिए।"

वैवाहिक जीवन की अल्पावधि में पहली बार मैंने दांपत्य में बराबरी की बात सुनी थी। दोनों उम्र में बराबर नहीं हो, यह तो जानती थी, पर पढ़ाई में भी बराबरी नहीं। पिता और ससुर दोनों को मैं बाबूजी कहकर पुकारती थी। वे दोनों मेरे बाबूजी थे। उन दिनों 'पापा' 'डैडी' संबोधन समाज में प्रवाहित नहीं हुआ था। दोनों के दो विचार थे। मेरे जन्मदाता बाबूजी मुझे एम.ए. में दाखिला दिलाने के लिए बेहाल थे। उन्हें अपनी बेटी को दामाद के बराबर शिक्षा दिलानी थी। ससुरजी ने बराबर न होने का सुझाव दिया। मैं दोनों बाबूजी को अपने मन में समान स्तर पर बैठाने की कोशिश में थी। मैंने एम.ए. में नामांकन के लिए कोई दलील नहीं दी। चुप रही। अपने पति के आगे समस्या रखी। उन्होंने मेरी समस्या के समाधान की जिम्मेदारी पहले ही ओढ़ ली थी। बड़ी निश्चिंतता से बोले, "जब तक आप एम.ए. करेंगी, मेरी

पी-एच.डी. पूरी हो गई रहेगी। चिंता मत करें। बाबूजी की बात भी रह जाएगी।"

बी.ए. ऑनर्स तक महिला महाविद्यालय में थी। खुला वातावरण था। पर एम.ए. की पढ़ाई के लिए लंगट सिंह महाविद्यालय (मुजफ्फरपुर) के मनोविज्ञान विभाग में नाम लिखवाया। उस महाविद्यालय की अपनी सम्माननीय ख्याति थी। डॉ. राजेंद्र प्रसाद, श्री कृपलानी, राष्ट्रकवि रामधारी सिंह 'दिनकर' जैसे राष्ट्रीय क्षितिज पर उभरे अनेक गण्यमान्य वहाँ अध्यापन कर चुके थे।

वहाँ का मनोविज्ञान विभाग भी कम महत्त्वपूर्ण नहीं था। प्रथम वर्ष में पढ़ रहे विद्यार्थियों में लड़कों की संख्या अधिक थी। लड़कियाँ होंगी आठ। मैं प्रारंभ से ही एम.ए. में अच्छे अंक लाने की तैयारी में थी। पर मेरी माँ और सास के मन में नानी-दादी बनने की महत्त्वाकांक्षा भी जग रही थी। मैं तो प्रसन्न थी कि विवाह के चार वर्षों तक ईश्वर की कृपा से मैं माँ नहीं बनी थी, तभी पढ़ाई जारी रही। मैं ईश्वर की धन्यवादी थी। पर वे दोनों ईश्वर से गुहार करने लगी थीं, "हमें भी दादी-नानी बनाइए।"

उनकी सुन ली भगवान् ने। मैं माँ बननेवाली थी। उस स्थिति में कॉलेज जाना बड़ा कठिन काम था। लड़कों का कॉलेज था। अध्यापक भी पुरुष ही थे। मेरे साथ पढ़ रही आशा भी गर्भवती हुई। उसके गर्भवती होने की खबर सुनकर मुझे बड़ी प्रसन्नता हुई। लज्जा के मेरे दिन काटने में आशा भी आधे की हकदार होगी। सर्दियों के दिन थे। हम कोट पहनकर या शॉल ओढ़कर कॉलेज जाते थे। पेट दिखने का सवाल नहीं था। पर कॉमन रूम में आकर मेरी सहेलियाँ (कुँवारी) मेरे बढ़ रहे पेट से अवश्य छेड़छाड़ करतीं। एक बार तो वे सामूहिक रूप से चिहुँक उठीं, जब मैंने उन्हें पेट में बच्चे के चलने की बात बताई। सरोज बोल उठी, "पेट में बच्चा कैसे चलेगा? इतनी जगह कहाँ है? और फिर तुम कैसे चलोगी?" मीना, धर्मशीला, सरोज, रेणू, आशा सब हँस पड़ीं।

7 अप्रैल, 1963 को बच्चे का जन्म हुआ था। महावीर जयंती थी। उन दिनों मेरे पति प्राकृत भाषा और जैन साहित्य का अध्ययन कर रहे थे। चौबीसवें तीर्थंकर भगवान् महावीर के बारे में भी बहुत सुनाते थे। मायका परिवार में पिताजी की तीसरी संतान का वह दूसरा लड़का था। ससुराल परिवार की उस पीढ़ी की पहली संतान। खुशियाँ पसर गई थीं। आनंद-ही-आनंद। मेरी सास मेरे पास थीं। वे बच्चे की देखरेख करती थीं। मेरे ससुरजी हर हफ्ते गाँव से आ जाते। मेरी सास को गाँव चलने के लिए कहते। उन्होंने कहा, "वैशाख का महीना है। रबि फसल को समेटना

आवश्यक है। गाय ने भी बच्चा दिया है। घर-गृहस्थी का काम वहाँ कौन देखे?"

मेरी सास का उत्तर था, "अगले साल भी फसल लगेगी। गाय फिर बच्चा देगी। पर आपके वंशवृक्ष पर कभी-कभी ही फल लगेंगे। पहला फल है। इसे तो सँभालना होगा न!"

ससुरजी निरुत्तर थे। मुझे तो जीवन का एक और ज्ञानसूत्र मिला था। विशेषकर स्त्री की व्यवहार कुशलता का पाठ। स्त्री की जिम्मेदारी का उसका एहसास।

इस बीच मदन सिंह (मेरे देवर) के विवाह के लिए बहुत से रिश्ते आ रहे थे। वे बनारस के पास साहुपुरी की एक फैक्टरी में कार्यरत थे। एक रिश्ता बनारस से भी आया। पटना सिटी के श्री मथुरा सिंह का विवाह बनारस में ही हुआ था। लड़की के नानाजी औशानगंज के राजा के मैनेजर थे। मैनेजर साहब की एक ही बेटी थी। उनकी शादी मथुरा बाबू (वकालत पास) से हुई। मथुरा बाबू की चार बेटियाँ और तीन बेटे थे। अपनी दूसरी बेटी निर्मला के लिए रिश्ता लेकर आए थे। उन्होंने लड़के को बनारस में ही देख लिया था। वे मुजफ्फरपुर हमारे डेरे पर आए। मेरे पति को लड़के के बड़े भाई के नाते जितनी बातें करनी थीं, कर लीं। उन्होंने श्री मथुरा बाबू से गाँव (मटिहानी) जाकर लड़के का घर-द्वार, जमीन देखने के लिए कहा। वे तैयार नहीं हुए। उन्होंने कहा, "मैं नहीं जाऊँगा। आपके पिताजी यहाँ आ सकें तो बुला लीजिए।"

वही हुआ। बाबूजी आ गए। उनसे मेरे डेरे पर ही बातचीत हुई। लड़के के पिता की ओर से कोई माँग नहीं रखी गई। लड़की के पिता ने बेटी को स्त्री-धन के रूप में पटना में पाँच कट्ठा जमीन देने की बात रखी। बाराती का खर्चा और थोड़ा-बहुत गहना-जेवर।

मेरे ससुरजी की इच्छा थी कि पाँच कट्ठा जमीन उनके नाम से लिखी जाए। उन्होंने प्रस्ताव भी रखा। मेरे पति, उनके बड़े सुपुत्र ने उन्हें समझाया, "बेटी का पिता जो कुछ दान-दहेज देता है, वह लड़की का स्त्री-धन होता है। लड़की के नाम से ही जमीन लिखी जानी चाहिए।"

मेरे ससुरजी चुप हो गए। मैं दोनों का वार्त्तालाप दूसरे कमरे में बैठी सुन रही थी। एक बार फिर अपने पति की न्यायप्रियता की समझ का एक और पुष्ट बीज मेरे मन पर रोपा गया। मैंने जब यह बात अपनी सास से कही तो उन्होंने कहा था, "मैंने ही कहा था।"

"क्यों?"

"तुम नहीं समझोगी। सुनो, तुम्हारी शादी में तुम्हारे मायके से जो कुछ भी मिला, रुपया, बरतन, कपड़ा, सबकुछ हमने बेटी की शादी में उसे दे दिया। हमारे पास पैसा नहीं था। अब उसमें दोनों भाइयों का हिस्सा होना चाहिए न!" मेरी सास ने मुझे समझाने की कोशिश की।

मैंने कहा, "जब मुझे कोई गिला नहीं तो आप लोग क्यों परेशान हो रहे हैं। मेरे पति या आपके पास अभी पैसा नहीं था तो क्या हुआ, मेरे सामान और पैसे ही तो गए। अब यह घर मेरा भी तो है।"

"मैंने कहा न! तुम यह सब दुनियादारी अभी नहीं समझोगी। कॉलेज में पढ़ने से क्या होगा?"

मैं चुप रही।

शादी तय हुई और थोड़ी संख्या में ही बारात बनारस गई। हमारे मदन सिंह दिल के साफ और सहृदय थे। सबके प्रति स्नेह भाव। वे मेरे सवा महीने के बेटे को गोद में लिये ही बैठे थे, जब उनका चंदन-टीका किया जा रहा था। महिलाएँ गीत गा रही थीं, "तू त दुल्हिन ले आना होशियार रे बन्ना।"

दूल्हा ठठाकर हँसा।

थोड़े दिनों तक ही शिशु के साथ खेलने के आनंद में डुबकी लगा सकी मैं। मुझे अपनी पढ़ाई की चिंता सताने लगी। कॉलेज खुलने पर एम.ए. का द्वितीय वर्ष प्रारंभ होना था। नौ महीने बाद ही परीक्षा होनी थी। माँ बनी तो क्या, अपने बाबूजी का अरमान भी पूरा करना होगा। अच्छे अंक से उत्तीर्ण होना होगा, तभी तो कॉलेज में लैक्चरर बनूँगी।

दो छोटे-छोटे कमरों का घर था। हमेशा लोगों का आना-जाना लगा रहता। सास, ननद, देवर, मेरी माँ, दोनों बाबूजी किसी का गाँव में मन नहीं लगता। मेरे उस छोटे घर में उनका एक खिलौना जो था। शायद मेरे दूध पिलाने की बाध्यता नहीं होती, तो वे उस नन्हे को अपने पास ही रखते।

सबका सहयोग भी था। उस नन्हे शिशु बबलू के पालन-पोषण की विशेष जिम्मेदारी मेरे ऊपर नहीं थी। वह केवल हम दोनों का बच्चा था भी नहीं। वह तो दोनों परिवारों का बच्चा था। सब अपनी-अपनी औकात के अनुसार उसके लालन-पालन में सहायक। मेरे दोनों बाबूजी मेरे घर में काम करनेवाले नौकर और दाइयों की खोज में रहते। एक आता, दूसरा जाता। उनकी कोशिश रहती कि मुझे घर का कोई काम न करना पड़े। विद्यार्थी माँ जो थी।

अपने परिवारवालों, विशेषकर पति के सहयोग से दूसरे नौ माह भी कट गए। इस बीच मेरे पति ने एक राजनीतिक दल भारतीय जनसंघ पार्टी की सदस्यता ग्रहण कर ली थी। उनके साथी कर्मियों को विशेष आश्चर्य नहीं हुआ। ज्यादातर साथी-संगी समाजवादी, साम्यवादी या तटस्थ विचार के थे। उस शहर के पढ़े-लिखे समाज में भारतीय जनसंघ का प्रवेश नहीं हुआ था। इन्हें मुजफ्फरपुर जिला का अध्यक्ष बना दिया गया। इनकी राजनीतिक गतिविधियाँ तीव्र हुईं।

मेरे उस दो कमरों के छोटे से घर में चार साधारण कुरसियाँ, एक पलंग, दो चौकियाँ, दो टेबल (एक चार रुपए और एक छह रुपए में) खरीदे थे। पलंग भी अस्सी रुपए का ही था। सभी-के-सभी कर्बला पर लगे फर्नीचर के मेले से खरीदे गए थे। पलंग और चौकियों पर चार-पाँच रुपए में खरीदी चद्दरें ही बिछती थीं। अन्य घरों से फर्क यही था कि हर तीन-चार दिनों में धुल जातीं। दरअसल प्रतिदिन धुले वस्त्र पहनना और चादर-तकियाखोल भी दो-तीन दिनों में धो लेने की उस समाज के लीक से हटकर बीमारी बालिका विद्यापीठ के छात्रावासीय जीवन में लगी थी। वरना उस क्षेत्र के मध्यमवर्गीय परिवारों में या तो गद्दा चादर से सुसज्जित बिछावन ही कम होते थे, होते भी तो कपड़े धुलने का विशेष रिवाज नहीं था।

सामने के कमरे में रखी लकड़ी की वे साधारण कुरसियाँ शहर के असाधारण लोगों से भरी रहने लगीं। अंदर कमरे में मैं पढ़ाई करती। बाहर के कमरे में इनके मित्रगण बैठते। भिन्न-भिन्न विचारधारा के थे वे। मैं कभी-कभार उनके बीच बैठती। अपने बीच पसरे राजनीति, समाज और साहित्य की चादरें वे समेट लेते। उन क्षेत्रों में मेरी अल्पज्ञता और अरुचि से वे वाकिफ थे। रामशोभा सिंह (कम्युनिस्ट पार्टी कॉमरेड) मुझे देखकर बहुत प्रसन्न होते थे।

उन पर उनके साथी-संगियों द्वारा विचार प्रहार होते मैंने सुने थे। एक दिन मुझसे कहने लगे, "मृदुलाजी! आपके पति तो करोड़पतियों की पार्टी (जनसंघ) में चले गए। आप एम.ए. की परीक्षा के बाद मेरी पार्टी (कम्युनिस्ट पार्टी) में आ जाइए।"

वहाँ उपस्थित कामेश्वर सिंह और प्रभाकर सिंह (दोनों अंग्रेजी के प्राध्यापक) मेरी ओर देखने लगे। इधर रामशोभा सिंह (कॉमरेड) अपनी पार्टी के कुछ संस्कार धर्म के बारे में बताने लगे। उन्होंने कहा, "मेरी पार्टी गरीबों की पार्टी है और जनसंघ करोड़पतियों की।" मैं सुनती रही। सबका ध्यान मेरी ओर था। सबको मालूम था कि मैं अपने पति की राजनीतिक व्यस्तता से खिन्न थी। इसलिए मैं रामशोभा सिंह के प्रस्ताव को स्वीकार ही करूँगी। मैंने कहा, "मुझे राजनीति में जाने की कोई इच्छा

नहीं है। दरअसल मैं राजनीति समझती ही नहीं। परंतु कभी आगे चलकर राजनीति में जाने का मन बना तो मैं अपने पति की पार्टी ही ज्वॉइन करूँगी।" सब एक साथ पूछ बैठे, "क्यों?"

मेरा जवाब उन्हें आश्चर्य में डाल गया था, "क्योंकि इन्होंने बिना दहेज के मुझसे विवाह किया। मेरे पिताजी के पास सात हजार रुपए नहीं थे, इसलिए मैं आप (रामशोभा मिंह) जैसे सुयोग्य वर को प्राप्त करने से वंचित रह गई। आपकी पार्टी गरीबों की होगी, पर दहेज विरोधी नहीं।"

ठहाके लगानेवाले पाँच ही थे। पहली बार उस छोटे से कमरे में गूँजे ठहाके इतने प्रभावशाली थे, मानो दीवारें हिल जाएँ। चुप थी तो मैं। मैंने कोई गलत कहा क्या? रामशोभा सिंह भी ठहाके में सम्मिलित थे।

बात तो सबको मालूम थी कि मेरे विवाह के लिए योग्य वर की सूची में रामशोभा सिंह भी थे। यह सच था कि दहेज के अभाव में ही मेरा उनसे विवाह नहीं हो पाया था।

एम.ए. की परीक्षा में भी एक प्रतिशत से प्रथम श्रेणी छूट गई। लेकिन दोनों परिवारों में पुनः खुशियाँ मनाई गईं। मेरे ससुरजी ने ब्लॉक के कई ऑफिसर को बुलाकर भोज खिलाया। सत्यनारायण भगवान् की पूजा भी करवाई। मेरे पिता को तो मुझे लैक्चरर बनवाने की पड़ी थी।

□

और डबलू आ गया

26 फरवरी, 1966 को दूसरे पुत्र का जन्म हुआ। मेरी मित्र मंडली में सूचना ऐसे फैली, "डबलू आ गया"। मानो डबलू कहीं गया रहा हो और उसके आने का सबको इंतजार हो। दरअसल उन दिनों एक फिल्म में जॉनी वाकर ने दो बच्चों के साथ गीत गाया था, "हम भी अगर बच्चे होते, नाम हमारा होता बबलू, डबलू, खाने को मिलते लड्डू।" फिर क्या था, घर-घर में बच्चों के ये दोनों नाम रखे जाने लगे थे। मेरे प्रथम पुत्र का नाम उसके पिता ने वर्धमान रखा था। वह भगवान् महावीर के जन्मदिन पर ही जनमा था।

मेरी सहेलियों के बीच वह अकेला बच्चा था, इसलिए सबका प्रिय भी। उसके उठने-बैठने-हँसने के साथ बाल क्रियाकलापों की चर्चा होती। उनके बीच मेरे पति ने उसका नाम 'आर्यपुत्र कश्यप वर्धमान वनफूल' प्रचारित किया था। चार शब्दों का वह नाम स्मरण करने में उन्हें बड़ी मशक्कत करनी पड़ी। जब बच्चा नौ महीने का था, तब कॉलेज में हमारा विदाई समारोह (एम.ए. परीक्षा देने पर) था। उस दिन मेरी एक मित्र सरोज उसे भी कॉलेज ले आई। और सामूहिक फोटो खिंचाने में वह भी हमारे साथ में था। उस तसवीर के नीचे सबका नाम लिखा जाना था। हमारे सहपाठियों में से एक लड़का हमारे कॉमन रूम के सामने आया। बच्चे का नाम पूछने लगा। सरोज ने कहा, "आर्यपुत्र कश्यप वर्धमान वनफूल।" वह लड़का चौंक गया। बोला, "लिखकर दे दीजिए।"

हम सब हँसने लगीं। उसने पूछा, "बबलू लिख दूँ?"

"हाँ-हाँ लिख दो।" और हम कॉमन रूम में आ गई थीं। हम लोग हँस रहे थे। सरोज ने कहा, "सुनो, सुनो! बबलू नाम रखा गया तुम्हारे बेटे का। अब तो डबलू भी लाना होगा।"

दो वर्ष बाद जनमे उस बच्चे का नाम तो पहले ही रखा जा चुका था। बबलू

को लोग चिढ़ाया करते, "अब डबलू आनेवाला है। अब अम्माँ तुमको गोद में नहीं लेगी। उसे ही प्यार करेगी।"

पता नहीं उसके नाजुक मन पर क्या असर होता था। इतना तय था कि वह दु:खी होता और चिढ़ानेवाले सुखी। एक दिन वह मेरे साथ पलंग पर लेटा था। मेरे पेट से सटकर सो गया। चिहुँककर पूछा, "अम्माँ, अब डबलू कैसे आएगा?"

"हाँ, बेटा! डबलू नहीं आएगा। तू सो जा।" दरअसल बबलू और डबलू के बीच में मेरे पेट पर की बढ़ी चरबी और चमड़ी का ही अंतर था। दोनों बच्चे सटे सोए थे—एक बाहर, एक भीतर।

और अपनी अम्माँ के अस्पताल जाने, वहाँ 26 फरवरी, 1966 को डबलू के प्रगट होने की खबर सुनकर बबलू के मन पर क्या बीती होगी, पता नहीं। पर छठी पूजन वाले दिन एक ऐसी घटना घट गई, जिससे हमें बबलू के मन का अंदाजा लगा।

मैं और मेरी सास बाहर बरामदे में बैठी थीं। आँगन में पूजा की तैयारी हो रही थी। अंदर पलंग पर शिशु को सुलाया था। थोड़ी देर मेरी गोद में बबलू निश्चिंत मन से बैठा रहा, बड़ी देर बाद उसे गोद खाली मिली थी। तत्परता से उठकर अंदर गया। छह दिनों के सोते डबलू को गरदन पकड़कर बाहर ले आया। सब दौड़े। बच्चे को मेरी सास ने पकड़ लिया। बबलू समझा नहीं कि उससे कोई भूल हो गई। क्योंकि अम्माँ, दादी और आया तो उसे उठा ही रहे थे। उसने उठा लिया तो आफत आ गई?

दोनों बच्चे पल रहे थे। मैंने मोतिहारी कॉलेज में पढ़ाने जाने का इरादा छोड़ ही दिया था। एक दिन मेरे पतिदेव ने लंबा भाषण दिया। पति-पत्नी के साथ रहने और अलग-अलग रहने के फायदे-नुकसान गिनवा गए। बिल्ली तो पहली रात ही मरी थी। उसी रात मन पर उनकी काबिलीयत का झंडा गड़ गया था, इसलिए बिना किसी तर्क-वितर्क के मैंने उनकी बात मानकर एक साथ रहना ही स्वीकार कर लिया। मुजफ्फरपुर में ही रहने लगी।

इनकी राजनीतिक गतिविधियाँ बढ़ गई थीं। कभी-कभी कोई बड़े नेता भी घर पर आ जाते। मुझे उनके लिए नाश्ता-भोजन जुटाने से अधिक उनमें रुचि नहीं थी। नौकर-दाई के साथ घर में दो बच्चों के साथ बहुत काम था। घर में पूरे दिन रहना भी मुझे अच्छा नहीं लगता था। दरअसल बचपन से स्कूल कॉलेज जाने की आदत पड़ गई थी। पूरा समय घर में काम रहते हुए भी रहना सुखकर नहीं था। मुझे घर

भी अच्छा लगता था। पर थोड़े समय के लिए, बाहर जाने से घर के काम में ज्यादा रस मिलेगा, ऐसी सोच बनी थी।

1967 में अचानक इनके चुनाव लड़ने की खबर फैली। पता चला कि मेरे पति मुजफ्फरपुर विधानसभा से भारतीय जनसंघ पार्टी के प्रत्याशी हैं। क्या होता है प्रत्याशी, कैसे लड़ा जाएगा चुनाव। मुझे न कोई जानकारी थी, न कोई रुचि। ये सुबह घर से जाते, देर रात्रि को लौटते। मुझे बड़ा गुस्सा आता। इन्हें भोजन कराकर स्वयं खाने या साथ-साथ खाने का क्रम भी टूट गया। शयनकक्ष में ही भोजन ढककर सेवक रख देता। ये आधी रात गए लौटकर खाते। मुझे कभी आहट मिलती, कभी नहीं। एक रात तो इनके दरवाजा पीटने पर मेरे सिवा मुहल्ले के तंग गली में कई परिवार जगकर बाहर आ गए। ये पीछे के दरवाजे से घुसे। इनके अंदर प्रवेश करते ही मेरी नींद खुल गई। उस रात गुस्से में ये खाना नहीं खाए। इनका विश्वास था कि मैंने जानबूझकर दरवाजा नहीं खोला था। ऐसी बात नहीं थी। मैंने सफाई देने और इनका इरादा जानने तथा इनके क्रोध की गहराई मापने की कोशिश नहीं की। ऐसे मौके पर हम दोनों चुप ही रहते थे।

एक दिन पार्टी के दो-तीन कार्यकर्ता आए। कहने लगे, “कांग्रेस पार्टी के प्रत्याशी की पत्नी घर-घर घूम रही हैं।”

मैंने पूछा, “क्यों?”

“वे अपने पति के लिए महिलाओं के वोट माँगती हैं।”

मैं चुप रही। विषय को समझती रही। वे कार्यकर्ता तो मन बनाकर आए थे कि मुझे भी घर-घर घूमने के लिए राजी कर लेंगे। उनकी जीत हुई। मैं बेमन से ही गाँव में घर-घर घूमने के लिए राजी हो गई। एक-दो दिन घूमने के बाद उनकी जीप आने से पूर्व मैं तैयार हो जाती। तीन-चार महिलाएँ साथ होतीं। हम घर-घर जाकर महिलाओं से चुनाव में ‘दीपक’ छाप पर मुहर लगाने का आग्रह करतीं। वे हमारी बात सुनती कम, हमें निहारतीं अधिक। समूह में खड़ी होकर हमारी सुनने के बाद भी उनके चेहरे पर कोई प्रतिक्रिया नहीं होती। हम पूछतीं, “वोट देंगी न!”

वे आगे दरवाजे की ओर इशारा करतीं। उनके इशारे का मतलब था कि उनके घर के मर्द चाहेंगे तो वे वोट देने जाएँगी। हम दरवाजे पर जाकर उनके मर्दों से भी बातें करतीं। अधिकांश का इशारे में जवाब यही होता, “ठीक है, आप जाइए न! आपने अपना काम किया, हमारा जो काम है, वह हम करेंगे।”

गाँव और शहर में लोगों से मिलते, बातचीत करते कई प्रकार के नए-नए

अनुभव हो रहे थे। अब तक तो अपने घर-परिवार में ही घूमती रही थी। दो-चार समानवर्गीय परिवारों के दुःख-सुख, रहन-सहन और खान-पान से ही अवगत होती रही थी। पहली बार समाज की स्थिति, अमीर-गरीब, सुखी-दुःखी, अनपढ़, पढ़े-लिखे, मजदूर-मालिक, शहरी-ग्रामीण परिवारों से रू-ब-रू हो रही थी। नए-नए अनुभवों से व्यक्ति स्वयं नया-नया होता है। और नया होना आनंद का अनुभव ही देता है। व्यक्ति से पारिवारिक होने का अपना सुख-दुःख था। पारिवारिक से सामाजिक हो रही थी। सुखद लगा था। दिन भर घूमना, कार्यकर्ताओं के साथ बैठकों और सभाओं में भी जाने लगी। देश-दुनिया के बारे में सुनने लगी। तीन सप्ताह के चुनाव-प्रचार के बाद जीत की पूरी संभावना रहते हुए भी एक हजार मतों से प्रत्याशी हार गया था। हार का दुःख हुआ था, पर मेरे अंदर उस प्रचार कार्य से बहुत बदलाव आया। बहुत-कुछ सीखा-समझा था। समाज को जानने-समझने की रुचि का बीजारोपण तो हो ही गया था।

श्री नानाजी देशमुख का एक-दो बार घर आना हुआ था। वे पार्टी के राष्ट्रीय संगठन मंत्री थे। संगठन करते-करते कार्यकर्ताओं के चूल्हे-चौकी तक भी उनका प्रवेश होता था। कार्यकर्ताओं की जिम्मेदारियाँ, घर के सदस्यों से संबंध, सब बातों की जाँच-पड़ताल करते थे। मेरे घर में आने पर निश्चितरूपेण उन्हें बातों-बातों में इस बात का अंदाजा लग गया था कि एम.ए. पास करके घर में बैठना मुझे पसंद नहीं था। उन्होंने शायद वहाँ शहर में बसे आर.एस.एस. के स्वयंसेवकों से बात की। 'भारतीय शिशु मंदिर' नाम से विद्यालय चलाने का निश्चय हुआ। और मुझे उस विद्यालय का प्राचार्या बनाया गया। मेरे पति ने कहा, "कॉलेज में पढ़ाने का अनुभव हो ही गया। अब विद्यालय चलाइए। इसका भी अपना अलग अनुभव होगा। सुविधा नहीं हो तो कुछ दिनों बाद छोड़ दीजिएगा। इस बीच किसी और का प्रशिक्षण हो जाएगा। जीवन में रुकना-थमना तो है नहीं। संस्थाओं से चिपके रहना भी आवश्यक नहीं।" समय-समय पर दिए गए उनके ऐसे गुरुगंभीर सुझावों का अर्थ बाद में समझ आता। कुछ सुझाव कड़वे लगते थे। मैं बिना कुछ बोले पालन करती जाती। बिल्ली पहली रात मरी थी। सच बात तो यह थी कि मुझे बिल्ली मरने का कोई गम नहीं था। दूसरी बात ये बस सदा मेरे हित की सोचते हैं, ऐसा विश्वास जमता गया था। बच्चों के लालन-पालन में कठिन मेहनत का काम वही करते थे। खीझकर नहीं, सहज भाव से।

चुनाव के दौरान और उसके बाद भी छोटे घर में बड़े-बड़े नेता आते रहे।

उनकी बातें भी सुनती। इनके चुनाव के दौरान पं. दीनदयाल उपाध्यायजी का चुनावी भाषण सुना था। इसलिए भारतीय जनसंघ के तत्कालीन अखिल भारतीय अध्यक्ष की हत्या की खबर सुनकर मैं दहल गई थी। अपने विद्यालय में शोक प्रस्ताव पारित कर विद्यालय बंद कर दिया था।

नया टोला में भारतीय शिशु मंदिर नामक विद्यालय प्रारंभ हुआ। बच्चों के साथ अच्छा लगता था। दिन-रात विद्यालय के बारे में ही सोचती। दोनों बच्चों को साथ ले जाती। नवीन (बबलू) पढ़ने लगा था। प्रवीण (डबलू) मकान मालकिन के साथ रहता।

1968 में पार्टी ने इन्हें विधान परिषद् का सदस्य बनाना निश्चय किया था। श्री अश्विनी कुमारजी संगठन मंत्री थे। उन्हीं दिनों मेरे छोटे देवर अभय सिंह के विवाह में बारात में गए। उन्होंने मेरे पति से कहा, "आपको विधानसभा चुनाव क्षेत्र से विधान परिषद् के लिए चुनाव लड़ना है।"

इन्होंने कहा, "मुझे अपनी स्वीकृति देने में एक-दो दिनों का समय चाहिए।"

दरअसल विश्वविद्यालय के नियम-उपनियम की जानकारी लेनी थी। कहीं नौकरी छूट न जाए। घर की आर्थिक स्थिति सामान्य थी, इसलिए जीविकोपार्जन के मामले में कोई जोखिम नहीं उठाना चाहते थे। और 1968 में ये विधान परिषद् के सदस्य बन गए। इनका पटना रहना आवश्यक हो गया। फिर दो चूल्हे हो गए। मध्यम वर्ग परिवार में चूल्हे का बँटना कष्टकारी होता था। विधान परिषद् के चालू रहते समय इन्हें पटना में ही रहना पड़ता था। शनिवार-रविवार को मुजफ्फरपुर। फिर वही हाल। रात्रि के दस-ग्यारह बजे लौटना। मैं तो दोनों बच्चों को लेकर जल्दी सो जाती थी।

मेरे सपने में भी स्कूल की व्यवस्था आती थी। कभी-कभी मैं नींद में बुदबुदाती, 'रिक्शा लौटकर नहीं आया। बच्चों को पहुँचाने गया था।'

मेरे पति ने विद्यालय के सचिव श्री नंदजी से शिकायत की, "आपने मेरी पत्नी ही छीन ली है। ये घर में रहकर भी स्कूल में ही रहती हैं।"

काम ही कुछ ऐसा था। दो सौ बच्चों की जिम्मेदारी। उतने ही अभिभावकों का विश्वास जीतना। बड़ा कठिन कार्य था। पर आनंददायक। बच्चों को पढ़ाने में जितना आनंद आता है, उतना कॉलेज के छात्रों को पढ़ाकर नहीं।

21 अप्रैल, 1970 को तीसरे पुत्र का जन्म हुआ। विद्यालय परिसर में ही थी। बच्चे उस नन्हे को खेलाने दौड़ पड़ते। इनके मंत्री बनते समय वह एक वर्ष का

था। कभी-कभी इधर-उधर शु-शु कर देता। उन दिनों डाइपर तो था नहीं। मेरे एक भाई कहते थे, "इसके पापा माइनर इरिगेशन के मंत्री हैं, इसलिए इधर-उधर लघु सिंचाई करता है।"

उस शाम जल्दी सो गई थी। दूरभाष की घंटी बजी। मैंने ही उठाया। मन में बात उठी थी, आज खूब गुस्सा करूँगी। स्वयं तो साथ रहते नहीं। बच्चों की थोड़ी जिम्मेदारी बाँट लेते। ऊपर से देर-सवेर फोन करेंगे। पर चोंगा उठाते ही आवाज आई, "मृदुलाजी! आप सोई हो।" मुजफ्फरपुर के शंभुशरण ठाकुर थे। कॉलेज में पढ़ाने के साथ पत्रकारिता भी करते थे।

"और क्या करूँ, इस रात्रि में?" मैं झल्लाई।

"अरे, तुम्हारे पति कल मंत्री बन रहे हैं। पटना में शपथ ग्रहण करेंगे। तुम्हें खबर नहीं किया?"

"नहीं! मैं सो रही थी। आपने गाढ़ी नींद से जगा दिया। फिर सोने जा रही हूँ।"

सच, उस खबर में इतनी ताकत नहीं थी कि मेरी नींद उड़ा दे। संभवतः इसलिए भी कि मैं अपने विद्यालय के कार्य में ऐसे रमी रहती थी कि ये क्या कर रहे हैं और क्या बन रहे हैं, इस पर ध्यान देने का समय नहीं था। दूसरा कि मैं सरकार में मंत्री के पद का महत्त्व भी नहीं समझती थी।

इन्होंने मुझे बताया था, शपथ ग्रहण के लिए सभी संभावित मंत्रिगण बैठे थे। ज्यादातर लोग बंद गला कोट-पैंट पहने थे। उनमें से कई लोग दूसरी-तीसरी बार मंत्री बन रहे थे। ये और इनकी पार्टी के लोग पहली बार शपथ लेनेवाले थे। उनमें से एक वरिष्ठ व्यक्ति ने इनके ड्रेस (पूरी बाँह की कमीज और उस पर हाथ का बुना हाफ जैकेट) पर टिप्पणी की। समय के अनुकूल वह ड्रेस नहीं था। ये हार माननेवालों में से नहीं थे। इन्होंने जवाब दिया, "सर, इस स्वेटर के तार-तार में किसी की उँगलियों की थिरकन है, जो आज यहाँ उपस्थित नहीं है।"

सब लोग इनकी हाजिरजवाबी और अपने पक्ष में बात मोड़ लेने की कला के कायल हो गए। इनके पास कपड़े भी तो बहुत कम होते थे।

शपथ ग्रहण में मेरे पटना जाने का सवाल नहीं उठा। और एक सप्ताह बाद इनके शहर लौटनेवाले दिन स्टेशन से लेकर मेरे दरवाजे तक लोग इनके स्वागत में और मैं अपने विद्यालय का वार्षिकोत्सव मनाने में व्यस्त थी। इनके साथ आई भीड़ को देख मैं आशंकित थी, कहीं हमारे विद्यालय के बच्चों के कार्यक्रम में व्यवधान न पड़े। हमारे कार्यक्रम के अध्यक्ष और मुख्य अतिथि भी मंत्रीजी के स्वागत में लग

गए। उन्हें भी भाषण देने के लिए कहा। कार्यक्रम स्थान से उनके प्रस्थान करने पर हमने राहत की साँस ली। स्टेज पर बच्चों ने जो प्रदर्शन दिखाए थे, उसका उद्देश्य राजनीतिज्ञों से पहचान होने पर क्या से क्या पा लेता है इनसान। राजनेता ही भगवान् है। पर मुझे मंत्री बने पति की भी ठीक से पहचान नहीं थी। दरअसल एक पत्नी को पति चाहिए, मंत्री नहीं।

अपने तीनों बच्चों के साथ मैं मुजफ्फरपुर में ही थी, जब उनके पिता लघु सिंचाई मंत्री बने। भीड़ मेरे यहाँ भी आने लगी। विभिन्न प्रकार के काम लेकर लोग आते थे। मुझे राजनीतिक जीवन पसंद नहीं था, पर घर आए लोगों को सुनना ही पड़ता था। इनके पास भेज देती थी। लोगों का काम भी हो जाता था।

एक बार इन्होंने कहा, "आप इन लोगों से नहीं मिलें तो अच्छा रहेगा।"

"क्यों?" मैंने इनका आशय नहीं समझा।

"अब मैं कैसे समझाऊँ! दरअसल राजनीति की राह कंकटाकीर्ण होती है। आप सहृदयता से उनकी बात सुनकर ईमानदारी से उनके काम के लिए प्रयास करती हैं। पर दुनियावाले दूसरी बात समझेंगे।"

"मैं समझी नहीं।"

"समझ जाएँगी। चिंता मत करिए। आप देश-दुनिया से इतना अनभिज्ञ हैं कि समझा नहीं सकता। आप बड़ी निष्ठा से विद्यालय चलाती हैं। आपको सुख भी मिलता है। मेरा खयाल है, इसमें लगे रहिए। राजनीतिक पद आनी-जानी है। यह सरकार भी बहुत दिन नहीं चलेगी।"

मुझे इसलिए नहीं चिंता हुई थी कि लोग क्या कहेंगे। ये दुःखी हो गए थे। इसलिए मैंने तय किया था कि अब किसी से नहीं मिलूँगी। सिर्फ विद्यालय का काम देखूँगी। और अपने भी तो तीन बच्चे थे। माता-पिता की जिम्मेदारी अकेले निभानी थी।

इस बीच एक घटना घट गई। मेरे किराए के बड़े अहाते वाले बड़े मकान के गेट के पास ही एक गराज था। गराज का दरवाजा रोड पर खुलता था। गराज में परचून की दुकान चलती थी। उस दुकानदार को मुहल्ले के लोग 'सावजी' ही कहते थे। उसे मेरी ओर से हिदायत थी कि स्कूल के बच्चों के लिए कोई खाने-पीने का समान न बेचें। वह मुझसे डरा-सहमा रहता था। पर उस दिन वह मेरे फ्लैट (विद्यालय बिल्डिंग के एक कोने में) की सीढ़ियाँ चढ़ रहा था। उसके पीछे एक दूसरा व्यक्ति। वह तो इतना नम्र-मुलायम कि मानो सारा शरीर कार्टिलेज का बना हो।

आहिस्ते-आहिस्ते सीढ़ियाँ चढ़ते उसकी गरदन भी नहीं उठ रही थी। आधी सीढ़ियाँ वे चढ़ चुके थे। मैं अंतिम सीढ़ी पर खड़ी होकर पूछ रही थी, "क्या बात है?"

सावजी जहाँ थे, वहीं थम गए। बोले, "ई दरभंगा से आए हैं। साहब के विभाग में काम करते हैं। इनको साहब ने सस्पेंड कर दिया है। बाल-बच्चेदार हैं। नौकरी चली गई तो बच्चे सड़क पर आ जाएँगे। इसलिए…।"

"इसलिए क्या?"

"कल साहब आ रहे हैं। उनसे दया दिखाने के लिए कह दीजिए। आप तो स्वयं दयावान हैं।"

सावजी और भी कुछ कहते। पर मेरे विद्यालय जाने का समय हो रहा था। मैंने कहा, "ठीक है। ठीक है। आपको कैसे मालूम, साहब कल यहाँ आ रहे हैं?"

"यही बोले हैं। उसी विभाग के हैं न।"

दोपहर तक मुझे भी उनके आने की सूचना मिल गई थी। वे थोड़ी देर के लिए ही घर (दो छोटे कमरे वाला) में आए। दरअसल मैंने उन्हें कह दिया था कि जब तक मंत्री हैं, वे सर्किट हाउस में ही ठहरा करें। क्योंकि उनके साथ आई गाड़ियों और भीड़ से हमारे बच्चों (विद्यालय की) की पढ़ाई में व्यवधान होता है। बच्चे गाड़ियाँ और सिपाहियों को ही देखने लगते थे। उन दिनों डेढ़ लाख की आबादी वाले उस शहर की सड़कों पर गाड़ियाँ इनी-गिनी थीं। इतनी ही कि सभी गाड़ियों के नंबर मेरे भैया को कंठाग्र थे।

थोड़े समय के लिए वे आए। मैंने उनसे उस व्यक्ति को मिलवा दिया। उन्होंने उसकी सुनी, पर मेरी ओर जिस दृष्टि से उन्होंने देखा, वह भय उत्पन्न करनेवाली थी। उन्होंने अपने निजी सचिव से कुछ कोड नजरों से बातचीत की। उनसे मिलते वक्त वह व्यक्ति उनका पाँव पकड़कर रो भी पड़ा था।

वे पटना चले गए। उनके साथ आई भीड़ भी छँटी। मैं रिक्शे में बैठकर अपनी मित्र व ननद प्रभा बेनीपुरीजी के यहाँ जाकर थोड़ा हँस-बोल आई। भीड़ के कारण मैं भी थक गई थी। वहाँ से लौट रही थी। सामने एक आकृति आती दिखी। कुछ जानी-पहचानी सी। अपने एक मित्र से हाथ मिलाए हँसता-झूमता कुछ बातें करता वह व्यक्ति झटककर चलता, अति प्रसन्न दिखता था। मेरी स्मृति में जो वैसी छवि थी, वह तो मृतप्राय थी। इसलिए मैंने सोचा कोई और होगा।

घर पहुँची ही थी। शाम हो रही थी। थोड़ी देर बाद ही बालकनी में खड़ी हुई। वही आकृति फिर मेरी सीढ़ियाँ चढ़ रही थी। फिर मरणासन्न। अति विनम्र। पता नहीं

मुझे क्या सूझी। मानो एक नया ज्ञान प्राप्त हुआ हो। मैंने कड़ककर कहा, "वहीं रुक जाइए। वापस जाइए। आपको साहब से मिलवा दिया न! फिर क्यों मुझे तंग कर रहे हैं। मैं अपने बच्चों के साथ शांति से यहाँ रहती हूँ। मुझे नहीं चाहिए भीड़भाड़। आपका काम हो जाएगा। लोग कहेंगे कि मैंने पैसा लेकर आपका काम करवा दिया। जाइए। भागिए। मैं नहीं मिलती।"

वह धीरे-धीरे सीढ़ियाँ उतर रहा था। मेरा दिल धक-धक कर रहा था। मुहल्ले के कई घरों से सीढ़ियों पर चढ़ते लोग साफ दिखते थे। मेरी पड़ोसिनों के पास समय भी होता था। वे सभी उन दिनों मेरे घर आने-जानेवालों का हिसाब रखती थीं। उस एक घटना ने मेरे सम्मुख समाज का एक और चेहरा खोला था, मानो मैंने सज्ञानता की एक और सीढ़ी चढ़ी। और यह भी कि मंत्री का पद पति से भिन्न होते हुए भी जिम्मेदारी तो साझी थी। जीवन ही साझा था न! अलग करना आसान नहीं था। भिन्न होना ही कौन चाहता था।

□

पक्का मकान, पक्का इरादा

रहने के लिए घर तो बन ही गया था। तीन बड़े-बड़े कमरे थे। एक कच्चा आँगन, जिसे हर दूसरे दिन गोबर से लिपवा देती, छोटा दरवाजा, खड़े होकर खाना बनाने के कोयले का जुड़वाँ चूल्हा (उस शहर का पहला स्टैंडिंग चूल्हा), बाहर बरामदे में एक लकड़ी का चूल्हा। पति के मंत्री बनने के एवज में मिली एक कार को रखने, सब्जी उपजाने के लिए चार कट्ठा जमीन। और क्या चाहिए था। पर मेरे विचार से उनमें दो चीजें अस्थायी थीं। खपड़ापोश मकान और कार। कार चाहिए तो थी, पर पैसे की कमी थी। पक्का मकान तो बन जाए। कार फिर हो जाएगी। मेरे ये दोनों प्रस्ताव पति को पसंद नहीं थे। पक्का मकान बनाना तो बिल्कुल नहीं। ऊँची चहारदीवारी से साढ़े पाँच कट्ठे जमीन को घेर लिया गया था। अंदर फूल की क्यारियाँ और सब्जी उगाने के लिए बड़ी-बड़ी क्यारियाँ भी बना दी गई थीं। सुंदर लगता था, अपना छोटा सा साम्राज्य। सुखद भी।

एक दिन एक सज्जन आए। हम बाल-बच्चे, नौकर-चाकर समेत खेत के कार्य में जुटे थे। जमीन से आलू निकालने, बेटों को बैल बनाकर जमीन को जोतने और पानी पटाने का काम एक साथ चल रहा था। नवीन और प्रवीण को भी खेत में काम करते खेलना अच्छा लगता था। नन्हा चुन्नू भी इधर-उधर घूमता रहता। वे सज्जन गेट पर ही रुक गए। खेत में काम करते हुए हमने कहा, "आइए! अंदर आइए।" वे कमर पर दोनों ओर से दोनों हाथ रखे जमीन का निरीक्षण कर रहे थे। अंदर आकर बोले, "जमीन तो हँस रही है।" सुनकर मेरी भी हँसी छूट गई। भला जमीन कैसे हँसेगी। बहुत दिनों बाद यह बात समझ में आई कि जमीन, सभागार, मुहल्ले, आँगन-दरवाजा और गाँव भी हँसते-रोते-विसूरते हैं।

इस प्रकार उस सुखमय नन्हे संसार का साम्राज्य भी विहँसता था, पर मुझे पक्का मकान तो चाहिए ही था। घर को स्थायी बनाने के लिए भी पक्की छत। मेरी सास ने पक्का घर बनाने की मेरी योजना की सराहना करते हुए कहा था, "अब घर

तो तीनों बच्चों के लिए बनेगा। तुम्हारा तो समय कच्चे घर में ही बीता।" सच मेरी कल्पना के पक्के घर के तीन फ्लैट तीनों बच्चों के लिए ही बनने थे।

हम गरमी में ठंडी छत के नीचे सोते, पर बरसात के दिनों में कमरों में ही बारिश का पानी बरतनों में इकट्ठा करने में व्यस्त हो जाते। बच्चों को बड़ा आनंद आता था। रात की नींद भी खराब होती। नींद विहीन मेरी उन आँखों में अपनी पक्की छत के सपने पलते। पक्का घर बनाने के लिए रुपए भी चाहिए थे। मैंने जीवन बीमा से ऋण लेने के बारे में सोचा। एक दिन जीवन बीमा के एक एजेंट सिया बाबू (पार्टी के नेता) कंपनी के दो ऑफिसर को लेकर आ गए। उनके मुँह खोलने से पूर्व मेरे पति ने ऋण लेकर घर बनाने के विषय पर लंबा भाषण दे दिया। कई दिनों की बैठक के बाद 20,000 ऋण लेना इन्होंने स्वीकार किया।

अभाव का भी आनंद होता है। मैं उन दिनों उसी आनंद में डूबी थी। मेरी चहारदीवारी से सटे खड़े एक पेड़ पर चिड़िया घोंसला बना रही थी। मेरे अहाते से भी पतली लकड़ियाँ, झाड़ू की सींक निकालकर ले जाती थी। मैं उसे निहारती रहती। मुझे उसका अनथक प्रयास प्रसन्नता देता था। ज्यों-ज्यों मकान की दीवारें उठ रही थीं, त्यों-त्यों मेरे प्रयास पुख्ता होते जा रहे थे। दो छोटे बेडरूम, एक बड़ा बैठक रूम, एक चौका घर, एक गुसलखाना सबके अंग निकलने लगे। उनमें घूम-घूमकर देखना भी अच्छा लगता था। छत पड़ने पर तो मकान खिलने लगा। मेरे ससुरजी का बड़ा सहयोग रहा। वे नेपाल की तराई से जाकर सखुआ (साख की इमारती लकड़ी) लाए। उन्हें बहुत परेशानी उठानी पड़ी। लकड़ियाँ नाव से चलीं और वे नदी के किनारे-किनारे पैदल।

एक फ्लैट ही बनाना निश्चित हुआ था। परंतु ईंट, सीमेंट, छड़, लकड़ी बहुत कुछ बच गया। दरअसल सस्ता के लिए हमने एक बॉगी सीमेंट मँगवा लिया था। मैंने कहा, "ऊपर के फ्लैट की दीवारों की भी जोड़ाई करवा लेते हैं।" प्रथम तो मेरे पति बड़े गुस्सा हुए, पर इन्हें भी उन सामानों का रख-रखाव मुश्किल लगने लगा, इसलिए इन्होंने ऊपर का फ्लैट भी बनवाना निश्चित किया। बन गए दो फ्लैट। हम पक्के मकान में आ गए। बच्चों के साथ बरसात के दिनों में भी हम सो पाते थे। इतना क्या कम था। खिड़की से बरसात देखने का आनंद ले पाते थे। खपरैल के घर में तो बरसते बरसात को सँभालने में ही रह जाते थे। उसका आनंद नहीं ले पाते थे। वैसे ही जैसे अपने बच्चे को सँभालते हुए उनके साथ समय बिताते नैसर्गिक सुख का आनंद कहाँ ले पाते हैं माता-पिता। उन्हें पाल-पोसकर बड़ा करने की चिंता जो रहती है। □

जी का जंजाल वह कार

मंत्री पद की आयु छह महीने की ही निर्धारित थी। आई और गई। मंत्री को गाड़ी खरीदने के लिए सरकार से पूरा ऋण मिलता था। हमारे पास अपनी गाड़ी तो थी नहीं। जनसंघ पार्टी के जिलाध्यक्ष बनने पर इन्होंने एक पुरानी जीप खरीदी थी। बड़ी मुश्किल से चार हजार रुपए चंदा उगाहे थे। जिला का क्षेत्रफल बहुत बड़ा था। उसी जीप पर घूमते। गाँव-गाँव में कहीं अपने तो कहीं गाँववाले, तो कहीं विद्यार्थी मिल जाते। बैठाते। खिलाते-पिलाते भी। उन्हें ये अपनी पार्टी के सदस्य बनाते। मेले और छोटे बाजार में जाकर भी पार्टी का प्रचार करते। गाड़ी में एक माइक भी रख लिया गया। उसी जीप से बाजार-हाट की परिक्रमा कर मीटिंग की सूचना दे देते। थोड़ी देर में स्वयं ही उसी माइक पर भाषण दे देते। कुछ लोग कहते, "प्रोफेसर साहब! आप कहाँ फँस गए जनसंघ-फनसंघ में। यह तो बनियों की पार्टी है।"

उन्हें पार्टी के जन्म का उद्‌देश्य और भावी योजनाएँ बतानी पड़तीं। इक्के-दुक्के लोग सदस्य बनते। यह भी एहसास जताते, "आप कहते हैं तो बन जाता हूँ। वरना इस पार्टी का क्या भविष्य है?" उस इलाके में समाजवादी पार्टी और कम्युनिस्ट पार्टी का जोर था। परंतु उन्हीं लोगों को यह देख-सुनकर बड़ा आश्चर्य हुआ कि थोड़े दिन पूर्व उनके बीच जनसंघ पार्टी का प्रचार करनेवाला व्यक्ति एम.एल.सी. बना और फिर 1971 की संविद सरकार में मंत्री भी।

उस शहर में हमें लगभग दस वर्ष (1962 से 1971) किराए के घर में रहते बीत गए थे। उतने ही दिन पूर्व मेरे मन में एक अपना घर होने का सपना जनमा था। परंतु जमीन खरीदने का कोई उपाय नहीं सूझता था। मेरी सास ने अपने नाम खरीदी जमीन (गाँव में) बेचकर एक हजार रुपए हमें दिए थे। शहर में हमने कई जमीनें देखीं। खरीद नहीं पाए। मेरी सास के मन में एक बात कोमल त्वचा से बने मुँह के दाँतों के बीच कंकड़ की तरह बार-बार आ जाती। मेरे मायके से मिले रुपए और

सामान देखकर उन्होंने मेरी हमउम्र अपनी बेटी का विवाह किया था। ऐतराज की बात तो दूर मैंने कभी पूछा भी नहीं। मेरे साथ आए सारे बरतन, कपड़े, यहाँ तक कि सुहाग का बक्सा भी मेरी ननद को चला गया था। इसलिए उन्होंने कुछ वर्ष बाद एक बड़ा बक्सा (25 रुपए) खरीदकर मुझे दिया। जमीन खरीदने के लिए एक हजार रुपए भी। इनके मंत्री बने रहते हुए ही गन्नीपुर मुहल्ले के एक व्यक्ति नागेश्वर तिवारी श्री चंद्रदेव ठाकुर के साथ मेरे पास आए। नागेश्वर तिवारीजी वहाँ के पुराने बाशिंदे थे। उन्हें अपनी जमीन बेचनी थी। मैंने कहा, "जमीन तो खरीदनी है, पर पूरा पैसा कहाँ है।"

उन्होंने कहा, "पैसा जब होगा, तब दे देना। तुम्हारे पास से पैसा जाएगा कहाँ?" समाज में यह विश्वास मेरे पति ने अपने व्यवहार से अर्जित किया ही था। पर नागेश्वर तिवारीजी मेरे बाबूजी को भी जानते थे। उनके द्वारा अर्जित सामाजिक पदमान और विश्वास भी पैतृक संपत्ति के रूप में हमें विरासत में मिला था।

जमीन बेचनेवालों की तरफ से इतना भरोसा क्या कम था। चार सौ रुपए कट्ठा के हिसाब से ढाई कट्ठा जमीन एक हजार की हुई। एक हजार रुपए बैंक में जमा था ही। हमने हामी भर दी। मेरी सास को जब जमीन खरीदने की बात मालूम हुई, तो उन्होंने अपने पति और बेटे से कहा, "दुलहिन (मैं) के नाम से ही जमीन खरीदाएगी।"

जमीन खरीदने का मेरा सपना साकार हो रहा था। मुझे इसी बात की प्रसन्नता थी। जमीन मेरे नाम हो या इनके, क्या फर्क पड़ता था। जीवन भर साथ रहने का ही अनुष्ठान था। फिर क्या था। घर में जो लोग मिलने आए, मैं उनसे जमीन पर घर बनाने का सपना बाँटती। वे मुझे सुझाव भी देते। एक व्यक्ति उस शहर के सबसे बड़े आर्किटेक्ट को मेरे पास ले आए। मैंने मकान का अपना सपना उसके कानों में पसारा। वे कागज पर उसका मूर्त रूप उतारकर ले आए। मेरे पति ने दूरभाष पर सूचना दी, "अश्विनीजी ने कहा है कि हम सरकारी ऋण पर एक कार खरीद लें। शीघ्र ही कार आ जाएगी। आप दो दिनों के लिए पटना आ जाइए।"

कार खरीदने की खबर मुझे सुखद नहीं लगी। दरअसल मेरे मन में तो उन दिनों अपनी जमीन पर मकान और सिर पर छत का सपना पसर कर रूढ़ हो गया था। आमदनी का अंदाजा था। मैंने कहा, "कार की अभी क्या जरूरत है? सरकारी गाड़ी तो है आपके पास।"

"सरकारी गाड़ी कितने दिन रहेगी।" उन्होंने कार खरीद ली। संयोग ही था

कि जिस दिन मैं पटना जा रही थी, उसी समय नई एंबेसडर कार इनके आर ब्लॉक के 8 नं. रोड के अठारह नंबर सरकारी मकान के सामने आकर खड़ी हुई। इन्होंने निजी सचिव से कहा, "मैडम आ रही हैं। गाड़ी स्टीमर घाट भेजवा दीजिए। उनसे ही उद्घाटन हो जाएगा।" गाड़ी खरीद ली गई। सरकार चली गई। मुझे तो मकान बनाने का काम शुरू करना था। तीन कमरे और आँगनवाला एक घर बनाने का निश्चय किया।

उसकी तैयारी चल रही थी कि एक दिन मुहल्लावासी नागेश्वर तिवारी चंद्रदेव ठाकुर के साथ फिर आए। बोले, "सामनेवाली ढाई कट्ठे की जमीन भी आप ले लीजिए।"

मैं चौंक गई। वे बोले, "रुपए फिर दे दीजिएगा।" उनका कहना था कि सामने वाली जमीन खरीदने से बीच का आधा कट्ठा मुफ्त की हो जाएगी। मैंने निश्चय तो किया। पर चिंता थी, लकीरें मेरे ललाट पर उभरी थीं। चंद्रदेव ठाकुरजी ने कहा, "प्रोफेसर साहब का प्रोविडेंट फंड भी होगा। उससे कर्जा मिलता है।" मैंने रामदयालु सिंह कॉलेज के प्रिंसिपल साहब को फोन किया। और शाम तक छह हजार मिलने का कागज बनकर आ गया। पर दस्तखत तो उन्हें ही करना था। मैंने वह कागज पटना भेज दिया। इनके निजी सचिव ने जब कागज दिखाया, ये चौंके, "यह किसने बताया उन्हें। जरूर चंद्रदेव ठाकुर की करामात होगी।"

अस्थायी तीन कमरे बनाने का काम भी शुरू हुआ। मंत्री पद समाप्त हो गया था। पर वह एंबेसडर कार साथ आ गई थी। मुझे ऐसा लगता, मानो सिर पर ही है। एक बार कार में बैठकर हम दोनों बाजार गए। लौटते हुए रेलवे गुमटी पड़ती थी। रिक्शों के बीच गाड़ी रुक गई। आसपास से पैदल साइकिल और रिक्शे पर जाते लोग गाड़ी में झाँक-झाँककर देख रहे थे। एक लड़के ने अपने साथी से कहा, "खूब पैसा उगाया है मंत्रीजी ने। देखो न! दोनों के शरीर पर चरबी चढ़ गई। गाल लाल-लाल हैं।"

हमें हँसी भी आई। हमने एक-दूसरे को देखा। उसका कहना सही था। पर इनके गालों पर लाली का कारण दो महीने बेल के शरबत का सेवन था और मेरे गालों पर तीसरे बेटे के जन्म पर पाँच-सात किलो घी और घी से बने मसाले और लड्डू का था।

एक और बात शहर में फैल गई थी। मैंने जिस आर्किटेक्ट से नक्शा बनवाया, उसने बात फैला दी थी। मेरा चार फ्लैट वाला मकान बनाने का सपना। और यह

बात सबके गले उतर गई थी कि पैसा नहीं कमाया तो इतना बड़ा मकान कैसे? तीन हजार रुपए खर्च करके हमने अपना घर बना लिया। उसमें रहने भी लगे। पर उस अहाते में कार मुझे मेरे सिर पर ही लगती थी। डेढ़ सौ रुपए चालक की तनख्वाह और तीन सौ रुपए का पेट्रोल मेरे बजट के अनुसार कम तो नहीं थे! मैं तीनों बच्चों को उस पर बैठाकर स्कूल जाया करती। एक दिन इनसे इस बात पर लड़ाई हो रही थी। उन्होंने कार क्यों खरीदी। मेरी सास सुन रही थीं। मेरा गुस्सा शांत होने पर उन्होंने मेरे पास आकर कहा, "दुलहिन! बउआ (उनका बेटा) बड़ा कष्ट से पढ़ा है। मैं उसे ढंग का कपड़ा भी नहीं पहना सकी। उसका मन है गाड़ी पर चढ़ने का। चढ़ने दो न! क्यों बेचना चाहती हो।"

मुझे हँसी आ गई। मैं स्वयं माँ बन चुकी थी। इसलिए बेटे के प्रति उनके ममत्व को भी समझ पाई। मैं उन्हें समझाकर बोली, "अभी घर बनाना है। घर बनाने के लिए पैसे चाहिए। उसके बाद फिर कार खरीद लेंगे।"

वे आश्वस्त हो गईं। कभी-न-कभी उनका बेटा गाड़ी पर चढ़ेगा।

इधर मेरे ससुरजी दूसरा राग अलापने लगे। वे चाहते थे कि दोनों बच्चों का (9 व 7 वर्ष) उपनयन संस्कार कर दिया जाए। मैंने कहा, "अभी कैसे होगा? घर बनाना है। पैसा कहाँ है?"

वे थोड़े अस्वस्थ हो गए थे। उन्होंने मेरे देवर रामकुमारजी से कहा, "पैसा तो होगा ही। जनेऊ भी होगा। मैं नहीं रहूँगा।"

मैंने तत्क्षण निर्णय ले लिया। दोनों का जनेऊ होगा।

जब इन्होंने सुना, झल्ला उठे, "क्या कहती हैं आप! पैसा कहाँ से आएगा? और मुझे फुरसत कहाँ है? अभी तो चुनाव है।" सच्चाई तो यही थी। गाँव में मेरे सास-ससुरजी ने जनेऊ की तैयारी शुरू कर दी। कार्ड छप गए। गाँव में किसी की मृत्यु हो जाने के कारण शहर के उस मकान से ही जनेऊ हुआ। सोनार, किराना और कपड़ेवाले दुकानदारों की उधारी शीघ्र चुकता कर दी थी।

खपरैल वाले उस मकान में श्री लालकृष्ण आडवाणीजी, जगन्नाथ राव जोशी, नानाजी देशमुख, यज्ञदत्त शर्मा, कैलाशपति मिश्र जैसे नेता आते-जाते, ठहरते रहे। श्री जगन्नाथ राव जोशीजी ने 54 प्रकार के फूल और सब्जियों की लतों से सजे प्रांगण और छोटे से खपरैल के घर को देखकर हुलसते हुए कहा था, "इट इज हाउस इन दि गार्डेन ऐंड गार्डेन इन दि हाउस।" कुछ ऐसा ही था हमारा प्रांगण और प्रांगण में घर। हँसता-खेलता परिवार भी।

□

डोलता है बेटा, गिरता नहीं

वर्ष 1975 की बात है। अटल बिहारी वाजपेयीजी का बिहार दौरा था। मुजफ्फरपुर में उन्हें हमारे घर में ही ठहराने की व्यवस्था की गई थी। दो मंजिला मकान तो बन गया था। हम लोग प्रथम मंजिल पर थे। नीचे का फ्लैट किराए पर लगाया। चार कमरे थे, परंतु सभी कमरों में फर्नीचर और पंखे आदि नहीं लगे थे। एक ही सीलिंग फैन खरीद पाए थे। हमारे कमरे में ही लगा था। श्री कैलाशपति मिश्र ने चारों कमरों का मुआयना कर अपने नेता के लिए हमारे कमरे को ही उपयुक्त ठहराया। मैं भी क्या करती, मान गई। उस कमरे की व्यवस्था में थोड़ा-बहुत हेर-फेर किया। अटलजी आए। उन्हें आराम की जरूरत थी, इसलिए शीघ्र उन्हें उसी कमरे में ले जाया गया। बिस्तर पर लेटने के पूर्व उन्होंने नजरें घुमाकर कमरे का निरीक्षण किया। उन्होंने कहा, "दंपती कक्ष है?"

मैं उनसे विशेष परिचित नहीं थी। फिर भी मैंने कहा, "हाँ! हमारा ही कमरा है। क्या करती। पूरे मकान में छत का एक ही पंखा है। इसीलिए।"

"ठीक है।"

इतने में डबलू आ गया। उनकी बगल में बिछावन पर लेटकर बोला, "अटल बिहारी बोल रहा है, इंदिरा शासन डोल रहा है।"

जो सुना था, बोल गया। उसे क्या पता था कि उसके साथ लेटा हुआ व्यक्ति देश का एक बड़ा व्यक्ति है। भावी प्रधानमंत्री।

अटलजी बोले, "हाँ बेटा, डोलता है, गिरता नहीं।"

बच्चों को बाहर कर हमने दरवाजा भिड़ा दिया। उन्हें आराम करने देने की मंशा थी। आधा घंटा भी नहीं बीता था। वे बाहर आए। किचन में झाँकते हुए बोले, "आपको मालूम है कि मैं बीमार हूँ। मुझे भूख लगी है। उन लोगों (स्थानीय नेतागण) के लिए बाद में बनाइए। मुझे खाना दीजिए।"

हम सब हड़बड़ा गए। सभी के लिए शीघ्रातिशीघ्र भोजन परोसा। दूसरी सुबह वे मोतिहारी के लिए निकल गए। उनके साथ श्री कैलाशपति मिश्र भी थे। वे सायंकाल लौटनेवाले थे। उन सबके लिए भोजन बनाकर बैठी थी। देर हो रही थी। तभी वहाँ से फोन संदेश आ गया, "अटलजी गिरफ्तार हो गए हैं। यहीं से हजारीबाग जेल जाएँगे। उनका और कैलाशजी का सामान भेज दीजिए।" बहुत दुःख हुआ। उनकी गिरफ्तारी का कम, बड़े मनोयोग से बनाई अपनी खीर के सदुपयोग न होने का अधिक। दूध-चीनी की ही कीमत कितनी थी। अपना मासिक बजट बिगड़ने की कूबत रखनेवाली कीमत। ऊपर से घर में फ्रीज भी नहीं। फ्रीज का तब सोच भी नहीं सकती थी। उनकी अटैची में उनके दो-तीन धुले हुए वस्त्र रख दिए। पर कैलाशजी की अटैची की तो मानो कठिन परिश्रम के कारण आयु क्षीण हो गई थी। वह अपनी जर्जर काया को घसीटती जा रही थी। ताला भी बंद नहीं हो रहा था। उसमें दो फटी घिसी-पिटी ही मुचड़ी-पुचड़ी धोतियाँ थीं। दो कुरते भी उसी रंग-रूप के। उन्हें भी धोतियों का साथ निभाना था। मैंने इन्हें दिखाया। पूछा, "क्या आपके नेता लोग इतने गरीब हैं? कपड़े भी नहीं खरीद सकते?"

"ये प्रचारक हैं। देश-समाज में घूमते रहते हैं। इनकी कोई घरवाली नहीं है, जो कपड़े खरीदे, ठीक करे। जिस घर में जाते हैं, वही लोग ठीक कर देते हैं। ये समाज के लिए, समाज इनके लिए।" बात थोड़ी-थोड़ी समझ में आ रही थी, इशारा भी। काफी देर गुन-धुन करती रही। फिर इनसे जाकर कहा, "मैं एक जोड़ी धोती और खादी भंडार से सिला-सिलाया कुरता खरीद लाती हूँ।"

"ठीक है। जल्दी करिए।" इन्होंने कहा।

पता नहीं इन्होंने जल्दी करने क्यों कहा। हो सकता है कि उनके प्रति उमड़ी मेरी ममता की धार कहीं सूख न जाए। मैं बाजार से धोती-कुरता, गमछा और जैकेट खरीद लाई थी। इन्हें दिखाया और कहा, "ये नए कपड़े इस टूटी-फूटी सड़ी अटैची में क्यों रखूँ? आप अपनी नई अटैची दे दीजिए। अगले महीने आपको खरीद दूँगी। ये भी तो घुमंतू पक्षी ही थे। अटैची थी जीवनसाथी।"

सायंकाल सामान लेनेवाले आ गए थे। दोनों अटैचियाँ भेज दीं। सूना सामान देखकर कैलाशजी आग-बबूला हो उठे, "मेरी अटैची कहाँ है? यह किसकी ले आए?"

गनीमत थी कि उनके पुराने अनधुले वस्त्र भी मैंने उस नई अटैची में रख दिए थे। अटैची खुलने पर ऊपर नए कपड़े और अंदर पुराने कपड़े मिले। फिर वे अपना

माथा ठोककर हँसे। बोले, "यह सब मृदुलाजी की करतूत है।"

कुछ दिनों बाद वह कार्यकर्ता कैलाशजी की आवाज की नकल उतारता प्रसंग सुना गया था।

मेरे मुँह से निकला, "कहीं जेल में किसी की फटेहाली देखकर अपने कपड़े उतारकर दे न आएँ।"

मेरे पति बोले, "तो क्या हुआ। वस्त्र है। किसी का शरीर ढके।"

मैं गुस्सा हो गई, "मैं धर्मखाता खोले नहीं बैठी हूँ। कैलाशजी के लिए खरीदे हैं कपड़े। खैरात बाँटने के लिए नहीं।"

"आपको स्मरण नहीं, आपके हाथों बुने स्वेटर का क्या हश्र हुआ था।" उन्होंने मुझे स्मरण दिलाया।

फिर मैं गम में डूब गई। बड़े मन से एक पूरी बाँह का स्वेटर तैयार किया था। दरअसल सर्दियों के दिनों में उँगलियों में खुजली होती रहती थी। स्वेटर बुनने का मन करता था। मेरे बच्चों के लिए मेरे हाथ के बने स्वेटर थे। इनके पास भी एक आधी और एक पूरी बाँह के दो स्वेटर थे। एक से अधिक इनको चाहिए नहीं था। मैंने कैलाशजी के स्वेटर देखे थे। तार-तार। इसलिए उनके लिए बुन दिया। इनके साथ पटना भेज दिया। इन्होंने बताया, "उन्होंने पहन लिया था। पर दिन भर कई कार्यकर्ताओं की नजर उस पर पड़ी थी। कोई माँग भी ले सकता था।"

सुनकर दुःख हुआ था मुझे। गरमियों के दिन में मेरे घर आए थे कैलाशजी। मैंने पूछा, "स्वेटर आपने कहाँ रखा है ? मुझे भेज दीजिए। मैं सँभालकर रख दूँगी, वरना चूहा न काट खाए।"

वे अपने अंदाज और शैली में हँसे। दाँतों के अंदर से एक-एक शब्द जबरन रिसकर बाहर आ रहा था, "मैं जानता था कि आप स्वेटर का हाल-चाल पूछेंगी। दरअसल खूँटी (लोकसभा क्षेत्र) का चुनाव था। कड़कड़ाती ठंड। मेरे पास एक पुराना कोट भी था, परंतु उससे ड्राइवर की ठंड नहीं जाती। आप द्वारा भेजा स्वेटर बहुत गरम था, इसलिए उसे दे दिया।"

कई दिनों तक मैं उस स्वेटर के गम में डूबी रही थी, पर उस स्वेटर के हस्तांतरित होने के प्रसंग ने भी मेरे मन पर नई दृष्टि का एक बीज डाला था।

मैंने इनसे कई बार कहा, "इनकी पत्नियाँ होतीं, तो ये सुधर गए होते।"

इतना अवश्य हुआ था कि अटलजी सरीखे बड़े नेताओं के घर आने-जाने से मैं भी उनसे जुड़ती गई थी। उनसे जुड़ना पार्टी से जुड़ना ही था, क्योंकि उन नेताओं

का पार्टी से अलग अपना कुछ भी तो नहीं था।

मैं अपने मायका परिवार में सबसे छोटी थी। सबके प्यार-दुलार की हकदार। ससुराल परिवार में सबसे बड़ी, पर अपने से बड़ों का होना सुखकर स्थितियाँ पैदा करता है। इन नेताओं के घर आते-जाते रहने से मुझे ऐसा लगने लगा था, 'ये इनके बड़े भाई हों।' उनका स्नेह भी मिलने लगा था, इसलिए भी पार्टी के छोटे-बड़े कार्यक्रमों में जाने लगी। वृहत्तर परिवार की सदस्य होने की अनुभूति से मन में गौरव और सुरक्षा का भाव भी बढ़ा।

□

सामूहिक लेखन प्रारंभ

सन् 1964 में एम.ए. (मनोविज्ञान) की परीक्षा देकर घर बैठी थी। बबलू डेढ़ वर्ष का था। विद्यार्थी जीवन के साथ गृहस्थ जीवन का घुला-मिला कठिन कार्य। इसलिए शायद सौ वर्ष की आयु को चार भागों में बाँटा गया होगा। 25 वर्ष की आयु तक जीवन जीने और जीविका प्राप्त करने की शिक्षा प्राप्त की जाती थी। 25 से 50 वर्ष की आयु तक गृहस्थाश्रम। घर-गृहस्थी बनाना, अर्थार्जन करना, बच्चों का लालन-पालन। मैं तो विद्याध्ययन के साथ माँ भी बन गई। डेढ़ वर्ष बड़ी कठिनाई से बीते थे। बबलू को भी भुगतना पड़ा। इसलिए प्रारंभ में एम.ए. की परीक्षा देकर घर बैठना बड़ा सुखद लगा। मेरे पति की राजनीतिक गतिविधियाँ बढ़ गई थीं। मुझे घर बैठना अखरने लगा। इनसे लड़ाई भी होती। मैं अकसर पूछती, "मैं क्या करूँ?"

इन्होंने एक दिन कहा, "आप कहानी लिखिए।" मुझे बड़ा गुस्सा आया, "मेरा मजाक क्यों उड़ाते हैं? मैं भला कहानी लिख सकती हूँ?"

"हाँ! आप कहानी लिख सकती हैं। यह मैं आपके पति के नाते नहीं, एक शिक्षक के नाते कह रहा हूँ।"

मैंने गुस्से में ही दो कहानियाँ लिखीं। कथानक स्वानुभूत ही थे। एक 'भ्रम की व्यथा', दूसरी कहानी का शीर्षक था—'अनशन'। कहीं छपने के लिए नहीं गईं। हस्तलिखित पांडुलिपि को सँभालकर अवश्य रख लिया था। पाँच महीने बाद ही मोतिहारी के डॉ. श्री कृष्ण सिंह महिला महाविद्यालय में व्याख्याता बन गई थी। फुरसत ही नहीं थी, तो फिर क्यों और कैसे कहानी लिखती!

लगभग नौ वर्ष बाद 1977 में नई दिल्ली आकर मंत्री पति की कोठी में रहने लगी। बीमार बच्चे की परेशानी अलग थी। बच्चों की पढ़ाई-लिखाई। कम आमदनी में बड़ा घर चलाना। परेशानियाँ-ही-परेशानियाँ। प्रसिद्ध पत्रिका

'कादंबिनी' के तत्कालीन संपादक श्री राजेंद्र अवस्थीजी एक दिन हमारी कोठी पर पधारे। बातों-बातों में मैंने बताया कि मैंने भी दो कहानियाँ लिखी थीं। उन्होंने तपाक से कहा, "दिखाइए!"

"यहाँ नहीं, मुजफ्फरपुर में ही हैं।"

"फिर मँगवाइए।"

यह भी स्पष्ट कर दूँ कि अपने घर से दिल्ली के लिए रवाना होते हुए सारा सामान लेकर नहीं चली थी। वैसे भी घर में सामान की संख्या नगण्य ही थी। दिल्ली से लौटने की संभावनाएँ तो थीं ही। राजनीतिक जीवन की अस्थिरता का भय मेरे मन में भी समाया था।

दो महीने बाद मुजफ्फरपुर जाने पर वे दो कहानियाँ भी ले आई। संयोग से मंत्री महोदय के निजी सचिव श्री उपेंद्र कुमार और एक निजी अधिकारी भी कवि और साहित्य-प्रेमी थे। मैंने दोनों कहानियाँ दोनों को दिखाईं। उन्होंने टंकित करवा दीं। टंकण के उपरांत मानो कहानियाँ तंदुरुस्त हो गई हों। एक कहानी राजेंद्र अवस्थीजी को भेज दी। दूसरे ही दिन उनका फोन आया, "एक चित्र भेज दें।"

मैंने उन्हें कहा, "आप यह कहानी अपनी प्रतिष्ठित पत्रिका में नहीं छापिए। वह कहानी है ही नहीं।"

उन्होंने पूछा, "आपने कितनी कहानियाँ पढ़ी और लिखी हैं?"

मैं सोच में पड़ गई। कहा, "यही कोई सौ-दो सौ पढ़ी होंगी। और दो लिखी हैं।"

उन्होंने कहा, "मैं हजारों कहानियाँ पढ़ चुका। सैकड़ों मैंने स्वयं लिखी हैं, इसलिए कह सकता हूँ कि यह कहानी है। इसे मैं कादंबिनी में छाप रहा हूँ।"

मैंने तसवीर भी भेजवा दी। दूसरे महीने कहानी छप गई। दरअसल कहानी छपने की प्रसन्नता तो मुझे हुई ही, परंतु साथ में समाज भय भी था। मैंने आत्मनिरीक्षण करके उस भय को ढूँढ़ निकाला। मुझे जाननेवाले उन कुछ लोगों का भय था, जो थे तो मित्र, पर 'जे न मित्र सुख होहिं सुखारी' की श्रेणी में आते थे। वे कहानी पढ़कर कहते, "यह कब से कहानी लिखने लगीं। किसी ने लिख दिया होगा। दरअसल 'सर्वे गुणा पावर मा श्रुणोति'। पति मंत्री हुए, ये लेखिका हो गईं।"

इसी प्रकार की टिप्पणी होनी थी। हुई होगी। मेरी एक पुरानी मित्र ने मुँह पर ही कह दिया, "ऐ जी मृदुला! तुम्हारी कहानी पढ़ी। अच्छी लगी। किसी ने लिख ही दी होगी। मंत्री हैं पति, तो छप भी गई।"

मुझे निरुत्तर देख उन्होंने कहा, "इसमें आश्चर्य क्या है। अब देखो न! कितने लैक्चरर हैं, जो अपना थीसिस भी दूसरों से लिखवा लेते हैं।"

मैं चुप रही। क्योंकि अपनी उस मित्र को मैं विश्वास नहीं दिला सकती थी, कहानियाँ मैंने ही 1964 में लिखी थीं, जो 1978 में छपीं।

ऐसे मित्रों को विश्वास दिलाने के लिए मेहनत करने की जरूरत थी। उसी उद्‌देश्य और परिश्रम से मैं कहानियाँ लिखने लगी। लेख और व्यंग्य रचनाएँ भी। कई पत्र-पत्रिकाओं में छपने लगी रचनाएँ। उत्साहवर्धन होता था। बिहार की लोककथाओं का संकलन भी किया। भारत सरकार के प्रकाशन विभाग को छपने के लिए भेजा।

दूरदर्शन पर भी जाने लगी। सामाजिक समस्याओं पर विचार-विमर्श के कार्यक्रमों में भागीदारी होने लगी। मीरा देशपांडे और उषा जोशी दूरदर्शन के कार्यक्रमों में अधिकारी थीं। उन दोनों ने ही दूरदर्शन के कार्यक्रमों से मुझे जोड़ा।

इस प्रकार मंत्री महोदय की कोठी में रहकर या बाहर निकलकर थोड़ी-बहुत अपनी पहचान बनाने का प्रयास ही था—लेखन कार्य और दूरदर्शन पर जाना। एक और कारण था। मंत्रीजी की आय, मात्र 1700 रुपए, में विस्तृत हुआ घर चलाना मुश्किल था। दो-चार सौ अपनी आमदनी भी होने लगी।

लेखन कार्य मेरे लिए एक प्रकार से कोरामिन था। उन दिनों तीसरे बेटे की बीमारी को लेकर परेशान थी। दिन-रात भविष्य के बारे में नकारात्मक ही सोचती। अन्य तीनों बच्चों का भविष्य भी अंधकारमय लगता था। मन को उस समस्या से हटाना आवश्यक था। लेखन में रुचि बढ़ने के कारण उसकी सेवा-शुश्रूषा और इलाज पर पूरा ध्यान देते हुए भी मन विभक्त हुआ था। लेखन के विषयों को मन में सँजोती, सजाती, कागज पर उतारती, बेटे की बीमारी की चिंता से मन थोड़ा विमुख हुआ था। परिमल को भी माँ की रचनाएँ पढ़ना सुखकर लगता। वह भी खुश था कि मेरे मन में मात्र उसकी समस्या नहीं समाई थीं। अपनी बीमारी के अंजाम से बेखबर मेरा बच्चा मेरी चिंता कम होने से खुश था।

मेरा लेखन व्यक्तिगत नहीं था। पति का बहुत अधिक सहयोग था। स्वयं साहित्य के विद्यार्थी थे। इन्होंने गुरु और समीक्षक की भी भूमिका निभाई।

एम.ए. की परीक्षा पास करने पर मेरे पिताजी भी बड़े प्रसन्न हुए। शहर के बड़े लोगों से उनकी जान-पहचान थी। उन्हें पता था कि श्री महेश प्र. सिंह (राजनीतिज्ञ) से मेरे पति का भी परिचय हो गया था। मेरे पिताजी ने कहा, "आप महेश बाबू से

बात कर लीजिए। इसे डॉ. श्रीकृष्ण सिंह महिला विद्यालय (मोतिहारी) में अध्यापन का काम मिल जाएगा।" मेरे हाजिर-जवाबी पति ने कहा, "मैं तो अपनी पत्नी को घर की मालकिन बनाकर रखना चाहता हूँ। आप कहते हैं कि किसी से कहकर इन्हें नौकर बनवा दूँ।"

इनसान के लिए इशारा काफी होता है। मेरे पिताजी भाँप गए। उन्होंने स्वयं दौड़धूप की। मुझे उस महाविद्यालय में नौकरी मिल गई। मैं लैक्चरर होने जा रही थी। मेरे पिताजी की प्रसन्नता की सीमा नहीं। अपने गठिया ग्रसित शरीर को छड़ी के सहारे चलाते उन्होंने गाँव की सारी पगडंडियाँ और बीच की सड़क एक दिन में नाप ली थीं। प्रणामपाती करनेवालों को बेटी के लैक्चरर होने की सूचना स्वयं दे आए थे।

इधर मेरे पति को अपने डेढ़ वर्ष के बच्चे की चिंता थी। नौकरी करती माँ का बेटा कहाँ रहेगा? विचार-विमर्श के उपरांत यही निश्चित हुआ कि बबलू अपनी नानी के घर रहेगा। मोतिहारी जाने के रास्ते में मेरा मायके का गाँव था। वहाँ एक आया भी रहेगी। बाकी देख-रेख तो बूढ़े नाना-नानी भी कर लेंगे। दरअसल नौकरी और बच्चा केवल मेरी समस्या नहीं थी। उनकी भी थी। जब बच्चा ही केवल हम दोनों का नहीं था, तो चिंता भी मात्र हमारी कैसे होती!

कॉलेज में नौकरी मिल गई। हॉस्टल में रहना निश्चित हुआ था। वहाँ मुझसे पूर्व चार लैक्चरर रहती थीं। अपने-अपने बच्चे छोड़ आई थीं। योजना के अनुसार बबलू को छपरा (मेरे मायके) में रहना था। नाना-नानी दोनों वृद्ध थे। उस आयु तक आते-आते दो शरीर भी एक हो गए थे। दोनों के घुटनों में गठिया का दर्द समाया था, इसलिए दर्द भी एकाकार हुआ।

माँ-बेटे के बिछुड़न की पहली रात मेरे पति भी शहर (छह किमी. दूर) से मेरे मायके ही आ गए थे। डेढ़ वर्षीय पुत्र को रसगुल्ला प्रिय था। उस रात उसके साथ नाना-नानी, पिता और वह सेविका भी जगी रही, जिस पर उस बच्चे की जिम्मेदारी डालनी थी। बबलू की आँखें लगतीं। ये लोग उसे निहारते रहते। बबलू चौंककर उठता, 'अम्माँ', 'अम्माँ, अम्माँ' की पुकार को शांत करने के लिए उसके मुँह में रसगुल्ला रख दिया जाता। थोड़ी ही देर में रसगुल्ले के स्वाद में अम्माँ का स्पर्श भूल जाता। पर अपने को चार लोगों से घिरे देख शायद उसे आश्चर्य होता और वह फिर 'अम्माँ-अम्माँ' पुकारने और रोने लगता।

एक पत्र में ये सारी आँखों देखी, कानों सुनी, स्पर्श की और भोगी सूचनाएँ भेज मेरे पति ने लिखा, 'आइ थिंक आवर बबलू शुड नॉट बी सेपरेटेड फ्रॉम यू एट दिस स्एज।'

मेरे पिताजी ने भी हार मान ली। बिना माँ का बच्चा पालना आसान नहीं। कई प्रयोग हुए। उसे मेरे ससुराल के गाँव में भेजा गया। वहाँ मेरी सास और देवर अभय सिंह का रात्रि जागरण होता। जब बबलू दूध के लिए रोता, अभय सिंहजी स्टोव पर दूध गरम कर उसे पिलाते। वहाँ भी नहीं टिका। मोतिहारी में ही एक कमरा लेकर मैं रहने लगी। एक बुजुर्ग सेवक भी मेरे साथ रहा। मुश्किलें बहुत आईं। आसान नहीं था ढाई आदमियों के परिवार को दो भागों में बाँटना। पति-पत्नी अलग रहें तो दांपत्य कैसा? और अलग रह भी लें, तो बच्चा कैसे बँटे? उसकी आवश्यकता दोनों को थी। और उसके लिए भी हम दोनों आवश्यक थे।

पिताजी तो बेटी को व्याख्याता बनाकर निश्चिंत हो गए थे, मानो उनके जीवन की सार्थकता के लिए इतना ही आवश्यक था। परंतु ससुरजी की तमन्ना बाकी थी। चार ग्रैजुएट हैं मेरे घर में। बार-बार घोषणा करनेवाले व्यक्ति का अरमान पूरा नहीं हुआ था। एक भी संतान (बेटा या बहू) सरकारी अफसर नहीं बना। अपने जीवन के प्रारंभिक काल में अंग्रेज अफसरों का रुतवा देखा था उन्होंने। आजादी के बाद भारतीय प्रशासकों का रुतवा भी। वैसे ही रंग-रूप का। प्रथम पुत्र को आई.ए.एस. बनाना चाहते थे। उन्होंने साफ कह दिया, "मैं सरकारी नौकर क्यों, शासक क्यों नहीं बनूँ।" छोटा बेटा भी इंजीनियर बना। अब मैं बची थी। उन्होंने कहा, "आप बी.एड. कर लीजिए। इस योग्यता के कारण भी सरकारी ऑफिसर का पद मिलता है।"

मैंने कॉलेज की नौकरी छोड़ दी। बी.एड. में नामांकन करवा लिया। शहर से पंद्रह किमी. दूर तुर्की में बी.एड. कॉलेज था। मुझसे पूर्व भी कई महिलाओं ने मुजफ्फरपुर से जाकर वहाँ से बी.एड. की डिग्री ली थी। पर मैं तो पहले से ही बुरी तरह थक गई। शाम को लौटने पर मेरे पति ने मेरी हालत देखी। उन्होंने कहा, "आपसे नहीं पूरी होगी बी.एड. की शिक्षा। नौ महीने जाना पड़ेगा। दो सौ सत्तर दिन। आज तो बस एक ही दिन कटा है। वह भी बड़ी मुश्किल से।"

मैं भी चिंतित हो गई थी। एक दिन की थकान दो दिनों तक मिटाती रही। तभी पता चला कि मैं फिर माँ बननेवाली थी। मेरे पति ने कहा, "बस, यह भी तो डिग्री ही होगी। इसे प्राप्त करने में भी नौ महीने ही लगेंगे।"

और फिर तो मेरी बी.एड. की डिग्री रह गई। कॉलेज खुला था। मैं फिर मोतिहारी महिला कॉलेज की लड़कियों को मनोविज्ञान पढ़ाने लगी।

मुजफ्फरपुर आना-जाना होता था। एक दिन वहाँ जाने पर पता चला कि मेरे छोटे देवर अभय सिंह चक्कर (वह स्थान, जहाँ फौज के लिए भर्ती की परीक्षा होती

थी) पर जाकर फौज में भर्ती हो गए थे। मुझे यह सुनकर बड़ा दुःख हुआ। वह पल भी स्मरण हो आया, जब मदन सिंह ने मेरे आँगन (शहर में किराए का मकान) में अपने छोटे भाई को मन लगाकर पढ़ाई नहीं करने के लिए पिटाई कर दी थी। संभवतः अभय सिंह ने दिन-रात माता-पिता और भाइयों द्वारा पढ़ाई करने के लिए जोर देने और उनकी डाँट खाने से फौज में भर्ती होना अच्छा समझा। उनके पिताजी को जब यह सूचना मिली, वे बोले, "फौज में जाकर आदमी बन जाएगा।" 1965 में ही वे फौज में भर्ती हुए। हम दोनों उन्हें मुजफ्फरपुर स्टेशन छोड़ने गए थे। मुझे बहुत रोना आ रहा था। इन्होंने मुझे इशारे से रोका।

तीन वर्ष बाद 1968 में उनकी शादी डुमरी गाँव के श्री जगेश्वर चौधरी की सुपुत्री मिथिलेश से होना निश्चित हुआ। वे तो फौज के काम पर चले गए थे। मिथिलेश मटिहानी में ही सास-ससुर के साथ रही।

बारात गाँव से ही जानेवाली थी। लेकिन गाँव में किसी की मृत्यु हो गई। बारात हमारे डेरा (शहर में किराए के घर) से ही जाना निश्चित हुआ। बारात विदा करने के पूर्व दूल्हे का चंदन और चुमावन हो रहा था। महिलाएँ गीत गा रही थीं। किसी ने गीत प्रारंभ किया—

"जाते हो ससुराल नगरिया, भूल न जाना भाभी को।
जिस भाभी ने प्यार से पाला, अपने छोटे देवर को।"

मेरे पति को अनुमान हो गया कि यह गीत सुनकर मैं और मेरे देवर रोएँगे। उन्होंने अभय सिंह को शीघ्रता से कार में बैठाया और ड्राइवर को गाड़ी आगे बढ़ाने की आज्ञा दी। नवीन पाँच ही वर्ष का था। वह बारात में गया। दूल्हा जब पालकी पर चढ़ा, वह भी दूल्हे का सहवाला बनकर बैठा था।

□

यदि आमि जानताम रे बंधु, जाइबे तूई छाड़ियारे...

बंगाल में दो वर्ष तक एम.ए. की पढ़ाई करने तथा तीन वर्ष तक महाविद्यालय में व्याख्याता के पद पर रहे मेरे पति को बँगला पढ़ना और बोलना भी आ गया था। बँगला साहित्य में डूबते और रवींद्र संगीत से सराबोर समय-समय पर गुनगुनाते सुना जाता था। 'यदि तोमार डाक सुने न कोई, एकला चलो' गाते थे। विद्यापति, कबीर, रहीम, तुलसीदास के साथ मीराबाई के भजन की पंक्तियाँ भी गुनगुनाते रहते। सुबह-सुबह तो उच्च स्वर में ही गाते। इसलिए बहुत सारे दोहे, पद, रुवाइयाँ हमें स्मरण हो गए थे। बच्चों ने भी कंठाग्र कर लिये थे। उनका प्रसिद्ध निर्गुण था—'रे मन ये दो दिन का मेला रहेगा, कायम न जग का झमेला रहेगा।'

1978 में मंत्री के नाते इनका बंबई का प्रवास बना था। सारी तैयारियाँ हो रही थीं। सुबह के नाश्ते पर थे। अचानक दूरभाष की घंटी बजी। पी.ए. ने इन्हें फोन दिया। हुँ हाँ करके ये चुप हो गए। आधा-अधूरा नाश्ता करके ही उठ गए। मैंने पूछा, "क्या हुआ?"

"कोटा से फोन था। मदन को हार्ट अटैक हुआ है। वह हॉस्पिटल में है। मैं शाम को वहीं जाऊँगा।" वैसे तो देवर की बीमारी की खबर सुनकर मैं विशेष चिंतित नहीं हुई। इसलिए भी कि उस वक्त तक मेरे मन में उस बीमारी की भयावहता नहीं समाई थी, पर इन्हें चिंतित देख अवश्य चिंतित हुई। उसी चिंता में डूबी हुई मैंने कहा, "मैं भी जाऊँगी।"

ये चुप रहे। पर इन्होंने उपेंद्र कुमारजी (अपने निजी सचिव) से बंबई यात्रा निरस्त और कोटा जाने की तैयारी करने का निर्देश दे दिया। हम दोनों कोटा के लिए रात्रि की गाड़ी से रवाना हुए। सुबह सर्किट हाउस पहुँचे। वहाँ से सिर्फ हाथ-

मुँह धोकर हॉस्पिटल गए। डॉक्टर ने सभी परीक्षण कर इनसे कहा, "अब सब नियंत्रण में है, परंतु इन्हें अभी हॉस्पिटल में ही रखना होगा।"

दूसरे दिन रात्रि की गाड़ी से ये दिल्ली लौट गए। लौटने के समय भी इनके चेहरे पर चिंता की रेखाएँ थीं। मैं वहीं रुक गई थी। मेरे देवर ने मुझे आने नहीं दिया था। वे खुश दिखते थे। मेरे साथ बहुत बोलते थे। हम उनको चुप रहने के लिए कहते। साहू जैन केमिकल फर्टिलाइजर कंपनी में वे कार्यरत थे। कंपनी की ओर से दो कमरे का फ्लैट मिला था। मेरी देवरानी निर्मला भी हॉस्पिटल में ही थी। मदनजी की जिद थी, "हमारा घर देखकर आइए।"

वे बच्चों की तरह मचल रहे थे। उन्हें छोड़कर जाने का मन नहीं करता था। पर उनकी इच्छापूर्ति के लिए चली गई। उनका फ्लैट देखा और लौट आई। वे बड़ी उत्सुकता से हमारे आने का इंतजार कर रहे थे। लौटते ही पूछा, "कैसा लगा हमारा घर?"

"बहुत अच्छा!" मैंने कहा।

"हमने भगवान् की तसवीर नहीं लगाई है अपने घर में। अपनी भी नहीं।"

मैंने उन्हें मुँह पर उँगली रखने के लिए इशारा किया। राजा बेटा की तरह ही उन्होंने तुरंत उँगली तो रख ली, पर उनके कान उतावले थे। वे मेरे मुख से जो सुनना चाहते थे, मैंने वही कहा, "मैंने देख लिया। पूरे घर में केवल हम दोनों की तसवीर है। हम ही आपके भगवान् हैं। यही न! और कुछ! अब चलिए, आँखें मूँदकर सोइए।" उनकी आँखें बंद हुईं। चेहरे पर एक मुसकान की परत थी। संतोष का रंग था। वे जो कहना चाहते थे, उसे मैंने बिना सुने ही समझ लिया था।

वे अस्पताल में ही थे। स्थिति सुधर रही थी। पाँच दिन बाद मैंने प्रस्ताव रखा, "मैं दिल्ली लौटना चाहती हूँ। बच्चों को छोड़ आई हूँ। आपके भैया भी थोड़े अस्वस्थ हैं। आप भी तो एक-दो दिनों में घर लौट जाएँगे।"

"नहीं! नहीं! आप अभी नहीं जाएँगी।"

वे जिस स्थिति में थे, उनके दिल पर कोई चोट नहीं लगने देनी थी। मैंने तुरंत कहा, "हाँ-हाँ! मैं नहीं जाऊँगी। आप जाने को कहेंगे, तब भी नहीं। अब तो खुश।"

खुश हो गए मदनजी। मेरे ध्यान-केंद्र में दिल्ली का घर समाया रहता। मिली को छोड़ आई थी। दिल्ली में रहकर इनका ध्यान कोटा के उस अस्पताल में था। चौथे दिन सुबह-सुबह मेरे देवर बोले, "भाभी! आपकी ट्रेन टिकट मँगवा देता हूँ। आप चले जाइए। भैया को भी देखना होगा।"

मैंने स्वीकृति जताई। दूसरी सुबह ट्रेन थी। रिजर्वेशन नहीं मिला। बड़ी मुश्किल से ट्रेन में बैठने की जगह मिली। वह कष्टकारी समय और कष्टप्रद स्थिति भी कट गई। नई दिल्ली स्टेशन पहुँचने की प्रतीक्षा थी। पर स्टेशन पर जो दो स्टॉफ मुझे लेने आए थे, उनका चेहरा मुरझाया हुआ था। आँखें झुकी थीं। मैंने कहा, "क्या हुआ ?"

वे रोते हुए बोले, "वे नहीं रहे।"

"क्याऽऽऽ !" मेरी समझ में बात आई कि 'वे' अर्थात् 'मेरे पति' नहीं रहे। कोठी तक कैसे पहुँची, पता नहीं। कोठी में बैठे मेरे पति भी बिलख रहे थे। कहानी पता चली कि दोपहर के 1 बजे मदनजी को दिल का दूसरा दौरा पड़ा और वे डॉक्टर के आने का इंतजार भी नहीं कर पाए थे। 37 वर्ष की आयु में एक बीमार बेटी और एक छोटे बेटे को पत्नी की गोद में छोड़कर वे विदा हो गए थे। मेरे पति और बड़ा बेटा नवीन कोटा गए। वहीं दाह-संस्कार कर तीनों प्राणियों को दिल्ली ले आए। सब गाँव गए। वहाँ मेरे सास-ससुर, छोटे देवर-देवरानी रहते थे।

सास तो दुःखी थीं। पर घर-गृहस्थी के काम, श्राद्ध की व्यवस्था करने में उन्हें रोने का समय भी नहीं था। ससुरजी तो गीता के संदेश सुनाने में व्यस्त थे। उन्होंने कहा, "संसार में उसका उतने ही दिनों का भोग था। पर उसकी आत्मा की शांति के लिए श्राद्ध तो करना ही होगा।" उन्होंने पंडितों और गाँववालों को श्राद्ध का भोज भी खिलाया। उनका मानना था कि श्राद्धकर्म से जीव को मुक्ति मिलती है।

यह सब देख-सुनकर मुझे बड़ा आश्चर्य हो रहा था। मैंने भी अपनी दादी की मृत्यु देखी थी। पर वह तो वृद्ध थीं। एक जवान बेटे की मृत्यु पर माता-पिता द्वारा धर्म की बातें करने के होशोहवाश ने मेरे मन को भी परिपक्व किया। 'बीती ताहि बिसार दे, आगे की सुधि ले' के आधार पर भी आगे ही देखना था।

और मुझे बनारस से आए उन तीन प्राणियों का भविष्य देखना था। इसलिए शायद इतनी शक्ति आ गई कि मैं निर्णय लेने लगी। दोनों बच्चों का नामांकन सेंट्रल स्कूल में हुआ। कंपनी से सारे पैसे मँगवाए गए। मुझे मालूम था कि निर्मला को निठल्ला बैठाए रखना ठीक नहीं होगा। उसने बी.एड. की डिग्री प्राप्त की हुई थी। इसलिए सेंट्रल स्कूल में टीचर बनाने का प्रयास करने लगी। पहली पोस्टिंग असम में हुई। मेरे कहने पर छोटे देवर उन्हें वहाँ छोड़ने गए। सारी व्यवस्था करवाई।

निर्मला की सहायता में अपने देवर को वापस लाकर तो नहीं दे सकती थी,

पर जिंदगी जीने की व्यवस्था तो करवानी ही थी। उसको वापस उसके पैरों पर खड़े होने की व्यवस्था, थोड़ी व्यस्तता की व्यवस्था। उन दिनों मेरे पति खोए-खोए से रहते। कभी-कभी उनके कंठ से शब्द सस्वर फूटते, "यदि आमि जानताम रे बंधु, जाइबे तूई छाड़िया रे बंधु, डोरे बाँधे राखिताम रे बंधु··· !"

हम दोनों रो लेते थे, फिर अपने-अपने काम पर।

□

दूसरा जीवन मिला

'चलने का नाम ही जीवन है' के आधार पर हमारा जीवन भी चल रहा था। सूर्य की परिक्रमा करती पृथ्वी की चाल का हमें अहसास नहीं होता, क्योंकि वह बहुत बड़ी है। दिन होता है, रात आती है। फिर दिन होता है। इस क्रम के साथ हम भी आगे बढ़ते रहते हैं। बच्चे बढ़ने की उम्र में थे। इसलिए भी जिंदगी बढ़ी-बढ़ी दिख रही थी। नवीन के कंठ फूटे थे, मूँछें आने लगी थीं। प्रवीण की लंबाई बढ़ी थी। परिमल की गति रुक गई थी। गति बढ़ी थी तो उसकी बीमारी की। छह वर्ष की आयु तक चलता-भागता बच्चा बैठ गया। उसकी गति रुक गई।

उसके पाँव में फ्रैक्चर हुआ। उस पर प्लास्टर चढ़ा। नौकर ही उठाते-बैठाते रहे। पर प्लास्टर काटने के बाद भी उसकी चाल क्यों बंद हुई। हमारी जिंदगी मानो रुक गई। थम गई। गुब्बारे में हवा भरकर उसे फुलाया और उड़ाया जाता है। टायर में हवा भरने से गति आती है। मनुष्य की थमी जिंदगी में गति भरना कोई आसान बात नहीं थी। हमने साँस रोक ली। सात वर्ष के बच्चे को यह एहसास नहीं होना चाहिए था कि उसके कारण माँ-बाप दु:खी हैं। उसे तो अपनी बीमारी की गंभीरता का भी एहसास नहीं था। मिली के साथ खेलता रहता।

दोनों बच्चों की जिम्मेदारी रामचंद्र (सेवक) ने ओढ़ ली थी। चौका-चूल्हा भी वही देखता। 14 कमरों की कोठी में दौड़ता-भागता ही रहता। मेहमानों की संख्या भी घटने का नाम न ले। राजनीतिक जीवन में लोगों से भरा जीवन ही शोभा देता है। मिली ढाई वर्ष की हो गई। नवीन बारहवीं पास कर गया। परिमल का स्कूल छूटा और प्रवीण आठवीं कक्षा में आ गया।

दिन बीतते गए। राज्यसभा में जनता पार्टी के अल्पमत में होने के कारण संसदीय कार्य राज्यमंत्री (मेरे पति) के ऊपर अधिक जिम्मेदारी थी। ये देर-सवेर संसद् से लौटते। हारे-थके। तबीयत खराब रहती। बाद में पता चला कि संसद् भवन

का वातानुकूलित कमरा इनके शरीर के अनुकूल नहीं था।

मोरारजी भाई की सरकार चली गई। जनता पार्टी बँटी। चरण सिंह प्रधानमंत्री बने। कांग्रेस ने बाहर से समर्थन दिया। जिस दिन विश्वास मत हासिल करना था, कांग्रेस ने समर्थन वापस ले लिया। चरण सिंह प्रधानमंत्री बने रहे। 1980 का लोकसभा चुनाव सिर पर आ गया। 1980 में हमारे साथ वही हुआ, जिसका मुझे भय था। 1980 के मार्च में इनके राज्यसभा का कार्यकाल समाप्त हो गया। 'पुनः मूषिको भवः' के सिवा कोई उपाय नहीं था। मुजफ्फरपुर में इन्हें शीघ्रातिशीघ्र कॉलेज में काम प्रारंभ करना था। प्रतिदिन कुआँ से पानी भरकर पीनेवाला परिवार था हमारा। मजदूर प्रतिदिन पानी भरता है। हम मासिक वेतन पानेवाले भी कुआँ खोदकर पानी पीते हैं।

मेरे मन में चाहत थी कि इन्हें दुबारा राज्यसभा की टिकट मिल जाती, पर ऐसा नहीं होना था, ये जानते थे।

बहुत कठिन था पुनः मुजफ्फरपुर लौटना। अपने लिए नहीं, बच्चों की पढ़ाई दिल्ली में हो, यह लालसा जगी थी। इन्हें कॉलेज ज्वॉइन करने के लिए वहाँ लौटना ही था। 28 मार्च को राज्यसभा से रिटायर हो गए। पर आडवाणीजी ने कहा, "छह अप्रैल को हमारी नई पार्टी की घोषणा दिल्ली में होगी। देश भर से लोग आएँगे। आप तब तक रुक जाएँ।"

एक सप्ताह इनका दिल्ली में रुकना मेरे लिए सुखद नहीं था। यह सोचकर कि उस एक सप्ताह में वे बिना वेतन के रहनेवाले थे। नई पार्टी का नाम 'भारतीय जनता पार्टी' पड़ा। देश भर में अपनी पार्टी के कार्यकर्ता जनता पार्टी से अलग हो गए। दरअसल अधिकांश जगहों पर तो दूध-पानी की तरह मिले भी नहीं थे। ढाई वर्षों में निचले स्तर पर तो पानी और तेल की मिलावट ही थी। अलग-अलग दिखते थे। इसलिए देश भर से आए कार्यकर्ताओं ने बड़ी जोर से नारे लगाए, 'भारतीय जनता पार्टी की जय'।

उनमें नए उत्साह का संचार हुआ, मानो किसी आपात समय में अपनी बहुमूल्य वस्तुओं को गिरवी रखा हो। उनके छूटकर आने पर आनंदित होता है मन।

हमने भी दिल्ली को अपने बच्चे गिरवी रखे थे। कम-से-कम दो वर्ष तक मैं उनकी गिरवी छुड़ाना नहीं चाहती थी। बिहार से श्री अश्विनी कुमारजी राज्यसभा की सीट पर चुनकर आए थे। उनका हमारे घर आना निरंतर जारी था। वे पार्टी के संगठन मंत्री के नाते आते थे। पर नानाजी देशमुख की भाँति कार्यकर्ता के घर की समस्याओं को भी सुनते, सुझाव देते थे।

उनके सामने जब मेरे पति ने अपनी समस्या रखी, तो उन्होंने कहा, "हम कौन दिल्ली में रहनेवाले हैं। मृदुलाजी बच्चों के साथ वहाँ रहें, मैं भी तो आता-जाता रहूँगा।"

राहत की साँस ली, पर चूल्हा बँटने की कचोट तो थी ही। मुजफ्फरपुर में इनके अकेले रहने की चिंता का क्रम नहीं था। दो जवान और बीमार बेटे को पति से अलग रहकर पालना भी आसान नहीं था। बेटियाँ तो भले ही माँ भरोसे पल जाएँ, बेटों को बिना पिता के पालना कठिन होता है। वह भी उस उम्र में। अंदर से मानो हिल गई थी। करती क्या? कॉलेज से मिलनेवाली इनकी आमदनी में ही दिल्ली का भी खर्च चलाना था। दिल्ली में बच्चों के साथ मेरे रहने के निर्णय को हमारे दो शुभचिंतकों ने उचित नहीं ठहराया, मेरे प्रकाशक श्री श्यामसुंदरजी और भा.ज.पा. के वरिष्ठ नेता श्री कैलाशपति मिश्र।

दोनों ने कहा, "दिल्ली बहुत महँगी है। आपका यहाँ रहना कठिन होगा।" चिंतित मैं कम नहीं थी।

□

जीवन की धूप-छाँह

उनके संसद् सदस्य बने एक वर्ष दो महीना बीते थे। मायके में मेरे चचेरे छोटे भाई कामोद का विवाह था। मैं वहाँ गई थी। 24 जून को बारात चली गई। ये मुजफ्फरपुर से ही कलक्टर की गाड़ी लेकर बारात में सम्मिलित हुए। वहीं दूसरे दिन उनकी साहेबगंज में मीटिंग होने वाली थी। मंच पर प्रिंसिपल कृष्ण चंदरजी भी थे। किसी ने सूचना दी, "इंदिरा गांधीजी ने देश में आपातकाल की घोषणा कर दी है। विपक्ष के सभी बड़े नेता गिरफ्तार हो रहे हैं।"

मैंने भी गाँव में रेडियो पर समाचार सुना। मुहल्ले में कोई पुरुष था नहीं। सब बारात में गए थे। किसी तरह रिक्शा मँगवाया। मैं गाँव से छह मील दूर अपने शहरी घर में (मुजफ्फरपुर) चली आई। दरअसल आपातकाल का अर्थ और उसका परिणाम पूर्णतः नहीं जानती थी। आशंका तो थी ही कि राजनीति में कुछ अनहोनी हुई है और उसके कारण तबाही बढ़ेगी। विशेषकर विरोध पक्ष के लोग सताए जाएँगे। घर पहुँचने से पूर्व ही किसी ने कहा, "आपके यहाँ दो बार पुलिस आई थी। डॉक्टर साहब (मेरे पति) को खोज रही थी।" ये भी शहर लौट आए। पर मुहल्ले में ही मुहल्लेवालों की व्यवस्थानुसार निकट के पड़ोसी महेंद्र शर्माजी के घर सोए। आपातकाल का पहला प्रभाव हमारे ऊपर ऐसा ही पड़ा। ये तो दूसरे दिन दिल्ली रवाना हो गए। ज्यादातर दिल्ली से बाहर रहने के कारण ये गिरफ्तार तो नहीं हुए, पर हर वक्त तलवार की धार के नीचे जीना भी कोई जीना था। अपने शहर के कई हमसाथी गिरफ्तार हो गए थे। मैं उनकी पत्नियों से अकसर मिलने जाने लगी। जयप्रकाश नारायण द्वारा संचालित छात्र आंदोलन (1974) से मैं भी अनचाहे जुड़ गई थी। धरना-प्रदर्शन में भाग लेने लगी थी। इसलिए यह काम भी मेरी सोच से प्रगट हुआ कि जो लोग जेल में हैं, उनकी पत्नियों और परिवारजनों को ढाढ़स बँधाते रहना चाहिए। जेल जाकर गिरफ्तार हुए लोगों से मिलती भी थी। पति-पत्नियों के

बीच संदेशों का आदान-प्रदान करती। कहने लायक बातें कह आती, पति वियोग की व्यथा-कथाएँ छुपा लेती।

एक बात बहुत अखरती थी। पूर्व में जो सरकारी अधिकारी बड़ी आत्मीयता से मिलते थे, वे आपातकाल में नजरें छुपाने लगे थे। देश भर में जबरन नसबंदी कराई जा रही थी। नसबंदी के लिए प्रलोभन भी दिए जा रहे थे। डॉक्टर के लिए कोटा निश्चित किया गया था। वे अपना कोटा पूरा करने के लिए कुंवारे लड़के या एक बच्चे के बाप की भी नसबंदी कर रहे थे। बाद में चलकर ऐसी खबरें भी उजागर हुईं कि नसबंदी कराए पतियों की पत्नियाँ भी फिर से गर्भवती हुईं। सरकारी खौफ था। जिसे जो मन में आए करे। आपातकाल का आतंक था। आतंकित हो गया समाज। जिन्हें जेल में डाला गया था, उन्हें अपने छूटने का कोई भरोसा नहीं था। जेल से बाहर रह रहा परिवार परेशान था। ऐसी भयावह स्थिति में कुछ नहीं सूझ रहा था। मानो घोर अँधेरी रात में हाथ को हाथ न सूझ रहा हो। सबसे दुःखद एक क्षण आँखों के सामने आया। मेरी दीवारों पर टँगी डॉ. श्यामा प्रसाद मुखर्जी, गुरु गोलवलकरजी तथा पं. दीनदयालजी की तसवीरें हितैषी पड़ोसी उतारकर अपने घर ले गए।

दीवारों पर टँगी तसवीरें उतर गई थीं। आकृतियाँ दिल में बसी थीं। सिद्धांत और व्यवहार को आत्मसात् कर लिया था। जब देश का ही भविष्य अंधकारमय था तो देशवासियों को कौन पूछता था।

1976 का फरवरी माह। मुझे पता चला कि मैं माँ बननेवाली हूँ। बहुत दुःख हुआ। शर्म भी। मेरा बड़ा बेटा तेरह वर्ष का था। मैं बहुत रो रही थी। गर्भपात कराने की हिम्मत बटोर रही थी। मेरी रिश्तेदार महिलाएँ समझा-बुझा रही थीं। मेरी पड़ोसन श्रीमती तिवारिन खबर सुनकर बड़ी प्रसन्न हुईं। बोलीं, "मैंने ही मनौती माँगी थी। तुम्हें बेटी ही होगी। तीन बेटे पर की बेटी बड़ी शुभ होती है। तेतर बेटी। बाप को राज मँगाएगी। मकान के साथ इतना बड़ा सुंदर अहाता बनाया है। बारात उतरेगी।" मुझे उनकी बातें अच्छी नहीं लग रही थीं। करती भी क्या? 28 अक्तूबर, 1976 को एक बेटी का जन्म हुआ। मेरे पति भी वहीं थे। महंत श्यामसुंदर दास (एम.पी.) प्रभाजी के पति ने इन्हें फोन पर कहा, "भाग जाओ। तुम्हारे घर कृष्ण ने जन्म लिया है। कंस का वध होगा। आपातकाल हटेगा। तुम केंद्र में मंत्री बनोगे। इंदिरा शासन समाप्त होगा? भागो, नहीं तो गिरफ्तार होगे।"

बाहर घोर अँधेरा था। रिश्ते में अपने नाना (महंतजी से यही रिश्ता था) की बात मानकर मेरे पति दिल्ली चले गए। बिटिया की छठी मनाई गई। उसके पिता

सम्मिलित नहीं थे। उस रात भी पुलिसवाले आए। ये उनके हाथ नहीं लगे।

बच्ची दो महीने की थी। बेटी पाकर मैं बहुत खुश थी। उसके तीनों भाई भी। सबसे अधिक प्रवीण प्रसन्न था। उसे नहलाता-धुलाता, दूध बनाकर पिलाता। उसके पीछे-पीछे चुन्नू भी घूमता रहता।

एक रात्रि को हम श्री आर.के. बहादुरजी (ऑफिसर, मेरे घर में किराएदार) के परिवार के साथ सिनेमा देखने गए। सीढ़ियाँ उतरने में छह वर्षीय चुन्नू को बड़ी कठिनाई हो रही थी। मैंने दूसरे दिन डॉ. गोपी रमण को दिखाया। उन्होंने उठा-बैठा-सुलाकर बच्चे की जाँच की। पूछा, "डॉ. साहब (मेरे पति) कहाँ हैं?"

मैं चौंकी, "क्यों? क्या हुआ? आपने उन्हें क्यों खोजा? आपको तो मालूम है कि मैं स्वयं बच्चों का ध्यान रखती हूँ। वे तो मेहमान की तरह ही अपने घर आते हैं।"

वे बोले, "आप घबराइए मत। पर मुझे लगता है कि दिल्ली ले जाकर बच्चे की जाँच करवानी होगी।"

मानो फिर किसी आपातकाल की घोषणा हो ही गई। अबकी बार देश नहीं, मेरे परिवार पर लगा आपातकाल। दो महीने की बच्ची और चुन्नू के साथ मैं दिल्ली के लिए रवाना हुई। दूसरे ही दिन सफदरजंग अस्पताल में डॉ. यादव ने उसकी जाँच की। गंभीर हो गए डॉक्टर। एक गंभीर बीमारी से पीड़ित बच्चे के माँ-बाप को सूचना देते डॉक्टर को भी भूमिका बाँधनी पड़ती है। शब्द सँजोने पड़ते हैं। हम प्रतीक्षारत थे।

उन्होंने कहा, "इस बच्चे को मायोपैथी है। आज तक इस बीमारी का इलाज ही नहीं निकला।"

आपातकाल हटाने की घोषणा हुई थी। जाननेवालों ने बधाइयाँ दीं। तेतर बेटी के दिल्ली पधारते ही आपातकाल हटा लिया गया। जो लोग कारागारों में बंद थे, उनका भविष्य अंधकारमय था। अब उजाला आया। पर हमारे परिवार के लिए डॉ. यादव (सफदरजंग अस्पताल) ने जो आपातकाल की घोषणा कर दी थी, हम दोनों ने पूरी रात आँखों में काट ली। बाहर बिजली के खंभे घनेरे थे। रोशनी इतनी कि चाँदनी रात नहीं दिखती। पर विट्ठलभाई पटेल हाउस, रफी मार्ग के 208 नं. कमरे में उस रात घुप्प अँधेरा था। एक मासूम बच्चा अपने भविष्य से अनजान गाढ़ी नींद में सोया था। हम जगे थे। हमें जागते रहना था। राजनीतिज्ञों ने आपातकाल हटाने के लिए भगीरथ प्रयत्न किए थे। वह गम सामूहिक था। करोड़ों का। डॉ. यादव द्वारा घोषित आपातकाल हमारे लिए था। इसलिए उस आपातकाल से लड़ने की शक्ति

बटोरने लगे हम। उसके जगने से पहले हिम्मत चाहिए थी। हँसते-खेलते परिवार पर मानो किसी की कुदृष्टि पड़ी हो।

आपातकाल हटा लिया गया। 18 जनवरी, 1977 की रात। फिर हम दोनों की आँखों में नींद नहीं। कारण व्यक्तिगत नहीं, पारिवारिक था। दरअसल एक परिवार तो पार्टी का वृहद् परिवार था, जिसके हम सदस्य थे। वह रात इस चिंता में बीती कि हमारी पार्टी को उम्मीदवार कहाँ मिलेगा? सब तो 18 महीने जेल में रहकर टूट गए। कुछ को बाहर आने पर उनके घरवाले फिर राजनीति में कदम नहीं रखने देंगे। कुछ स्वयं छिन्न-भिन्न हो गए होंगे। चुनाव में इंदिरा गांधी की इकतरफा जीत होगी। छह महीने पूर्व ससुरजी की कही बात याद आई, "देखिएगा! चुनाव होने पर इंदिराजी बुरी तरह हारेंगी। जनता में बहुत आक्रोश है, पर उन्होंने अभी दबा रखा है। चुनाव होने दीजिए।"

उनकी बातों पर विश्वास करने के लिए बाहर कोई समर्थक वातावरण हमें नहीं दिखा था, परंतु उन्होंने गाँव का मन भाँपा था और उनकी भविष्यवाणी ही सफल हुई। जनता आगे, पार्टियाँ पीछे रहीं। जनता का उत्साह देख नेतागण एक मंच पर बैठकर एक मन होने का कठिन प्रयास करने लगे। समय कम था। चुनाव सिर पर था। जयप्रकाश नारायणजी की छत्रच्छाया में 'जनता पार्टी' बनी। कई बड़ी-छोटी पार्टियाँ अपना निशान मिटाकर एक निशान 'हलधर' के नीचे आ गईं। वह चुनाव चिह्न चौ. चरण सिंह की पार्टी का था। इस मिलन अभियान में भारतीय जनसंघ पार्टी के नेताओं ने अग्रणी भूमिका निभाई। सबसे बड़ी पार्टी थी। बड़े भाई की भूमिका में आ गई।

बाहर चुनावी माहौल था। 1977 का चुनाव, जो ऐतिहासिक बन गया। हमारे घर के अंदर एक लक्ष्मी स्वरूपा बेटी मिली तिल-तिल बढ़ रही थी। दूसरी ओर एक बेटे के अंदर जानलेवा बीमारी अनिश्चितता के साथ फैल रही थी।

मैं बच्चों सहित मुजफ्फरपुर आ गई थी। नवीन को मैट्रिक की परीक्षा भी देनी थी। उसकी उम्र मात्र 14 वर्ष थी। चुनाव में इनका बिहार भर में प्रवास चल रहा था। मुजफ्फरपुर संसदीय क्षेत्र से श्री जार्ज फर्नांडिस चुनाव लड़ रहे थे। वे स्वयं जेल में थे। उनकी पत्नी लैला कबीर और चार वर्षीय बेटा आपातकाल में ही नेपाल भेज दिए गए थे।

जनता पार्टी ने श्री जार्ज फर्नांडिस को ही मुजफ्फरपुर का प्रत्याशी बनाया था। वह शहर बहुत संवदेनशील और उत्तरी बिहार के केंद्र में था। इसे बिहार की

सांस्कृतिक राजधानी भी कहा जाता था। मुजफ्फरपुर में ही सोशलिस्ट पार्टी, जनसंघ पार्टी, कांग्रेस 'ओ' के कार्यकर्तागण मिलने की कोशिश कर रहे थे। जो वर्षों से एक-दूसरे से दूर-दूर चलते रहे थे, रात-दिन साथ-साथ चलने लगे। कुछ दूरियाँ तो जयप्रकाश नारायण के छात्र आंदोलन ने कम कर दी थीं। आपातकाल (भय की स्थिति) की स्थिति में अधिकांश कार्यकर्ता जुड़ गए थे, इसलिए चुनाव में भी एक साथ काम करने की कोशिश करने लगे। दिल मिलाना आसान नहीं था। हाथ तो मिलने ही लगे थे। कदम साथ-साथ बढ़ने लगे।

मुजफ्फरपुर में सभी प्रमुख दलों के नेता दिल्ली या दूसरे राज्यों से भी चुनाव-प्रचार के लिए आते थे। वहीं से दूसरे जिलों में जाते थे। शाम को प्रारंभ हुई सभाएँ भोर के चार बजे तक चलती थीं। कोई-कोई नेताओं की दो-तीन बार भी किसी बड़े नेता की प्रतीक्षा में बोलने की बारी आ जाती थी। शहर जगा ही रहता था। आपातकाल की रात्रि को लंबी नींद सोया भारत जागा था। 'नींद कहाँ उनकी आँखों में, जो धुन के मतवाले थे' साकार हो रहा था।

उन्हीं नेताओं में हरियाणा की युवा नेत्री सुषमा स्वराजजी भी थीं। वे समाजवादी पार्टी की ही नेत्री थीं। एक बार उनका भाषण उस शहर में हुआ कि पूरे इलाके में उनकी वाक्पटुता का ढिंढोरा पिट गया। एक रात बाबू जगजीवन राम (कांग्रेस पार्टी छोड़कर जनता पार्टी) को मुजफ्फरपुर आना था। उनके आने में देर होती गई। सुषमा स्वराजजी को अनुरोध करके बार-बार बुलवाया गया।

सुषमाजी की माँग विभिन्न लोकसभा क्षेत्रों में बढ़ गई। वे मुजफ्फरपुर में भी एक महिला जुलूस निकालना चाहती थीं। सम्मिलित होने के लिए विभिन्न दलों की महिलाओं का नाम माँगने लगीं। उन्हें प्रमुख रूप से मेरा नाम मिला। मैं एक भारतीय शिशु मंदिर की प्राचार्या भी थी। सुषमाजी मेरे घर आईं। मेरी गोद में दो महीने की बेटी थी, लेकिन मैं उनके साथ गाँवों में जाने के लिए तैयार हो गई। दो रातें हमारी गाँवों में ही कटीं। मेरी सास और एक आया ने मिलकर मिली की देखरेख की।

□

दिल्ली की ओर

वर्ष 1974। श्री जयप्रकाश नारायण के नेतृत्व में बिहार में छात्र-आंदोलन प्रारंभ हुआ। मेरे पति को पटना में अधिक रहना पड़ता था। 18 मार्च को पटना में छात्रों पर लाठी चार्ज हुआ।

जयप्रकाश नारायण को बचाने में नानाजी देशमुख ने अपने हाथ पर लाठी खाई। वे पटना अस्पताल में भर्ती थे। मेरी भी इच्छा हुई कि उन्हें देखने जाऊँ। बच्चों का बंधन तो था ही। तीनों को सेवक-सेविकाओं पर छोड़कर बार-बार बाहर जाना अच्छा नहीं लगता था। इनका अधिक बाहर रहना मेरे लिए दु:खदायी भी था। मन में विचार आता, साथ रहने पर जिम्मेदारियाँ तो आधी हो जातीं।

नानाजी देशमुख का कई बार घर आना हुआ था। उनके बारे में लोगों को कहते सुना था, "ये जिस कार्यकर्ता के घर ठहरते हैं, दो दिन बाद ही ये घरवाले और घरवाला बाहरी हो जाता है।"

दरअसल नानाजी घर के अन्य सदस्यों से भी बातचीत करते थे। सुख-दुःख पूछते थे। उन्हें उचित सलाह देते थे। मनुष्य को यही तो चाहिए। कोई उसकी सुननेवाला हो, बच्चा, जवान या बूढ़ा। उन्होंने मेरी भी सुनी थी, बच्चों को प्यार दिया था। मेरे विद्यालय के बारे में पूछताछ की थी। संभवत: तभी मैं भी उनसे जुड़ गई थी। इसका भान तब हुआ, जब पटना जाकर उनको अस्पताल में देखने की इच्छा जाग्रत् हुई। मेरे शहर में जनसंघ में कार्यकर्त्री के नाते श्रीमती विनोदिनी मिश्रा और प्रफुल्ल सिन्हाजी की जोड़ी थी। वे दोनों ने मुझे 1966 में ही जनसंघ पार्टी की सदस्य मात्र एक चवन्नी लेकर बना दिया था। उस समय मुझे पार्टी की न कोई समझ थी, न सरोकार। जानने की उत्सुकता भी नहीं। मेरे पति भी मुझे पार्टी के बारे में विशेष नहीं बताते। मैंने जब उन्हें सदस्यता परची दिखाई, वे चुप रहे। कोई प्रतिक्रिया नहीं हुई। मैंने सोचा था, वे खुश हो जाएँगे। किसी का कट्टर विरोधी,

समर्थक बन जाए तो खुश तो होना ही चाहिए। पत्नी यदि पति की राह पर चलने के लिए कदम बढ़ाए, पति को सुखद लगना चाहिए, पर ऐसा कुछ नहीं हुआ। बिना किसी पद के तीन चुनावों में पार्टी का प्रचार कर और नेताओं के भाषण सुन-सुन थोड़ी-थोड़ी राजनीति समझने लगी थी। इनके मंत्री पद का भी मुझे विशेष एहसास नहीं हुआ। दरअसल मैं चाहती थी, हमारे तीन बच्चों के लालन-पालन में मेरे साथ रहें। शायद दांपत्य का यही तकाजा था।

उसी वर्ष (1974) इनका एम.एल.सी. (बिहार विधान परिषद्) का कार्यकाल पूरा हो रहा था। मैं बहुत खुश थी। ये घर लौटेंगे। छात्र आंदोलन के उग्र होने पर 18 मार्च, 1974 को पटना में गोली चली थी, इसलिए चुनाव टल गया। होली आनेवाली थी। मैं इन्हें बार-बार दूरभाष पर मुजफ्फरपुर लौटने के लिए कहती। ये लौटने ही वाले थे कि अचानक एक दिन इन्होंने दूरभाष पर कहा, "मुझे अब दिल्ली जाना पड़ेगा।"

"क्यों?" मैं दुःखी होकर बोली।

"पार्टी ने मुझे राज्यसभा का सदस्य बनाना निश्चित किया है। होली के तीसरे दिन इसका चुनाव है। मुझे पटना में रहने के लिए कहा गया है।"

मैं मन मारकर रह गई। मुझे इनका दिल्ली जाना बिल्कुल न भाया, पर होनी को कौन टाल सकता था। इनके चुनाव के दिन मैं पटना गई। दूसरे दिन लौटकर आई। शाम ढल रही थी। कुछ लोग इनके स्वागत में घर पर आ गए थे। उनसे बात करते हुए अँधेरा घिर आया। बच्चे घर के अंदर ही थे। हम लोग बाहर बरामदे में बैठे थे। उनके चले जाने पर मैंने कहा, "चलिए! पहले खेत देख आएँ। गरमी की सब्जियाँ लगाई हैं। दो दिन पूर्व पटना जाते समय उनमें फूल देखे थे।"

टॉर्च मँगवाया। टॉर्च की रोशनी में करेला, खीरा, भिंडी और कद्दू के छोटे-छोटे बतिया (बच्चा) को देखकर दोनों हर्षित हो गए। मेहनत से सींचा था। फल आए थे। घर के अंदर जाकर दोनों द्वारा सिंचित तीन संतानों से भी मिले। सुख के भाव साझा किए।

दो-तीन महीने बाद मैं इनके साथ दिल्ली गई। 30, राजेंद्र प्रसाद रोड पर जनसंघ के दो-तीन नेता रहते थे। श्री जगदीश प्रसाद माथुरजी ने हमें भोजन पर बुलाया। उन्होंने अपने पहाड़ी रसोइए से कहा था, "भोजन पर बिहार के लोग आनेवाले हैं। कोई बिहारी डिस भी बनाना।" भोजन की मेज पर उसने एक डोंगा में आलू का भरता बनाकर रखा था। उसमें नमक, मिर्च और सरसों का कच्चा

तेल डाला था। जगदीशजी बार-बार डोंगा हमारी ओर सरका देते। बिहार से बाहर बिहारी चोखा इतना प्रसिद्ध है, मुझे तभी पता चला।

एक और बात यादगार हो गई। वे हमें इंडिया गेट पर घुमाने ले गए। उन्होंने मेरे पति से पूछा, "क्या आप परिवार भी दिल्ली लानेवाले हैं?"

इन्होंने कहा, "सोच नहीं पा रहा। क्योंकि यहाँ इतना कम पैसा मिलेगा कि परिवार कैसे पलेगा? अपने शहर की बात और है।"

मुझे अपने पिताजी के संग का प्रसंग स्मरण हो आया। उन्होंने 1964 में हमारे दिल्ली घूमकर लौटने पर पूछा था, "दिल्ली में रहना पड़े तो?" मैंने तपाक से कहा, "दिल्ली घूमने की जगह है, रहने की नहीं।" इसलिए भी मैं चुप थी।

माथुरजी मेरे पति से बोले, "सोच लीजिए! पत्नी एक बार दिल्ली आ गई तो वापस बिहार लौटकर नहीं जाएगी।" मुझे यह सुनकर बहुत बुरा लगा। पर चुप ही रही। अनजान जगहों और व्यक्तियों के साथ चुपचाप रहकर ही बातों को समझने का अभ्यास बना था। नदी का पानी थाहने के लिए भी आहिस्ते-आहिस्ते पाँव बढ़ाए जाते हैं। सच तो यही था कि 1974 से 1977 तक जीवन ही अनिश्चित हो गया था, इसलिए इन्होंने मुझे दिल्ली ले जाने की बात कभी उठाई ही नहीं। मैंने भी कहाँ इच्छा प्रकट की? दरअसल मन में इच्छा जनमे तब तो प्रकट हो। बीच-बीच में कभी-कभी दिल्ली दो-चार दिनों के लिए जाती थी। हर पंद्रह दिन पर इनका आना-जाना होता था। बिहार आते भी तो पार्टी के काम से बाहर ही बाहर रहते। दूसरी मंजिल का घर बन रहा था। इन्हें हमेशा गाते-गुनगुनाते रहने की आदत थी। उन दिनों एक पंक्ति गाया करते, 'किस काम का ऊँचा महल जो तू बनाएगी, जब ट्रेन का डिब्बा ही घर है।'

बात तो समझ में आती थी कि समाज, देश और पार्टी के काम से अधिक समय बाहर रहते हुए इन्हें भी परिवार से दूरी अखरती थी। परिवार के प्रति दायित्व निर्वहन में कमी सालती थी। पर मैं भी अकेले रहने, पारिवारिक कार्यों के लिए अकेले निर्णय लेने की अभ्यस्त होती जा रही थी। विद्यालय की प्राचार्या के नाते बहुत समय तो उसकी देखरेख में ही बीत जाता। बच्चों से बहुत कुछ सीखती थी। सच! बच्चे ही हमारे गुरु होते हैं। कितना कुछ सिखाते रहते हैं। विद्यालय ने शनैः-शनैः शहर में ख्याति प्राप्त करना प्रारंभ किया।

□

दिल्ली जाने की मजबूरी

बच्चों के साथ दिल्ली जाना तो 1974 के अप्रैल में ही हो सकता था। जब ये संसद् सदस्य बनकर वहाँ गए थे, परंतु अपना स्थायी निवास छोड़ने का कोई इरादा नहीं था। दिल्ली के प्रति कोई ललक भी नहीं थी। कई लोगों ने पूछा तो था, "अब तो आप दिल्ली जाएँगी।"

"नहीं! अभी सोचा नहीं।"

अपने समाज में जड़ जमाए, परिवार को उखाड़कर दूसरी जगह रोपना इतना आसान भी नहीं होता। मेरे लिए तब भी दिल्ली दूर थी। एक बड़ी उलझन भी थी। मेरे बुजुर्ग माता-पिता थे। बीच-बीच में उन्हें गाँव जाकर देख आती थी, इसलिए भी दिल्ली बहुत दूर लगती थी। पर 1975-76 के बीच ठीक एक वर्ष के अंतर पर ईआ-बाबूजी स्वर्गवासी हो गए। मुजफ्फरपुर में मेरे दूसरे मंजिल मकान में लकड़ी का काम पूरा भी नहीं हुआ था। नवीन 14 वर्ष की उम्र में मैट्रिक पास कर गया। प्रवीण छठी कक्षा में था। परिमल की बीमारी का पता लग गया था। चार महीने की बेटी थी। चारों बच्चों की अपनी-अपनी जरूरतें थीं। बच्चा होने के बाद कोई माता-पिता अपने लिए नहीं जीता। पति के साथ दिल्ली जाने की बात किसी के पूछने पर मैं कहती, "वे दो पाँव वाले हैं। मेरे दस पाँव हैं।"

मन में बच्चों को दिल्ली में पढ़ाने की चाहत अवश्य पनपी थी। सबसे बड़ा आकर्षण था—परिमल की बीमारी का इलाज ढूँढ़ना। चिकित्सक द्वारा लाइलाज बीमारी कहे जाने पर भी मन में एक आशा थी—भगवान् इतना निष्ठुर नहीं है। हमने किसी का कुछ बिगाड़ा भी नहीं। फिर हमें क्यों इतनी बड़ी सजा! विश्वास था—उसकी बीमारी का हल निकलेगा। इसके लिए दिल्ली जाना आवश्यक लगा। पर इतना आसान भी नहीं था निर्णय लेना। राजनीतिक जीवन में स्थायित्व नहीं होता। आज का राजा सुविधाओं की दृष्टि से कल रंक भी

हो जाता है। मेरे पति हमेशा कहा करते थे—'राजनीतिज्ञों का जीवन राजभवन से कारागार और कारागार से राजभवन तक होता है।' हम भी तो ऐसे ही झूल रहे थे। मुझे एक बात का भय था। हम तो दिल्ली की सुविधाओं और कोठी से बाहर निकलकर फिर सामान्य जीवन बिता लेंगे, पर बच्चों का क्या होगा। कच्ची उम्र है। यदि वे कोठियों की सुख-सुविधाओं के आदी हो गए तो बड़ी मुश्किल होगी। दूसरी यह भी कि सत्ता के जीवन की चकाचौंध में उनके मन में सुखफहमियों के अंकुर फूटना।

मेरे पति के अंदर भी ये सारी आशंकाएँ थीं। एक बार उस जीवन की लत लग जाने पर शायद मुझे भी कष्ट हो। पर इन्होंने दाँत पर दाँत बैठाकर कहा, "आप दिल्ली जाने की तैयारी करें। जो होगा, देखा जाएगा।"

इन्होंने यह भी बताया, "आडवाणीजी ने कहा है—अब परिवार मुजफ्फरपुर से दिल्ली ले आओ।"

और हमने 1977 के जून माह में दिल्ली जाने का मन बना लिया। चार बड़े-छोटे बच्चे, एक बड़ा सेवक, एक छोटी सेविका और मैं। कुल मिलाकर सात जने अपने चूल्हा-बरतन, एक-एक अटैची कपड़े के साथ दिल्ली पहुँच गए। विट्ठल भाई पटेल हाउस (रफी मार्ग) का कमरा नंबर 208-209 भर गए। छोटे पड़ गए। मेरे साथ मेरा चचेरा भाई कामोद भी आई.ए.एस. प्रतियोगिता की तैयारी के लिए दिल्ली आया था। उन दिनों दिल्ली में रहकर आई.ए.एस.-आई.पी.एस. की तैयारी के लिए बिहार के नौजवान दिल्ली आने लगे थे।

दिल्ली पहुँचकर भी मुझे बहुत घबराहट होती। कैसे रह पाऊँगी? तेज भागती दिल्ली के कदम-से-कदम मिलाना आसान नहीं था। विट्ठल भाई पटेल हाउस की बालकनी में बैठकर रफी मार्ग पर भागते नर-नारियों को देखती। दिल्ली में रहने के लिए शाम को जमते विश्वास के अंकुर सुबह तक पुनः अविश्वास के पाँव तले रौंद दिए जाते।

दिल्ली में रहना आसान नहीं था। संसद् सदस्य की आमदनी भी बहुत कम थी। कैसे निभेगा? गहन चिंता थी। सबसे बड़ी चिंता तीनों बच्चों के लिए स्कूल तलाशने की थी। दिल्ली स्थित पब्लिक स्कूल की ओर तो हमने देखा भी नहीं। आर्मी पब्लिक स्कूल के प्रिंसिपल से अवश्य बात की। अंततोगत्वा गोल मार्केट के सेंट्रल स्कूल में तीनों बच्चों के नामांकन हुए। नवीन का नामांकन ग्यारहवीं कक्षा में ही हुआ। बिहार के विद्यालय से 14 वर्ष की आयु में मैट्रिक (ग्यारहवीं) पास

करने पर सबको आश्चर्य होता था। यहाँ तो सोलह वर्ष के पूर्व कॉलेज में नामांकन का प्रश्न ही नहीं उठता था।

तीनों बच्चे विद्यालय जाने लगे। मिली की देख-रेख के लिए एक छोटी लड़की थी, मानो मिली की बढ़त से प्रतिद्वंद्विता कर रखी थी सहेलिया ने। अत्यंत गरीब घर की लड़की सहेलिया को गाँव में भरपेट भोजन नहीं मिलता था। बढ़त रुक गई थी। मेरे घर में रहकर शीघ्र बड़ी हो गई। मेरी बेटी मिली का ध्यान रखती। संस्कारी लड़की थी। मितभाषी।

हमने विट्ठल भाई पटेल हाउस छोड़ दिया। नॉर्थ एवेन्यू के 122 नंबर फ्लैट में चले गए। नीचे कोई ऑफिसर रहते थे। अपने हमउम्र उनके बेटे के साथ प्रवीण खेलना चाहता था, परंतु शहरी संस्कृति के वे माता-पिता ग्रामीण परिवेश से आए एम.पी. के बच्चे के साथ अपने बेटे को खेलने नहीं देना चाहते थे। एक महीना भी नहीं बीता था। मंत्रिमंडल का विस्तार हुआ। मेरे पति का नाम भी शपथ-ग्रहण करनेवाले राज्यमंत्रियों की सूची में था। बहुतों का फोन आए। कई लोग मिलने आए। नीचेवाली महिला भी बधाई देने ऊपर आई। उसका मुसकराना रुक ही नहीं रहा था। देखा तो कई बार था, पर इससे पूर्व वह हमें देखकर कभी मुसकराई नहीं थी। इतना तो स्पष्ट था कि उसकी वह मुसकराहट हमारे लिए नहीं, मंत्री पद के लिए थी। उसने प्रवीण को प्यार भरी नजरों से पहली बार देखा। कहा, "बेटा! आ जाया करो खेलने। मेरा बेटा भी अकेला रहता है।"

दस वर्षीय प्रवीण के मन में दुनियादारी की समझ का एक बीज पड़ गया। हमें यह बात समझ में आई कि कब, कितना और क्यों बदल जाते हैं लोग।

इनके शपथ-ग्रहण में शामिल होने के लिए इनके स्कूल-जीवन के साथी श्री नर्मदेश्वर सिन्हा (उद्योगपति) जमशेदपुर से आए। उन्होंने अपनी इंडस्ट्री प्रारंभ की थी। कुछ दिन विट्ठल भाई पटेल हाउस में भी रहे थे। उन्होंने स्मरण दिलाया, "आप जब पटना में मंत्री बने थे, तब भी मैं शपथ ग्रहण में आया था। मेरा आना आपके लिए शुभ होता है।"

उन्होंने मुझसे पूछा, "आप कौन सी साड़ी पहनकर राष्ट्रपति भवन जाएँगी?" मैंने अपना चार-पाँच साड़ियाँ का भंडार दिखा दिया। संभवत: उनके अनुसार उनमें से एक भी साड़ी राष्ट्रपति भवन पहनकर जाने लायक नहीं थी। वे सायंकाल एक सिल्क की साड़ी खरीदकर ले आए। राष्ट्रपति भवन में वही साड़ी पहनकर गई।

हमें मकान बदलना था। कोठी में जाना था। अशोक रोड स्थित 16 नंबर की

कोठी पसंद आई। कुछ दिन पूर्व मैंने उस मकान को ललचाई नजरों से देखा था। वही मिला। मुजफ्फरपुर की जमीन के साथ भी ऐसा ही हुआ था।

मंत्री की तनख्वाह मात्र 2,200 रुपए प्रतिमाह थी। आयकर हटाकर 1,700 रुपए प्रतिमाह। घर आने-जाने वालों की संख्या बढ़ गई थी। कैसे घर चलाएँ? बड़ी चिंता होती। किसी और से क्या कहूँ? इनसे कहती। इन्होंने एक दिन कहा, "आप कहें तो त्यागपत्र दे दूँ।"

भला मैं ऐसा कैसे कहती! जिस जीवन को इन्होंने चुना था, उस जीवन की एक सीढ़ी आगे बढ़े थे। मैं कैसे सीढ़ियाँ उतरवाती। और मेरे कहने से उतरनेवाले भी तो नहीं थे।

मैं यह तो पूछती, "मैं क्या करूँ?" दरअसल बड़ी कोठी में मंत्राणी बनकर सुख-आराम से रहना अपने को कहाँ भा रहा था। मजदूरी करना ही पसंद था। आदत हो गई थी। मैंने ढूँढ़ लिया अपने लिए कुछ काम। सत्तापक्ष जनता पार्टी के मंत्रियों की पत्नियों और उसी सोच-विचार की थोड़ी सी महिलाओं ने मिलकर एक संस्था बनाई थी। नाम दिया था, 'महिला दक्षता समिति'। मैं भी उस संस्था की सदस्य बन गई।

घर से बाहर निकलने, समाज की समस्याओं पर चर्चा करने, महिलाओं की समस्याओं के निदान निकालने में सुख मिलता। महँगाई पर बात करते हुए अपने घरों (मंत्री की पत्नियों के घरों) में महँगाई से निबटने के उपायों का आदान-प्रदान होता। मैंने भी सभी सब्जियों के साथ अपने बड़े अहाते में दाल की महँगाई से निबटने के लिए अरहर लगाने, परिसर में भैंस-गाय (किसी और के) रखकर दूध की मुफ्त व्यवस्था करने की बात बताई।

समिति की अध्यक्ष श्रीमती प्रमिला दंडवते ने तपाक से कहा, "मुझे भी चार-पाँच अरहर के पौधे देना। मैं गमलों में लगा लूँगी।" मुझे उनकी कृषि संबंधित अज्ञानता पर हँसी आ गई। मैंने अपने को सँभाला और कहा, "चार-पाँच अरहर के पौधों से क्या होगा?"

वे बोलीं, "घर में मैं और दंडवते ही तो हैं?"

मैंने कहा, "एक तो अरहर के पौधों का पुनर्रोपण नहीं होता। दूसरा, पाँच पौधों के दाने में एक व्यक्ति के लिए भी साल भर की दाल नहीं निकलेगी।"

वे थोड़ी परेशान दिखीं। मैंने कहा, "मेरे परिसर में ही अरहर फलने दीजिए। उसी में से दाने आपको भी दूँगी।"

मेरे घर मेहमान बहुत आते थे। दो सब्जियाँ स्थायी रूप से मेरे डाइनिंग टेबल पर शोभायमान रहतीं। पालक का साग और मूली का रायता। महीने का तेल और घी का खर्च कम-से-कम होता।

परिवार के सदस्यों के लिए कम-से-कम कपड़े खरीदे जाते। और भी कुछ उपाय निकाले कम आमदनी से निबटने के।

□

जस-की-तस धरि दीन्हीं चदरिया

मानो जनता पार्टी की सरकार ने चलना ही सीखा हो और बैठ गई। सत्ता के गलियारों में पाँव नहीं जमा पाई। दरक गया रिश्ता। आपातकाल में कई विरोधी दलों के नेता जेल में बंद थे। वहीं एकता बनी थी। आपातकाल की समाप्ति पर बाहर आए। जनता भी इनकी एकता चाहती थी। इंदिरा गांधी द्वारा आपातकाल की शासकीय ज्यादतियाँ सह-सहकर जनता बदलाव चाहती थी। प्रधानमंत्री इंदिरा गांधी के गुप्तचरों द्वारा दी गई सलाह गलत साबित हुई। जनता तो पहली बार कांग्रेस विरोधी हुई थी। जनता के उस मनोभाव को देखते हुए ही कई विरोधी दल एक हुए थे।

मानो मत मिलाया था, मन नहीं मिला। मिलता भी कैसे? कई नेताओं की महत्त्वाकांक्षाएँ कुलाँचें भरने लगीं। देश का प्रधान बनने के सपने कइयों ने सँजोए थे। ढाई वर्ष चली जनता पार्टी की सरकार। 28 जुलाई, 1979 को देश की पहली संविद सरकार बनी। चरण सिंह प्रधानमंत्री और कांग्रेस के वी.पी. चह्वाण ने उनके डिप्टी का पद सँभाला। चरण सिंह को विरोधी पक्ष (इंदिरा कांग्रेस) ने समर्थन देने का आश्वासन दिया। जनता पार्टी टूट गई, पर संसद् में विश्वास मत नहीं प्राप्त कर सके मा. चरण सिंहजी। प्रधानमंत्री की कुरसी पर उनके आसीन होते ही इंदिरा गांधी ने अपना समर्थन वापस ले लिया। वही हुआ, जिसकी आशंका थी। 1977 के लोकसभा चुनाव में दो-तिहाई संख्या बल पर बनी सरकार गिर गई। मध्यावधि चुनाव की घोषणा हो गई। जनता पार्टी में बची-खुची पार्टियाँ थीं। पुरानी जनसंघ पार्टी ही प्रमुख थी।

उस शाम असमंजस की स्थिति थी। पूरा देश ही नहीं, विदेश में भी देशी-विदेशी लोगों की निगाह दिल्ली के राष्ट्रपति भवन पर थी। प्रधानमंत्री मोरारजी देसाई और चौ. चरण सिंहजी ने अपने पक्ष के संसद् सदस्यों की अपनी-अपनी सूची राष्ट्रपति संजीव रेड्डीजी को सौंप दी थी। शाम तक जो जहाँ था, इंतजार में बैठा

था। सरकार बनाने के लिए किसे बुलावा जाएगा।

उस समय मैं भारत सरकार में वरिष्ठ मंत्री की पत्नी और महिला दक्षता समिति की अध्यक्ष प्रमिला दंडवतेजी के साथ श्रीमती कैलाश रेखीजी के घर बैठी थी। महिला दक्षता समिति की बैठक लेनी थी। प्रमिलाजी ने कहा, "मृदुला ही अध्यक्षता करेगी।"

मैं उनका बहुत सम्मान करती थी, पर उस क्षण अपने मन की स्थिति देखकर मैंने कहा, "मैं अध्यक्षता नहीं करूँगी। मेरा ध्यान तो राष्ट्रपति भवन की ओर है।" प्रमिलाजी ने मुझे इशारे से कहा, "ऐसा मत कहो। लोग कहेंगे कि हमें मंत्री पद से बड़ा लगाव है।"

उनके पति श्री मधु दंडवते भी रेल मंत्री थे। प्रमिलाजी दरशा रही थीं कि मंत्री रहने न रहने का उन पर कोई असर नहीं पड़ेगा। मैंने कहा, "प्रमिलाजी! थोड़ी ही देर में हमारे भाग्य का फैसला हो जाएगा। आज जो सुख–सुविधाएँ मिल रही हैं, सब समाप्त हो जाएँगी। कोठी, कार, चपरासी सब जाएँगे। देश नहीं, व्यक्तिगत जीवन में भूचाल ही आ जाएगा।"

प्रमिलाजी मुझे रोक रही थीं। मिसेज रेखी के फोन की घंटी बजी। दरअसल उनका भी ध्यान बैठक में नहीं था। सरकार में अस्थिरता आने पर वे चरण सिंहजी के साथ चली गई थीं। अपने दूरभाष की घंटी सुन वे अंदर भागीं। अंदर गूँजा जोरों की सामूहिक हँसी का स्वर हमारे पास तक बाहर पहुँचा। राष्ट्रपति के द्वारा चरण सिंहजी को सरकार बनाने के लिए बुला लिया गया था। श्रीमती रेखी लड्डू का डिब्बा लिये हमारे पास आईं, "लीजिए, खाइए लड्डू। चौ. चरण सिंह बन रहे हैं प्रधानमंत्री।"

प्रमिलाजी ने लड्डू उठाया। मैंने कहा, "कैलाशजी! हम कैसे खाएँ लड्डू! हमारे पति तो अब मंत्री नहीं रहेंगे।"

कैलाश रेखी के पास हमारे साथ सहानुभूति जताने का भी समय नहीं था। वे चौ. चरण सिंह के यहाँ जाने के लिए उतावली थीं। हम भी अपनी-अपनी कोठी में लौटीं। सामने बैठे स्टॉफ के लोग सिर नीचा किए खड़े थे। मैं भी वहीं बैठ गई। दोनों चुप थे। मेरे मन की चिंता गहरा रही थी—फिर से नए घर में नई व्यवस्था करनी होगी। छोटा घर लेना होगा। फैले हुए परिवार-साम्राज्य को सिकोड़ना होगा। बड़ा कठिन कार्य। बच्चों के मन पर कहीं कोठी, कार और सेवक-सेविकाओं द्वारा मिली सेवा का प्रभाव न पड़ा हो। उनका मन समेटना भी कठिन पड़ेगा।

उनके मन की चिंता भी समझ सकती थी। पर उसे छेड़ने के लिए शब्द नहीं थे। तभी इनके कंठ से शब्द रिसे—'जस की तस धरि दीन्हीं चदरिया।' सच था। जिसे पचाते रहने से ही सुख मिला। यही कमाई थी। उस काल-कोठरी में जाकर साबुत और चादर पर बिना धब्बे के लौट आया, व्यक्ति सराहनीय लगा। बच्चों के मन का आकलन भी हो गया। 17 वर्षीय बेटा नवीन बोला, "अपना क्या है इस कोठी में। पलंग पर बिछी चादर और एक छोटी अटैची कपड़े उठाए और भागे।" यानी कि बच्चा भी नहीं रमा था, उस शान-शौकत में। अपनी उपलब्धि भी यही थी। थाती। थोड़े दिनों बाद ही हम 10 राजेंद्र प्रसाद रोड, नई दिल्ली में रहने आ गए। वह मकान और परिसर 16 अशोक रोड से बहुत छोटा था। हमारे परिवार के लिए यथेष्ट। राज्यसभा में इनका कार्यकाल 7-8 महीने बचा था।

□

अब कभी मत लिखना माँ

इनके मुजफ्फरपुर लौट जाने के बाद हम विट्ठल भाई पटेल हाउस, रफी मार्ग, नई दिल्ली आ गए। दोनों बच्चे स्कूल चले जाते थे। छोटा बेटा और नन्ही मिली घर में। काम करने के लिए सेवक-सेविकाएँ थीं ही। मेरा समय कैसे कटे? मैं कुछ कहानियाँ और लेख लिख चुकी थी। वे कई पत्रिकाओं में छप चुके थे। लिखने की हिम्मत बढ़ी थी। सच बात बताऊँ कि मैंने अधिक साहित्य नहीं पढ़ा था। बड़े-बड़े साहित्यकारों को भी नहीं। गोया कि मैं पढ़ाकू नहीं थी।

इसलिए जब मेरे पति ने कहा, "अब आप उपन्यास लिखिए।"

मैं फिर गुस्सा हुई। मैं उपन्यास कैसे लिखूँ?

सोच में पड़ गई। इनके मंत्री रहते मैंने महाभारत का प्रथम भाग ध्यान से पढ़ा था। ययाति का चरित्र अद्भुत लगा था। साथ ही सर्वप्रथम मराठी में लिखित और हिंदी में अनूदित 'ययाति' उपन्यास भी दो बार पढ़ा। मेरे मन में एक बात आई—क्यों न अपने समाज में ययाति को ढूँढ़ूँ। उसी की कहानी लिखूँ।

अखिरकार ययाति का जीवन भी तो एक सिद्धांत और व्यवहार का प्रतीक ही हर युग में ययाति होते हैं। मैंने उपन्यास लिखना प्रारंभ किया। महिला दक्षता समिति का कार्य चल ही रहा था। इस बीच भा.ज.पा. ने महिलाओं के बीच काम बढ़ाने, महिला समस्याओं के निदान के लिए कानूनी और सामाजिक स्तर पर प्रयत्न करने के लिए अपनी एक 'महिला शाखा' खोलने का भी निश्चय किया।

विट्ठल भाई पटेल हाउस में भी प्रथम तल पर दल के वरिष्ठ (पंजाब के) नेता श्री यज्ञदत्त शर्माजी रहते थे। उन्होंने नई पार्टी के कार्यालय की जिम्मेदारी सँभाली थी। मैं उनके यहाँ आया-जाया करती। वे विद्वान् थे। उनसे कुछ पूछना होता, सीखना होता, थोड़ी देर के लिए उनके पास बैठती।

एक दिन उन्होंने पूछा, "आप कितने समय दिल्ली में रहनेवाली हैं?"

"मैं नहीं जानती। पर आप क्यों पूछ रहे हैं?"

इसलिए कि पार्टी देश भर में महिलाओं का एक संगठन खड़ा करना चाहती है। राजमाताजी के जिम्मे यह कार्य होगा, पर वे तो नेता होंगी। कार्यकर्ता भी चाहिए उनको। आप दिल्ली में रहेंगी तो आपको उनकी सहयोगी का कार्यभार दिया जाएगा।"

मैं सोच में पड़ गई। हाँ कहूँ या ना। दिल्ली में मेरा रहना पूर्णरूपेण निश्चित नहीं हुआ था। महिला मोर्चा का गठन हो गया। राजमाता विजयाराजे सिंधिया को संयोजन की जिम्मेदारी मिली और मुझे उनकी सहायता करने की। मेरे दायित्व पद और कार्य की रूपरेखा निर्धारित नहीं हुई थी। मैं कभी-कभी कार्यालय जाने लगी।

इधर उपन्यास लिखने का काम तेजी पर था। नियमित रूप से लिखती। पूरे उपन्यास के अध्याय बना लिये थे। ययाति (पांडुलिपि लिखित) भी साथ रखती, ताकि कहानी का क्रम बना रहे। मिली स्कूल नहीं जाती थी। मेरे साथ ही बैठती। मैं उसे क, ख, ग, घ लिखकर देती। वह भी उतनी ही तन्मयता से अक्षर लिखती, मानो उपन्यास लिख रही हो। हिंदी की वर्णमाला वह शीघ्र सीख गई। अक्षर जानने पहचानने और लिखने लगी। मेरा उपन्यास लेखन जारी था, पर मैं उपन्यास की वर्णमाला नहीं सीख पाई थी। अपने पर विश्वास नहीं था। जो मैं लिख रही थी, वह उपन्यास कहलाने लायक होगा क्या? मन में असमंजस और अविश्वास तो था ही। बेटी मिली आगे बढ़ रही थी, इसलिए मैं उसे मात्रा सिखाने लगी। आ से लेकर ऋ मात्रा तक सीखने में भी उसने समय नहीं लगाया। उसे व्यस्त रखना मेरी मजबूरी थी। पुरानी सीखी हुई बातों में वह व्यस्त नहीं रहती थी, इसलिए नया सिखाना पड़ता था। और नया सिखाते-सिखाते उसे पूरी मात्रा का ज्ञान हो गया।

वह मोटे अक्षरों वाली पुस्तकें पढ़ने लगी। मेरा उपन्यास पूरा हुआ। उसे कई बार दुहराना बाकी था। 1981 अंतरराष्ट्रीय विकलांग वर्ष घोषित हुआ। विकलांग को विकलांग कहना मुझे उचित नहीं लगता था। इस बीच मेरी छोटी चचेरी बहन विधा के पति श्री राजदेव राय की एक टाँग गंगा पार करते समय स्टीमर में कट गई। उन्हें आर्टिफिसियल पाँव लगाना था। डॉ. सेठ द्वारा 'जयपुर फुट' बनाने की बड़ी चर्चा थी। मैं अपने बहनोई को जयपुर लेकर गई। वहाँ उनका पाँव बना, परंतु पूरी संस्था का वातावरण, कर्मचारियों का उत्साह और पाँव बनाने में उनकी निष्ठा ने मुझे बड़ा प्रभावित किया। कई प्रसंग सुने।

मेरी अपनी व्यथा थी, मेरे तीसरे पुत्र चुन्नू की बीमारी और असहायता बढ़ती

गई थी। मुझे देखकर बड़ी पीड़ा होती। उस पीड़ा को कम करने हेतु भी उपन्यास लेखन आवश्यक था। जैसी पीड़ा मेरी थी, वैसी ही करोड़ों उन माता-पिताओं की होगी, जिनके बच्चे अनेक प्रकार की लाइलाज बीमारियों से जूझ रहे होंगे। क्यों न इसी विषय पर उपन्यास लिखकर उनको भी पीड़ा कम करने की थोड़ी सी दवा दूँ।

मेरे मन में एक उपन्यास का कथानक उभर आया। मैंने सोचा कि 1981 में मेरे नए उपन्यास का आना जरूरी है। मैंने नए उपन्यास के अध्याय बनाए। और सीखना प्रारंभ कर दिया। दिन-रात कथानक के बारे में ही सोचती। प्रत्येक चरित्र को उसकी भूमिका में जीवंत बनाना चाहती थी। प्रत्येक चरित्र मुझसे बतियाने लगा। अपनी व्यथा सुनाते मैं उनकी व्यथा को अपने व्यथित मन के भाव में डुबोती, उन्हें सशक्त बनाती आगे बढ़ती गई। स्थिति ऐसी हो गई कि अपने बच्चों को भी उपन्यास पात्रों के नाम से पुकारने लगी। पंद्रह दिनों में उपन्यास पूरा हो गया। मैंने उसका नाम 'आधे-अधूरे' रखकर प्रभात प्रकाशन को प्रकाशनार्थ भेज दिया। 1981 का दिसंबर माह चढ़ा था। उसी माह में उसे प्रकाशित कराना था।

इस बीच मेरे ससुरजी का देहांत हो गया। हमें मुजफ्फरपुर जाना पड़ा। मेरे पति ने ही मुखाग्नि दी थी। हम गाँव गए। पर श्राद्धकर्म के लिए सामान खरीदने मुजफ्फरपुर आ गई। रात्रि के आठ बजे श्री श्यामसुंदरजी (प्रकाशक) का फोन था—"उपन्यास का वह शीर्षक नहीं चलेगा। मोहन राकेश द्वारा इस नाम का प्रसिद्ध नाटक प्रकाशित है। दूसरा नाम बताएँ।"

पुनः चिंता की स्थिति में आ गई। मानसिकता बिल्कुल बदल गई थी। दूसरा नाम देने के लिए पुनः पुस्तक की पांडुलिपि पढ़नी आवश्यक थी, जो मेरे पास नहीं थी। चिंतित हो गई मैं। गाँव वापस होना था। वहाँ का माहौल ही दूसरा था। वहाँ उपन्यास की बात सोची नहीं जा सकती थी। गहन चिंता में नींद भी गहरा गई। भोर के चार बजे थे। मेरी नींद खुली। पर जबान पर 'ज्यों मेहँदी को रंग' तिर आया था। कुछ देर तो मैं बुदबुदाती रही। पर थोड़ी देर बाद उसके आगे-पीछे की पंक्ति ढूँढ़ने लगी। लाख कोशिश की, वह दोहा पूरा नहीं हुआ। किससे पूछूँ। मेरे पति भी नहीं थे। मुझे सुबह होने का इंतजार था। अगल-बगल कोई बतानेवाला नहीं था। उधर सूर्य का लाल गोला मेरे मकान के सामने के आकाश में आया, इधर अचानक पंक्तियाँ जिह्वा पर तिर आईं—

"यों रहीम सुख ऊपजै, उपकारी के संग।
बाँटन बाडे को लगै, ज्यों मेहँदी को रंग॥"

फिर तो मैं उस दोहे के भावार्थ में डूब गई। ऐसा लगा कि उपन्यास का निचोड़ ही यह दोहा है। मैंने दूरभाष पर श्यामसुंदरजी को खबर की, "उपन्यास का नाम रखिए—'ज्यों मेहँदी को रंग'। इस प्रकार मेरी दूसरी पुस्तक 'उपन्यास' छप गई। जिसे उलट-पलटकर देखती मैं विभोर हो रही थी।

मैं अपनी किसी मित्र को कह रही थी, "अब थोड़े दिन कुछ नहीं लिखूँगी। बहुत थक गई।"

चार वर्षीया बेटी मिली मेरे पास बैठी थी। टपक पड़ी हमारे बीच। बोली, "माँ! अब कभी मत लिखना।"

हम लोग उसकी ओर देखने लगे। एक मासूम की पीड़ा थी। माँ के साथ रहते हुए भी उसका सान्निध्य न मिलने की पीड़ा।

पुस्तक मैंने अपने पति को मुजफ्फरपुर भेजी। दूरभाष पर उनका मंतव्य जानना चाहा। वे बोले, "मुझे मत पूछिए। मैं शेक्सपीयर की भी बखिया उधेड़ता हूँ। (अंग्रेजी के प्रोफेसर हैं) आप लिखते जाइए। बस!"

मेरी लेखकीय यात्रा के लिए उतना शुभ संदेश काफी था। और इस विचार की पुष्टि भी कि वे मेरी अनावश्यक प्रशंसा नहीं करेंगे। उनकी यह पहल मेरे लिए अधिक उपयुक्त और उत्साहवर्धक लगी।

साहित्य हो या राजनीति। रगड़ाई ही होती है। मेरे लिए दोनों क्षेत्र प्राथमिक अवस्था में थे। साहित्य और राजनीति का ककहरा प्रारंभ किया था। उन्हीं दिनों मुझे भा.ज.पा. की राष्ट्रीय कार्यकारिणी सदस्य बना दिया गया। मुझे बाद में पता चला कि किसी राष्ट्रीय पार्टी की कार्यकारिणी का सदस्य बनना बड़ी बात होती है। बिन माँगे मिले पद की भी अहमियत होनी चाहिए। उसका सम्मान अपने कार्यों से ही किया जा सकता है।

□

बूथ की छपाई मार गई

सन् 1980 के लोकसभा चुनाव में जनता पार्टी की हार के बाद जनता पार्टी को बँटना ही था, बँट गई। दोहरी सदस्यता के नाम पर (राष्ट्रीय स्वयंसेवक संघ और जनसंघ) हमारे दल को अलग कर दिया गया। हमारे नेताओं ने अलग होना स्वीकार कर लिया। वे राष्ट्रीय स्वयंसेवक संघ से अपना संबंध नहीं तोड़ सकते थे। संघ से हमारा संबंध सदस्यता का नहीं था, संस्कार का था। संस्कार कैसे समाप्त किए जाएँ। वे तो रक्त में घुल-मिल जाते हैं।

पुनः 6 अप्रैल, 1980 को नई पार्टी 'भारतीय जनता पार्टी' बनी। देश भर में हमारी पार्टी के कार्यकर्ताओं के अंदर खुशी की लहर दौड़ गई। दरअसल जनता पार्टी बनने पर ऊपर तो बड़े नेता मिल गए थे। परंतु नीचे के कार्यकर्ता अपने भिन्न-भिन्न संस्कारों के कारण तीन वर्षों में भी समरस नहीं हो पाए थे। इसलिए अलग होने पर चैन की साँस ली। भारतीय जनता पार्टी के प्रथम अध्यक्ष श्री अटल बिहारी वाजपेयीजी हुए। श्री लालकृष्ण आडवाणीजी महामंत्री। सभी राज्यों में नए अध्यक्ष और समितियाँ बनीं।

31 मार्च को राज्यसभा में इनका कार्यकाल पूरा हो चुका था। हम 10, राजेंद्र प्रसाद रोड पर रहते थे। मैंने इनसे कहा, "आप शीघ्र मुजफ्फरपुर लौटकर कॉलेज ज्वॉइन करिए।"

"आडवाणीजी ने 6 अप्रैल तक यहीं रुकने के लिए कहा है।" इन्होंने कहा। मैं चिंता में थी ही। इन्होंने कहा, "1959 से 1980 तक यही एक सप्ताह तो बिना तनख्वाह के रहूँगा। हम सबने तो मजदूरी की ही है।" यह सच था। हम बिना तनख्वाह के एक महीना भी रहना नहीं सोच सकते थे। ये गाया करते थे, 'दुनिया चाहे जो समझे, मैं तो मजदूर हूँ।'

मैं भी कोई नौकरी नहीं कर पाई थी। लेखन और दूरदर्शन-रेडियो से मिली

मेरी आमदनी से पूरे परिवार के साल भर के कपड़े भी नहीं बनते। इन्होंने आठ दिनों बाद कॉलेज की नौकरी फिर प्रारंभ कर दी। वैसे हमारे शहर के दो-चार कांग्रेस के प्रोफेसर नेता जो राजनीति में आगे बढ़े, फिर लौटकर कॉलेज में पढ़ाने नहीं गए। इनके मुजफ्फरपुर लौटने से फिर दो चूल्हे हो गए।

1980 के लोकसभा चुनाव में मैं नई दिल्ली से जनता पार्टी के उम्मीदवार श्री अटल बिहारी वाजपेयीजी की चुनाव संयोजिका थी। दिन-रात मेहनत करती। कई महिलाओं को जोड़ा। पहली बार महिलाओं ने एक योजनाबद्ध तरीके से चुनाव प्रचार में हिस्सा लिया।

राज्यों के चुनाव घोषित हुए। मेरे पति को मुजफ्फरपुर विधानसभा से चुनाव लड़ने का निर्देश मिला। निर्देश इसलिए कि उन दिनों चुनाव में प्रत्याशी बनने हेतु अधिकांश उम्मीदवार पार्टी के निर्देश का ही पालन करते थे। चुनाव प्रचार ठीकठाक था। कार्यकर्ताओं में जोश था। प्रचार की दृष्टि से नंबर वन पर भा.ज.पा. थी। दो दिन पूर्व श्री अटल बिहारी वाजपेयीजी की सभा थी। भीड़ उमड़ पड़ी। पताही हवाई अड्डे से लेकर टाउन हॉल तक खचाखच भीड़। हमारे कार्यकर्ता मानो जीत की खुशी मनाने लगे। मतदान के एक दिन पूर्व मेरे ही मुहल्ले में किसी के नए घर में बम फूटा। बम बनाता एक व्यक्ति मरा। दूसरे दिन सुबह 11 बजे तक सभी बूथों पर 80 प्रतिशत मतदान हो चुका था। किसी को समझ में नहीं आया, हुआ क्या? मतदाता तो अभी घर में ही थे। हम सब पेटियों में डाल दिए गए। जब बात समझ में आई तो लोकतंत्र में उस कुकृत्य को 'बूथ की छपाई' नाम दिया गया। कोई कुछ नहीं कर पाया। न नेता, न कार्यकर्ता, न प्रशासन। कांग्रेस पार्टी के उम्मीदवार श्री रघुनाथ पांडे ने सारे बूथ छाप लिये। भारी मतों से विजयी घोषित हुए।

दिल्ली लौटी थी। मा. अटलजी से मिलना हुआ। उन्होंने पूछा, "कैसे हार गए? वहाँ की सभा में बड़ी भीड़ और उत्साह था।"

"तभी तो हार गए।"

"अच्छा! वह कैसे?"

और मैंने उनसे बूथ की छपाई का सारा हाल बयान किया। वे स्तब्ध रह गए। आपातकाल की जंजीरों को तोड़कर लोकतंत्र की बहाली हुई थी। फिर लोकतंत्र में एक नई बीमारी कैसी और क्यों लगी? वे चिंतित हो गए।

मैं बच्चों सहित दिल्ली में ही रही। मैंने एक लेख लिखा—'बूथ की छपाई मार गई।' चुनाव का विस्तृत वर्णन था। श्री विजय कुमार मल्होत्रा (दिल्ली के

भा.ज.पा. अध्यक्ष) ने पत्रिका में उसे पढ़ा। बोले, "यह क्या लिखा है आपने? क्या ऐसा संभव है?"

मैंने कहा, "जो लिखा है, वह संभव हो चुका। मैंने आँखों-देखा हाल बयाँ किया है। कोई अतिशयोक्ति नहीं। और चिंता मत कीजिए। पूरब की हवा पश्चिम स्थित दिल्ली तक पहुँचेगी।" बिहारवासी अपने गाँव से चीउरा, सत्तू, सब्जियों के साथ वोगस पोलिंग की कला भी ले आए थे।

और ऐसा ही हुआ। बिहार से दिल्ली आनेवाले मजदूर, व्यापारी, विद्यार्थी की संख्या बढ़ने लगी। 1983 में दिल्ली के चुनाव (मेट्रोपॉलिटन काउंसिल) में मुख्य चुनाव बूथों पर गलत मतदान (वोगस पोलिंग) करवाए गए। मुजफ्फरपुर में बूथ की छपाई करनेवाली भी कांग्रेस पार्टी ही थी। और दिल्ली में वोगस पोलिंग करनेवाली पार्टी भी वही।

□

दहेज विरोधी प्रथम महिला सम्मेलन

महिला मोर्चा का गठन हो रहा था। यों तो भारतीय जनसंघ पार्टी के दिनों में भी सारे देश में महिला सम्मेलन होते थे। पर पुरुष कार्यकर्ता ही उनके आयोजन में लगते थे। ज्यादातर महिलाएँ भी अपने कार्यकर्ताओं के घर से ही आती थीं। हर राज्य में मात्र एक-दो महिलाएँ ही सक्रिय हुई थीं। उनका नाम भी दल के अंदर ही लोग जानते थे। आपातकाल में हमारी वे बहनें भी जेल गईं; जिनमें प्रमुख थीं—डॉ. कमला वर्मा (हरियाणा), जयवंती बेन मेहता (मुंबई) और सुमति ताई सुकलीकर (नागपुर)।

भा.ज.पा. बनने के बाद हर राज्य से प्रमुख महिलाओं को ढूँढ़ा जाने लगा। 1980 में भी राजस्थान में चार विधायिकाएँ थीं। दिल्ली और दिल्ली के आसपास दहेज हत्याओं की संख्या बढ़ गई थी। कहीं स्वयं महिलाएँ जलतीं, तो कहीं बहुएँ जलाई जा रही थीं। ऐसी हालत में राजनीतिक दल होने के नाते भारतीय जनता पार्टी का भी कर्तव्य बनता था, दहेज के कारण बहुओं को जलाने जैसे जघन्य अपराध के लिए समाज की भर्त्सना करे। वहीं सरकार पर दबाव डालकर सख्त कानून बनवाए। इसलिए महिला मोर्चा को यह जिम्मेदारी दी गई। मोर्चा की अध्यक्ष राजमाताजी थीं। मैं महामंत्री। पर मोहिनी गर्गजी बिना किसी पद के भी मेरे साथ काम करतीं। हम दोनों प्रतिदिन कार्यालय आतीं। बैठती। बात-विचार करतीं। मोर्चा की उस स्थिति और अवस्था में हमें पुरुष नेताओं से भी सहयोग लेना पड़ता। जब चाहें उनका सान्निध्य और सहयोग मिल जाता था, मानो शीर्ष पर बैठे सब-के-सब नेता महिलाओं को आगे बढ़ाने के लिए तत्पर हों। कभी मैं अकेली, कभी मोहिनीजी तो अकसर हम दोनों साथ-साथ अटल बिहारी वाजपेयी, लालकृष्ण आडवाणीजी से कुछ-कुछ पूछकर आतीं। उन दिनों मोहिनीजी की टाँग टूट गई थी। वे अस्पताल में भर्ती थीं। मुझे अकेले सम्मेलन की व्यवस्था करनी थी। मैं अकेले थी भी और नहीं भी। अटलजी हर कदम पर साथ थे। कभी मैं उनसे पूछने जाती, कभी वे स्वयं

बुला लेते। सम्मेलन की तैयारी के लिए बैठक बुलाई। कुछ महिलाएँ और विजय कुमार मल्होत्रा (दिल्ली भा.ज.पा. अध्यक्ष) भी उपस्थित थे। बाहर से आ रही महिलाओं को ठहराने, 2 अगस्त को वोट क्लब पर बड़ा स्टेज बनाने और सम्मेलन के लिए 25 हजार महिलाओं को जुटाने की जिम्मेदारी दिल्ली प्रदेश भा.ज.पा. पर ही थी। देश के अन्य राज्यों से भी महिलाओं को भेजने की जिम्मेदारी पुरुष वर्ग ने ही ली थी।

राजमाताजी को सभी तैयारियों की जानकारी दी जाती। 1 अगस्त को विचार गोष्ठी थी और 2 अगस्त को सम्मेलन।

अटलजी हर व्यवस्था की छानबीन करते। सेंट्रल ऑफिस में कार्यालय प्रभारी श्री कृष्णलाल शर्माजी थे। उन्होंने व्यवस्था के क्रम में ही एक जानकारी दी, "अटलजी आए थे। उन्होंने ये निर्णय ले लिये हैं। ऐसा करना है।"

मेरे मुँह से निकला, "क्यों? यह तो महिला सम्मेलन है।"

कृष्णलाल शर्मा विनोदी स्वभाव के थे। वे मेरे कहने का मर्म समझ गए। बोले, "चिंता मत करिए। महिला सम्मेलन का श्रेय तो महिला मोर्चा को ही जाएगा। पर अटलजी तो पार्टी के अध्यक्ष हैं। महिला मोर्चा उसकी शाखा।"

मैं चुप रही। उन्होंने मेरा आशय समझ लिया था। मैंने भी अपना मन खँगालकर देखा। निश्चय ही उस मन में अपनी पहचान की भूख जगी थी। पुरुष नेताओं के सहयोग के बिना तब वैसा सम्मेलन हो नहीं सकता था।

पहली अगस्त की गोष्ठी में मैंने प्रख्यात लेखिका मनु भंडारी तथा कमला मानकेकर (पत्रकार) को भी निमंत्रित किया था। मनु भंडारीजी के भा.ज.पा. मंच पर आने पर सबको बड़ा आश्चर्य हुआ। निमंत्रण देते समय मैंने उन्हें कहा था, "दीदी! दहेज तो सामाजिक समस्या है। आज समाज में विकराल रूप धारण किया है। समाज के सभी वर्गों को सामूहिक प्रयत्न करने होंगे।" वे राजी हो गईं। मंच पर वे दोनों मेहमान और राजमाताजी बैठी थीं। मंच संचालन की जिम्मेदारी मेरी थी। सामने दर्शकों की प्रथम पंक्ति में श्री अटल बिहारीजी और लालकृष्ण आडवाणीजी भी बैठे थे। जब-जब मैं पोर्डियम पर आती, वे दोनों सिर झुका लेते। इतना तो समझ थी कि उनके नीचे देखने के पीछे मेरे मंच-संचालन करते हुए घबराहट में विचलित होने की संभावना से रोकना था। पुनः समझदारी का एक पुष्ट बीज मन में बोया गया।

□

महाकुंभ मेला

हरिद्वार में महाकुंभ मेला लगने वाला था। महिला मोर्चा की राष्ट्रीय अध्यक्ष राजमाताजी थीं। मैं महामंत्री। मेरे मन में एक फितूर सूझा। महाकुंभ के अवसर पर गंगा किनारे हरिद्वार में मोर्चा का शिविर लगाया जाए। यह प्रस्ताव राजमाताजी के सम्मुख रखा। उन्हें अच्छा लगा। उन्होंने तत्कालीन वरिष्ठ नेता श्री सुदर सिंह भंडारीजी से बात करने के लिए कहा। भंडारीजी ने शिविर के आयोजन के संबंध में खूब पूछताछ की।

उन्होंने कहा, "उत्तर प्रदेश के भा.ज.पा. के सहयोग के बिना कैसे संभव होगा।" और उन्होंने कानपुर में प्रस्तावित उ.प्र. भा.ज.पा. की कार्यसमिति में मुझे आने के लिए कहा। वहाँ मैंने शिविर का प्रस्ताव रखा। यह जिम्मेदारी लखनऊ कार्यालय के प्रभारी श्री नाथानीजी को दी गई। श्रीमती मालती शर्मा भा.ज.पा. की वरिष्ठ नेत्री थीं, उ.प्र. महिला मोर्चा की अध्यक्ष भी। उनको भी आयोजन में जिम्मेदारी लेनी थी। श्री अटल बिहारी वाजपेयीजी राष्ट्रीय अध्यक्ष थे। उन्होंने प्रस्ताव सुनकर कहा, "हाँ-हाँ! शिविर लगाइए। अच्छी योजना है।" पर जब आयोजन के लिए धन की बात आई तो उन्होंने तपाक से कहा, "धन-संग्रह तो मोर्चा को ही करना होगा। हम नहीं कर सकते।"

अब चिंता गहरा गई। एक लाख का बजट था। 1984 में 'लाख' अपना कुछ रुतबा रखता था। लखपतियों की संख्या ही समाज में कम थी। पर शिविर तो लगना ही था। समस्या भंडारीजी के सामने रखी। वे समझ गए। बोले, "राजमाता के साथ सभी मोर्चा पदाधिकारियों की एक बैठक रखो।"

बैठक में निश्चित हुआ, राजमाताजी की ओर से बीस हजार और अन्य आठ पदाधिकारियों की ओर से 10-10 हजार इकट्ठे होंगे। शिविर में खर्च होने के लिए चावल, दाल, आटा, घी, लकड़ी आदि जुटाने की जिम्मेदारी मालती शर्मा पर डाली

आदर्श दंपती : डॉ. रामकृपाल सिन्हा। और श्रीमती मृदुला सिन्हा, विवाह के 2 माह बाद

गुलमर्ग में (1978)

अमेरिका में (2005)

डॉ. सिन्हा के 85वें जन्मदिवस के अवसर पर सपरिवार (3 अप्रैल, 2019)

जनता पार्टी सरकार के मंत्री श्री लालकृष्ण आडवाणी व उनकी पत्नी
श्रीमती कमला आडवाणी के साथ सिन्हा दंपती (1977)

डॉ. मुरली मनोहर जोशी व श्रीमती सुमित्रा महाजन के साथ

पुस्तक विमोचन समारोह में राजमाता विजयाराजे सिंधिया, प्रो. विजयेंद्र स्नातक व श्यामसुंदरजी के साथ

ज्येष्ठ पुत्र नवीन और पुत्रवधू संगीता

बेटी मीनाक्षी को डॉक्टरेट की उपाधि मिलने पर कोरनेज (अमेरिका) में

पोते ध्रुव और धीर तथा पोतियाँ हंसा और समृद्धि

प्रथम पोते के मुंडन संस्कार के अवसर पर सपरिवार

पुत्री मीनाक्षी के विवाह के अवसर पर सपरिवार

समधी श्री रमेश चंद्र तिवारी एवं समधिन श्रीमती राधारानी तिवारी के साथ

अटलजी के साथ महिला मोर्चा की एक कार्यशाला में (1977)

पुत्र प्रवीण, पुत्रवधू कल्पना व उनके बेटे ध्रुव और धीर

पुत्री मीनाक्षी, दामाद रणवीर चंद्रा और नातिन राधिका

सरसंघचालक श्री कुप्.सी. सुदर्शन व श्रीमती हेमा मालिनी के साथ
'सीता पुनि बोली' के विमोचन अवसर पर

वर्तमान सरसंघचालक श्री मोहनराव भागवत, सुमित्राजी व शिवराजजी के साथ
'परितप्त लंकेश्वरी' के विमोचन के अवसर पर

'मात्र देह नहीं है औरत' के लोकार्पण अवसर पर श्रीमती सुषमा स्वराज के साथ

नेतृत्वकर्ता मातृशक्ति

सन् 2014 में गोवा राजभवन में राज्यपाल पद की शपथ लेते हुए

पूर्व राष्ट्रपति श्री प्रणव मुखर्जी के साथ

राष्ट्रपति श्री राम नाथ कोविंद के साथ

भारत के उपराष्ट्रपति श्री एम. वेंकैया नायडू के साथ

प्रधानमंत्री श्री नरेंद्र मोदी को बधाई देते हुए सिन्हा दंपती (2014)

तत्कालीन केंद्रीय गृहमंत्री व वर्तमान केंद्रीय रक्षा मंत्री श्री राजनाथ सिंह को बधाई देते हुए सिन्हा दंपती (2014)

भाजपा अध्यक्ष श्री अमित शाह (वर्तमान केंद्रीय गृहमंत्री) का स्वागत करते हुए सिन्हा दंपती (2016)

पोती हंसा के विवाह के अवसर पर हर्षित सिन्हा दंपती

अपनी पोती हंसा और उसके पति सृजन के साथ

अमेरिका में पुत्र प्रवीण के घर बागवानी करते सिन्हा दंपती

विस्तृत परिवार—श्री कामेश्वर शाही एवं श्रीमती वैदेही शाही (समधी-समधिन), श्री अजित सिन्हा एवं श्रीमती सुभाषिनी सिन्हा (नवीन सिन्हा एवं संगीता सिन्हा के समधी-समधिन), श्री नवीन सिन्हा एवं श्रीमती संगीता सिन्हा (पुत्र एवं पुत्र वधू)

गई। मालतीजी मुफ्फरनगर (हरिद्वार के पास) में रहती थीं।

शिविर के आयोजन के लिए एक बार हरिद्वार भी जाना जरूरी था। मैंने सुषमा स्वराज (उन्हें पार्टी की सदस्य बने छह महीने ही बीते थे) से भी हरिद्वार चलने का आग्रह किया। उनकी बिटिया गुड़िया बहुत छोटी थी, पर वे तैयार हो गईं। वहाँ जाकर गंगा के किनारे एक स्थान सुरक्षित करवाया। हम दिल्ली लौट आए। ढेर सारे काम करने थे। एक चित्र प्रदर्शनी लगाने का निश्चय किया। नाम दिया, 'भारतीय नारी : दशा व दिशा'।

श्रीमती मोहिनी गर्ग मेरे साथ छाया की तरह लगी रहती थीं। उनके पति श्री विनोद कुमार गर्ग एन.डी.एम.सी. द्वारा संचालित स्कूल में प्रिंसिपल थे। उनकी भी इन सब कार्यों में रुचि थी। उनके सहयोग से हमने चित्र-प्रदर्शनी बनवाई। महिला की दशा और दिशा के साथ उस चित्र-प्रदर्शनी में महिला के विकास के प्रति भारतीय जनता पार्टी की दृष्टि भी प्रदर्शित थी। नेताओं के संकल्प भी।

शिविर का एक खंड 'खोया-पाया विभाग' था। कोई महिला कहीं अपनों से बिछड़ जाए तो उसे वहाँ आश्रय मिलता था। स्वयं सेविकाओं के लिए एक पट्टा बनवाया था। नारंगी और हरे रंग के उस पट्टे पर 'भा.ज.पा. महिला मोर्चा' लिखा था। वे महिलाएँ गंगा घाट या अन्य भीड़ भरी जगह पर तीर्थार्थी महिलाओं की सेवा करती थीं।

शिविर में टेंट बनाए गए थे, एक सभास्थान और मंच भी। शिविर के बीचोबीच बड़े ऊँचे पोल पर भा.ज.पा. का बड़ा सा झंडा फहरा रहा था, एक झंडा गंगा के मुख्य घाट पर भी। धार्मिक और सामाजिक संस्थाओं के बीच लहराते उस राजनीतिक पार्टी के झंडों को देखकर लोगों को आश्चर्य होता। भा.ज.पा. समर्थित तीर्थार्थीगण प्रसन्न भी होते। शिविर में आए कुछ लोग कहते, "हम तो झंडा देखकर ही आए हैं।"

एक तीर्थार्थी दिल्ली के व्यापारी थे। हमने दिल्ली में ही उनसे शिविर के लिए चंदा माँगा था। वे नहीं दे पाए थे। पर शिविर का उद्देश्य और व्यवस्था देखकर उन्हें बड़ी प्रसन्नता हुई। उन्होंने वहीं दो हजार रुपए का सहयोग दिया। डॉ. कमला वर्मा (हरियाणा), श्रीमती सुशीला ताई आठवले एवं जयवंती बेन मेहता (महाराष्ट्र), मोहिनी गर्ग, मैं स्वयं और मालती शर्माजी ने धन एकत्रित किया। दस दिन के शिविर का खर्चा भी निकल गया।

मेरे साथ मेरी बेटी मीनाक्षी भी शिविर में दस दिनों तक उपस्थित रही। बीमार

चुन्नू के साथ उसके पिताजी थे। दोनों बड़े भाई, पर मिली मेरे साथ थी। प्रतिदिन हमारे संग गंगास्नान करने जाती। उस दिन मुख्य स्नान था। राजमाताजी भी पधारी थीं। सुबह-सुबह उन्हें लेकर गंगास्नान के लिए जाना था। शिविर में ठहरी हुई महिलाएँ भी सुबह स्नान के लिए चल पड़ीं। मुख्य स्नान तो हर की पौड़ी पर था। हम गंगा की दूसरी ओर से आ रही थीं। धीरे-धीरे भीड़ बढ़ती गई। अचानक मानव जाम लग गया। भीड़ की गति चींटी की भी नहीं रही। हमारा भी दम घुटने लगा। हमारे बीच राजमाता भी थीं। सामान्य रास्ते से राजमाताजी को ले जाना मुझे भी अपनी भूल लगने लगी। दरअसल उन्होंने स्वयं अति विशिष्ट रास्ते से जाना कबूल नहीं किया था। वहाँ पर वरिष्ठ पार्टी नेतागण भी नहीं मिले थे, जिनसे राय-विचार लें। हम तो बस फँस गए थे। दस इंच की दूरी पर एक का मुँह दूसरे के कान थे। पर एक के मुँह से निकली ऊँची आवाज भी दूसरे के कान तक नहीं पहुँच रही थी। हम एक पुलिस टावर के नीचे थे। अचानक राजमाताजी को क्या सूझा। उन्होंने टावर पर खड़े पुलिस ऑफिसर को आवाज दी, "मुझे ऊपर खींचो।" पुलिसवालों की नजर चारों ओर घूम रही थी। दरअसल वे भी चारों तरफ मानव सैलाब देख पा रहे थे। वे नियंत्रण नहीं कर पाने से चिंतित थे। राजमाताजी ने फिर आवाज ऊँची की, "मुझे खींचो। मैं माधव राव सिंधिया की माँ हूँ।"

माधव राव सिंधिया उन दिनों केंद्र में वरिष्ठ मंत्री थे। मीडिया में राजमाता से उनकी अनबन की खबर भी चल रही थी। पर मरता क्या न करता। आखिर राजमाता ने अपने बेटे के नाम का सहारा लिया। पुलिस ऑफिसरों ने राजमाताजी को ऊपर खींचा। मचान पर पहुँचकर उन्होंने पुलिसवालों से कहा, "इन्हें (मुझे) भी खींचो। ये भी राज्यसभा की सदस्य हैं।"

पुलिसवालों ने मुझे भी खींच लिया, पर मुझे ऊपर खींचने में उन्हें अधिक दम लगाना पड़ा। राजमाताजी की तुलना में मेरा (शरीर) बहुत भारी था। वहाँ पहुँचकर हमने भी चारों ओर का दृश्य देखा। कोई कुछ नहीं कर पा रहा था। जो जहाँ खड़ा था, मानो जम गया हो। तभी सामने (गंगा किनारे के पुल के पास) भीड़ के सिर पर लोगों को तैरते देखा। कुछ समझ में नहीं आया। आखिर हो क्या रहा था।

हो यह रहा था कि हर की पौड़ी पर नहाने के लिए तीन मुख्यमंत्री एक साथ आ गए थे। उनकी सुरक्षा व्यवस्था के लिए इधर से जानेवाला रास्ता बंद कर दिया। भगदड़ मची। देखते-देखते 60 स्त्री-पुरुष-बच्चों ने दम घुटने से प्राण त्याग दिए। आखिर भीड़ छँटी, पर उतने पुण्यार्थियों की जान लेकर। हम भी नीचे उतरे। एक

घंटे मचान पर खड़े होकर हमने भी पुण्य कमाए थे। कई बच्चों को ऊपर खींचा था। माइक से सही-सही सूचनाएँ दी थीं। गंगास्नान भी किया, पर मन चंगा नहीं हुआ था। मन चंगा होने पर तो कठौती में भी गंगा उतर आतीं।

मेरे मन में एक आशंका समा गई थी। प्रसिद्ध लेखिका आशा रानी व्होरा भी हमारे शिविर में आई थीं। वे उस सुबह दो महिलाओं के साथ हमसे आगे निकल गई थीं। मेरा अंदाज था, वे तीनों भी भगदड़ में फँस गईं। रो-रोकर मेरी हालत खराब। हम शिविर तो लौटे। मेरी साँसें फूल रही थीं, परंतु आँखों के आगे भगदड़ में फँसे लोगों के चेहरे घूम रहे थे। बेकसूर लोग। सबसे बड़ी बात कि आशा रानी व्होरा की लाश (मेरी शंका के अनुसार) किसी भी हॉस्पिटल में नहीं मिली। मिलती कैसे? शाम के पाँच बजे वे दो महिलाओं के साथ शिविर गेट पर डोलती आती दिखीं। उन्हें जिंदा देखकर मैं जोरों से रोई। उनके मृत समझने पर भी शायद कलेजा ऐसे नहीं फटा था, जितना जिंदा देखकर फटा। उन्हें देर से सारी बातें समझ में आईं। वे मेरी पीठ पर हाथ रखकर सहला रही थीं। बोलीं, "अब तो चुप हो जाओ। अब तो मैं जिंदा हूँ।"

"हाँ, हाँ। अब आपके द्वारा दुनिया छोड़ने पर भी नहीं रोऊँगी। मेरा कोटा पूरा हो गया।" और फिर हम दोनों गले मिलकर रोईं।

महाकुंभ में भगदड़ की सूचना पाकर पार्टी के नेतागण बहुत चिंतित हुए। महिला मोर्चा के शिविर का क्या हुआ। सारी दूरभाष की लाइनें कट गई थीं। चिंतित लालकृष्ण आडवाणीजी ने मेरे पति से फोन पर पूछा। इन्होंने वैसी परिस्थिति में भी विनोद करते हुए कहा, "उनका (मेरा) जीवन बीमा करा रखा है।"

तीसरे दिन हम लौटे। दिल्ली प्रमुख कार्यालय में राजमाताजी का प्रेस कॉन्फ्रेंस था। उनसे पूर्व मैं कार्यालय पहुँच गई। अटलजी ने देखते ही पूछा, "क्यों लौट आईं? चली जातीं ऊपर। सीधे स्वर्ग पहुँचतीं।"

मेरी आँखें भर आईं। मैंने कहा, "फिर तो महिला मोर्चा ही खत्म हो जाता।"

वे हँसने लगे। पुलिस की लापरवाही थी। उत्तर प्रदेश सरकार की असफलता थी।

चार-पाँच दिनों बाद फिर अटलजी से मुलाकात हुई। वे बोले, "पैसे का क्या हिसाब है?"

मैं प्रसन्न होती बोली, "हमने खर्चा करके चार-पाँच हजार बचा भी लिये।"

उन्होंने तपाक से कहा, "फिर तो बचे हुए रुपए पार्टी के खाते में ज़मा कर दीजिए।"

मैंने कहा, "क्यों करूँ ? तब तो आपने पार्टी खाते से दिया नहीं।"

वे चुप रहे। पर उनकी आँखों में हमारे लिए शाबाशी के रंग साफ झलक रहे थे। हमारी पार्टी में कार्यकर्ता की प्रशंसा करने का चलन नहीं था।

ऐसा जोखिम भरा कार्य करने पर भी पति नाराज नहीं होते थे। मैं सोचती, शायद इसलिए भी कि हम सबकी राह भी उनकी दिखाई हुई ही थी। पति-पत्नी में से एक के सामाजिक-राजनीतिक कार्यकर्ता होने पर तो एक-दूसरे को बड़ी परेशानी होती है, परंतु जब स्वयं उस राह पर खड़ा किया हो तो परेशानियाँ प्रसन्नता दे जाती हैं।

पार्टी के कार्यों में मेरी अति व्यस्तता से तीनों बेटों को भी परेशानियाँ होती थीं। तीसरे को तो निस्संदेह। पर बड़े दोनों भाई उसे सँभाल लेते। मुझे अवश्य महसूस होता, 'बच्चों के लिए जितना समय देना चाहिए था, नहीं दे पा रही हूँ।' कभी सोचती, 'मेरे बाहर व्यस्त रहने से बच्चे आत्मनिर्भर भी तो हो रहे हैं।'

□

राजनीतिक जिम्मेदारियाँ

सन् 1980 में महिला मोर्चा बनने के बाद राजमाता विजयाराजे सिंधिया मोर्चा की संयोजिका बनाई गई थीं। मुझे उनका सहयोग करने के लिए कहा गया था। किसी नेता ने विस्तार से मेरा काम बताया नहीं था। न नाम (पद), न काम, कुछ भी तय नहीं हुआ था। मेरे मन में देश की महिलाओं की विभिन्न स्थितियाँ और उनकी आवश्यकताएँ समाई रहतीं। एक दिन मैंने भा.ज.पा. केंद्रीय कार्यालय के कार्यालय मंत्री पं. यज्ञदत्त शर्माजी से पूछा, "आप मेरा काम तो बताइए।"

वे बोले, "राजमाताजी के नाम देश भर से चिट्ठियाँ आएँगी, आप उनका उत्तर दे दिया करिए।"

मैं चुप रही। मेरे मन में बात उभरी, 'इतना काम तो उनके व्यक्तिगत स्टाफ भी कर देंगे। महिला मोर्चा की क्या आवश्यकता?'

मैं प्रतिदिन 11:00 बजे तैयार होकर भा.ज.पा. केंद्रीय कार्यालय (10, राजेंद्र प्रसाद रोड) जाने लगी। सांसदों के लिए आवंटित होने वाले उस मकान में कमरे बहुत कम थे। मा. अटल बिहारी वाजपेयीजी, मा. लालकृष्ण आडवाणीजी, पं. यज्ञदत्त शर्माजी के नाम कमरे आवंटित थे। मेरे बैठने के लिए जगह नहीं थी। मैं कार्यालय मंत्री से पूछती, "मैं कहाँ बैठूँ?"

विनोदी स्वभाव के यज्ञदत्त शर्माजी कहते, "आपके लिए तो विट्ठल भाई पटेल हाउस में तीन-तीन शूट्स हैं।" वे भी उसी बिल्डिंग में रहते थे। मैं उनकी परेशानी समझती थी। मैंने कार्यालय जाना नहीं छोड़ा। कभी अटलजी, कभी आडवाणीजी के कमरे में बैठती। सारे देश के प्रदेश अध्यक्षों को चिट्ठियाँ लिखनी प्रारंभ कीं।

मुझे कोई पद नहीं मिला था। इसी बीच वृंदावन (उ.प्र.) में भा.ज.पा. का चिंतन शिविर आयोजित हुआ। देशभर से आए 200 लोगों में मुझे भी आमंत्रण था।

छोटा मंच बना था। जहाँ अटलजी, आडवाणीजी के साथ राजमाताजी भी

बैठी थीं। चर्चाएँ हो रही थीं। थोड़ी देर में राजमाता मंच से उतरकर हमारे बीच (मेरी बगल में) बैठ गईं। मैंने एक परचा लिखकर उन्हें दिखाया। उस पर लिखा था—'मृदुला सिन्हा, सह-संयोजिका, महिला मोर्चा, भा.ज.पा.'। मैंने पूछा, "मैं भी बोलना चाहती हूँ। यह परचा अटलजी (राष्ट्रीय अध्यक्ष) को भेज दूँ।"

"हाँ-हाँ, भेजिए।"

मैं चाहती थी कि सर्वप्रथम राजमाताजी मेरे द्वारा मेरे लिए ही सृजित पद पर मुहर लगा दें, पर उन्होंने ध्यान नहीं दिया। मैंने उस परचे को अध्यक्ष महोदय को भेज दिया। उन्होंने ध्यान से पढ़ा। एक-दो लोगों को बुलवाने के बाद उन्होंने मेरा वाला परचा पढ़ा, "मृदुला सिन्हा, सह-संयोजिका, महिला मोर्चा, भा.ज.पा.।"

उन्होंने सह-संयोजिका पर विशेष बल दिया था। फिर क्या था। मिल गया था मुझे पद। देश भर में राज्यवार महिला मोर्चा का गठन होने लगा। 1982 में ही मैं पार्टी की राष्ट्रीय कार्यसमिति में मनोनीत हो चुकी थी। वहाँ भी मेरा विशेष कार्य राज्य अध्यक्षों से मिलकर उनके राज्यों में महिला मोर्चा का गठन और कार्यक्रमों को विस्तार देने पर चर्चा होती।

थोड़े दिनों बाद ही महिला मोर्चा का भी अध्यक्षीय प्रणाली वाला संगठन बनाया। राजमाताजी को अध्यक्ष पद और अपने लिए महामंत्री का पद रखा। राजमाता को दिखाया। देश भर की तत्कालीन प्रमुख महिलाओं को उसमें पदाधिकारी रखा था। मा. अटलजी को सूची दिखाई। उन्होंने कहा, "कोई आवश्यक नहीं कि आप ही को महामंत्री बनाया जाए।"

मैंने कहा, "कोई आवश्यकता नहीं। लेकिन मेरा ही नाम आनेवाला था, इसलिए मैंने पहले ही लिख दिया।"

मोर्चा संगठन की पटरी पर आ गया था। श्री लालकृष्ण आडवाणीजी अध्यक्ष बने। राजमाताजी ने महिला मोर्चा की अध्यक्ष बनाने से साफ इनकार कर दिया। उनके रहते मैं अध्यक्ष बनना नहीं चाहती थी। मैंने आडवाणीजी से कहा, "मैं राजमाताजी को राजी कर लूँगी। अध्यक्ष तो उन्हें ही बनना चाहिए।" उन्होंने मेरा प्रस्ताव स्वीकार किया। छह महीने के बीच मैं कई बार राजमाताजी से अनुनय-विनय कर चुकी थी। वे नहीं मानीं। भा.ज.पा. की राष्ट्रीय कार्यकारिणी की बैठक ग्वालियर में ही थी। बैठक प्रारंभ होने के पूर्व मा. आडवाणीजी ने मुझसे कहा, "क्या राजमाताजी मान गईं?"

मैंने कहा कुछ नहीं। मेरे चेहरे के भाव ने मेरी असफलता की कहानी बयाँ कर

दी। उन्होंने कहा, "मैं थोड़ी देर में ही तुम्हारे नाम की घोषणा करता हूँ।" मैं लाचार थी। थोड़ी चिंतित भी। लेकिन भा.ज.पा. की राष्ट्रीय कार्यकारिणी में महिला मोर्चा की अध्यक्ष के नाते मेरे नाम की घोषणा होने पर चिंता की जगह चिंतन ने ले लिया।

देश भर में कार्यक्रम आयोजित होने लगे। सदस्यता भी बढ़ी। पाँच वर्षों तक मैं अध्यक्ष रही। 1996 में श्री कुशाभाऊ ठाकरे अध्यक्ष हुए। उन्होंने मुझे भा.ज.पा. के राष्ट्रीय उपाध्यक्ष के पद पर रखा।

दिल्ली में श्री मदनलाल खुराना मुख्यमंत्री बने थे। मुझे महिला आयोग का सदस्य बनाया गया। श्रीमती कमला मानकेकर (पत्रकार) आयोग की अध्यक्ष मनोनीत हुईं। मोर्चा का अध्यक्ष पद और महिला आयोग की सदस्य की दोहरी जिम्मेदारियाँ सँभालना कठिन तो था, लेकिन मैं प्रयत्नशील थी कि दोनों पद के प्रति न्याय कर सकूँ।

5 जुलाई, 1995 को मेरे घर दूसरी पौत्री आई। बाहरी जिम्मेदारियों को निभाते हुए उसके साथ न खेल पाने का अफसोस जरूर होता था।

□

रोना-हँसना साथ-साथ

गोस्वामी तुसलीदास की पंक्तियाँ हैं, 'दोऊ काज नहीं होहि भुचालू, हंसब ठठायब फुलायब गालू।'

हँसना और रोना साथ-साथ नहीं हो सकता। लेकिन व्यावहारिक जीवन में कभी-कभी दुःख के पेट से सुख उपजता है, तो कभी सुख के पेट से दुःख। हमारे पारिवारिक जीवन में भी 1987-88-89-90 का समय ऐसा ही बीता। तीसरे पुत्र परिमल की बीमारी उसके छठे वर्ष की आयु (1976) में ही पकड़ में आ गई थी। 28 अक्तूबर, 1976 को बेटी का जन्म हुआ। उसके दो महीने के बाद ही चुन्नू की बीमारी क्या पकड़ी गई, परिवार के सिर पर गाज गिर गई। बीमारी की भयावहता चिकित्सकों ने बता दी थी। बेटी के जन्म की खुशियाँ हम मना भी नहीं पाए थे कि बीमारी के भय से भयभीत हो गए।

दिन-पर-दिन बीमारी बढ़ती जा रही थी। एलोपैथी के डॉक्टर ने कह दिया था—"अब तक दुनिया भर में इस बीमारी की दवा नहीं खोजी गई।"

वह रात हम दोनों ने आँखों में ही काटी थे। उसके बाद से होमियोपैथी, आयुर्वेद, प्राकृतिक चिकित्सा लेकर जिस किसी ने कोई उपचार बताया, करती गई। 1987 में 18 वर्ष की आयु पूरी कर ली। मिली भी 12 वर्ष की हो गई। दोनों के बीच खूब बनती थी। उसे लेकर मुजफ्फरपुर गई। दो दिनों बाद वह ज्वर से पीड़ित हो गया। ज्वर दो दिनों तक बढ़ता गया। 1987 की रात ज्वर बहुत बढ़ गया। वह लगातार बोलता रहा, "अम्माँ! अंतिम रात है। मुझे गोद में ले लो।" मैं उसका सिर गोद में ही लेकर बैठती थी। सिर की जलन से मेरी गोद भी जलने लगती। वह मेरी गोद से सिर हटाना नहीं चाहता था।

उसके 'अंतिम रात' का अर्थ तो हमने साल 1987 की अंतिम रात से लगाया था। रात भयावह थी। हर अँधेरी रात के बाद सवेरा (उजाला) होता ही है। वह रात

भी बीत गई। सवेरा हुआ। उसके मुँह से अम्माँ की जगह अब्बा निकलने लगा। दिन को भी 'अंतिम' रात ही कहता रहा। आँखें मुझ पर टिकी थीं। सुबह के 9 बजकर कुछ मिनट पर उसकी आवाज बंद हो गई। मैंने सोचा, 'रात भर बोलते-बोलते मेरा बेटा थक गया था।' ऐसा नहीं था। बिना पैर-हाथ के जीवन काटते-काटते वह थक गया था। चला गया। जहाँ से आया था, वहीं गया।

जैसे-जैसे खबर फैली, रिश्तेदार-मित्र जुटने लगे। नवीन और प्रवीण दिल्ली में ही थे। प्रवीण को भाई के जाने का बहुत आघात लगा। वह रोता-चिल्लाता रहा। मैंने अपने को सँभाला। उससे दूरभाष पर कहा, "मुझे देखो, मैंने संतोष कर लिया। उसे कष्ट से मुक्ति मिली।"

वह चिल्लाने लगा, "नहीं, नहीं! उसे मैंने पाला था। मेरा दोस्त था।"

यह तो सच था। परिमल की सेवा में दो-दो नौकर रखे थे, लेकिन उसे नहलाने-धुलाने से लेकर उसका मनोरंजन भी प्रवीण ही करता था।

मिली बिल्कुल अकेली हो गई। अपने भैया के साथ हर पल लगी रहती थी। नवीन तो प्रवीण को सँभालने में लग गया। उसने कहा, "मैं तो रो भी नहीं पाया। प्रवीण को सँभालूँ कि अपने को।" मेरे देवर अभय सिंह ने उसकी बड़ी सेवा की थी। पिता ने कभी उसे उदास नहीं होने दिया। उसके अंदर जिजीविषा जगाकर उसे आशावादी बना दिया था। उसने कभी अपने को बेचारा नहीं समझा। हमारी ओर से इतना ही क्या कम था। ईश्वर की कृपा थी। घर का माहौल हमने नहीं बिगड़ने दिया। दूसरे बच्चों के ऊपर गम का असर नहीं पड़ा।

मैंने उसके दुःख के बोझ से निबटने के लिए ही मात्र 15 दिनों में एक उपन्यास 'ज्यों मेहँदी को रंग' लिखा। विषय 'विकलांगता' ही रखा था। पुस्तक का लोकार्पण करने से पूर्व प्रसिद्ध साहित्यकार श्री जैनेंद्र कुमार जैन ने पूछा था, "तुमने यह विषय क्यों चुना?" मैं रो पड़ी थी। उन्होंने आगे कुछ नहीं पूछा। सहर्ष उपन्यास का लोकार्पण किया। इस विषय पर लिखा गया यह प्रथम उपन्यास है।

माँ के नाते अपने दिल पर लगी गहरी चोट का दाग मिटाने के लिए ही लिखा था उपन्यास। पाठकों, विशेषकर वैसे माता-पिता को संदेश देना भी उद्देश्य था कि दुर्भाग्यवश बच्चों के लाइलाज बीमारी से जूझते हुए कभी दुःखी नहीं होना चाहिए। माता-पिता के दुःख का ऐसे बच्चों पर बहुत बुरा प्रभाव पड़ता है। उसका दुःखी जीवन दूभर हो जाता है। घर का वातावरण बिगड़ जाता है। पूरा परिवार प्रभावित होता है। मात्र रोगी नहीं।

धीरे-धीरे उसके बिछुड़ने से बना घाव भरने लगा। तभी प्रवीण, जो पिछले दो वर्षों से अमेरिका के किसी विश्वविद्यालय में स्कॉलरशिप के साथ नामांकन के लिए प्रयासरत था, बिदक गया। रोते-रोते कहता, "मैं नहीं जाऊँगा।"

मैं समझ गई थी। एम.एससी. (फिजिक्स) करने के बाद उच्च शिक्षा (पी-एच.डी.) की डिग्री लेने के साथ कहीं-न-कहीं उसके मन में अपने छोटे प्रिय भाई के लिए दवा की खोज करने का भाव भी था। वह कारण तो खत्म हो गया था।

मैं जब कभी उसे अमेरिका जाने के लिए प्रयास जारी रखने के लिए कहती, वह रोने लगता। बड़ी मुश्किल से तैयार हुआ। उसके जाने के बाद घर सूना-सूना हो गया। नवीन भी बहुत गमगीन रहता।

□

सास-ससुर बनना

मेरे पति के मन में घर का वातावरण बदलने की एक उपाय सूझी। नवीन के विवाह के लिए थोड़ी चर्चा भी होने लगी। उसने चार्टर्ड अकाउंटेंसी की पढ़ाई पूरी नहीं की थी। मुजफ्फरपुर (कमतौल गाँव) के श्री कामेश्वर प्रसाद शाही (इंजीनियर) इंडियन ऑयल में बड़े अधिकारी के पद पर कार्यरत थे। वे अपनी बेटी का रिश्ता लेकर आए। मेरे पति को वह परिवार पसंद था। हम एक वर्ष बाद विवाह करना चाहते थे, लेकिन शाहीजी नहीं माने। अपनी माँ की उम्र अधिक होने का हवाला देकर वे जल्दी करने लगे। विवाह एक वर्ष आगे ले जाने के पीछे हमारी मनसा नवीन की पढ़ाई पूरी करवाने की थी। शाहीजी की ही जीत हुई। 30 जून, 1989 को विवाह मुहूर्त निश्चित हुआ। दिल्ली से विवाह करने का निश्चय भी उन्हीं का था।

अपने मायके और ससुराल, दोनों परिवारों के रिश्तेदारों को दिल्ली बुलाया गया। परिवार में एक नए सदस्य के आगमन के साथ ढेर सारी खुशियाँ आ गई थीं। पिछले दस वर्षों से परिवार का हर सदस्य अपना गम छुपाते हुए खुशियाँ ओढ़ने की कोशिश कर रहा था। परिमल के जाने के गम के पीछे एक संतोष भी था, उसके दुःखों से उसे छुटकारा मिलना। यह भैया की शादी में बारात जाने का भी सपना देखने लगा था। इसलिए नवीन को दूल्हा बनाकर जीप पर बैठाते ही हृदय विदीर्ण हो गया। प्रवीण और मिली ने भैया को घेर रखा था। चुन्नू नहीं था।

विवाह के अवसर पर प्रवीण का आना मैंने आवश्यक समझा। इसलिए एक वर्ष पूर्व ही अमेरिका गए प्रवीण को शादी में बुलाया। उसे अच्छा तो लगा, पर आने-जाने का खर्चा बहुत लगा था। मैं भी देने की स्थिति में नहीं थी। उसके पास भी स्कॉलरशिप से कहाँ बचता था। मुझे इस बात का बहुत दुःख हुआ।

घर में खुशियाँ पसरी हुई थीं। मैं सुबह से शाम तक घर का काम करते हुए

भी विवाह के गीत गाती रहती। कितने अर्थपूर्ण गीत थे, रुलाने और हँसाने वाले भी। मैं तो चुन्नू के जाने के बाद भी किसी के पूछने पर अपने चार बच्चे ही बताती रही हूँ। नवीन के विवाह के गीतों में चुन्नू का नाम लेकर गाती और स्वयं फफक-फफककर रोती। गीत और रोने, दोनों में मिली साथ देती।

कालकाजी में एम.पी. कोटे से डी.डी.ए. की जमीन का प्लॉट मिला था। 1986 में ही प्रथम तल बनकर तैयार हुआ। दो वर्ष बाद 1989 में नवीन के फलदान के बाद प्रथम मंजिल बनाना प्रारंभ कर दिया था, बहू के रहने के लिए।

पैसे की तंगी थी। इसलिए दुलहन के लिए गहने-जेवर और साड़ियाँ खरीदने के लिए भी सोचना पड़ रहा था। शाहीजी ने भी मदद की थी। पहली संतान का विवाह था। घर-परिवार के लोगों एवं तरह-तरह के काम करनेवाले गाँव के मजदूरों की आश लगी थी। मैंने बहू को देनेवाले सामानों में कोताही नहीं की।

10, डॉ. राजेंद्र प्रसाद रोड (जगदीश प्रसाद माथुर, एम.पी.) की कोठी से बारात देशबंधु अपार्टमेंट, कालकाजी जानेवाली थी। ज्योंही दूल्हे को जीप में बैठाया गया, मेरी ननद गाने लगीं—

"बड़ा रे जतन हम पोसलो नवीन दूल्हा
सेहो रूठी जाइछत ससुर घरवा
बसहर मोरा सुन्न भेल।"

बारात जब गेट के बाहर निकली, श्री अटल बिहारीजी की गाड़ी आ गई। वे कार से उतरे। नवीन भी जीप से उतरने लगा। उन्होंने रोका, "अरे, आज आप सबसे बड़े हैं। बैठे रहिए। मैं बारात नहीं जा रहा हूँ। मेरे बड़े भाई बहुत बीमार हैं। अस्पताल जाना जरूरी है।"

बारात कालकाजी के लिए रवाना हुई। पहली बार हमारे घर से भी महिलाएँ बारात में गईं। बहुत सुखद अनुभूति हुई। विवाह के तीसरे दिन बहू ससुराल आई।

बारात में आए श्री श्यामसुंदरजी (प्रकाशक, प्रभात प्रकाशन) की प्रतिक्रिया थी—"दिल्ली में ऐसी बारात पहली बार देखी। वातावरण बिल्कुल शांत है। सुस्वादु भोजन। सबसे बड़ी बात कि समाज के विभिन्न क्षेत्र के लोग थे। साहित्यकार, पत्रकार, राजनीतिज्ञ, व्यापारी और सरकारी अधिकारी भी।" नवीन-प्रवीण के दोस्तों ने भी खूब धूम मचाई।

हम दोनों सास-ससुर बन गए थे। मैं भारतीय जनता पार्टी महिला मोर्चा की राष्ट्रीय अध्यक्ष थी। मुझे देश भर में संगठन कार्य से घूमना पड़ता था। घर में संगीता,

नवीन, मिली और पुतुल रहती थी। मिली को मेरा बाहर जाना अच्छा नहीं लगता था। फिर भी वह बरदाश्त करती थी। मेरे पति मुजफ्फरपुर में ही रहते। 1980 में राज्यसभा से अवकाश प्राप्त करने के बाद उन्होंने कॉलेज में पढ़ाना प्रारंभ कर दिया था। पार्टी का काम भी करते। 1994 में वे कांटी विधानसभा चुनाव में प्रत्याशी बने। पुनः हार हुई।

3 अप्रैल, 1990 की शाम एक आनंद का क्षण था। चैत्र रामनवमी तिथि थी। मेरे घर एक बिटिया आई थी। एक और खुशी की लहर। हम दोनों दादी-दादा बने। नवीन पापा, संगीता मम्मी, प्रवीण चाचा, मिली बुआ। बच्ची तो एक ही थी। उसके साथ विभिन्न रिश्तों की तासीर में सब बँध गए। उसे खेलते देखकर इनके मुख से निकला था—"आज चुन्नू होता तो बहुत खुश रहता।" वहाँ उपस्थित मैं और मेरी बेटी ने उनके सत्य कथन को आँसुओं से पखार दिया।

□

प्रवीण और कल्पना का विवाहोत्सव

नवीन और संगीता की दो बेटियाँ हो गई थीं। घर में रौनक रहती। प्रवीण के विवाह के लिए हम चिंतित थे। कई रिश्ते आ रहे थे। निर्णय तो प्रवीण को ही लेना था। मेरी एक मित्र ने कहा, “प्रवीण के विवाह के लिए आप नाहक परेशान हो रही हैं। वह तो अमेरिका में रहती लड़की से ही करेगा। वह भारतीय हो या विदेशी।” पता नहीं क्यों, उनका सुझाव मुझे जँचा नहीं। होना कुछ ऐसा ही था। एक दिन एक कल्पना नाम की लड़की का पत्र अमेरिका से ही आया। उसने अपना पूरा परिचय लिखा था। वह हिमाचल प्रदेश की रहनेवाली थी। अमेरिका में आर्किटेक्चर में पी-एच.डी. करने गई थी। मेरे पुत्र ने कल्पना के द्वारा ही अपनी पसंद और लड़की का परिचय भिजवा दिया था।

हमारे लिए न कहने की जरूरत ही नहीं थी। उनका मैरिज रजिस्ट्रेशन हुआ। उसके माता-पिता चंडीगढ़ में रहते थे। पिता श्री पी.सी. कंवर नेवी के अवकाश-प्राप्त अधिकारी थे। मैं चंडीगढ़ समाज कल्याण बोर्ड के कार्यक्रम में गई। वे दोनों (कंवर दंपती) भी कार्यक्रम में आए थे। उन्होंने मुझे अपने घर बुलाया। मैं गई। कल्पना की माँ ने अपनी बेटी के गुण बताए।

विवाह की रस्म चंडीगढ़ में ही करना निश्चित हुआ। अपने थोड़े से रिश्तेदार और परिवारजनों के साथ हम प्रवीण (दूल्हे) के साथ चंडीगढ़ गए। आर्य समाज पद्धति से वहाँ हवन, फेरे और सिंदूरदान हुए। सायंकाल रिसेप्शन। दूल्हा-दुलहन को चंडीगढ़ छोड़कर हम सब दिल्ली लौट आए।

दिल्ली में दुलहन का स्वागत समारोह होना निश्चित हुआ था। केंद्र में भा.ज.पा. (एन.डी.ए.) की सरकार थी। मैंने प्रधानमंत्री अटल बिहारी वाजपेयीजी से स्वागत समारोह में आने का विशेष आग्रह किया था। वे समय से पहुँच गए। उनके साथ दिल्ली के मुख्यमंत्री मदल लाल खुरानाजी भी आए। मा. अटलजी से

पूर्व मा. नानाजी देशमुख तथा केंद्र और राज्य के मंत्रीगण आए थे।

गाँव (मटिहानी) और मुजफ्फरपुर के लोगों के लिए मुजफ्फरपुर में ही बहू का स्वागत समारोह हुआ।

मेरे देवर का बेटा सुधांशु भी विवाह के योग्य हो गया था। मुझे इसकी चिंता थी। जब मैंने इस बात की चर्चा श्री कैलाशपति मिश्र से की, उन्होंने अपने एक बड़े भाई के पोते की बेटी के बारे में बताया। अंततः उसी लड़की से सुधांशु का विवाह निश्चित हुआ। मटिहानी से मेरे देवर-देवरानी अपनी तीनों बेटियों के साथ बनारस पहुँचे। हम दोनों नवीन-सगीता, नवविवाहित प्रवीण-कल्पना और मिली के साथ बनारस पहुँचे। विवाह का रस्म पटना में संपन्न हुआ।

दो वर्ष बाद ही हमारे पौत्र ध्रुव का जन्म हुआ। मैं वहाँ एक महीने के लिए स्वेच्छा से गई थी। मेरी बहू एक दिन बहुत प्रसन्न होकर बोली, "आपने मेरे लिए बहुत कष्ट उठाया। दिल्ली से इतने सारे सामान लाना, मुझे बना-बनाकर खिलाना, बहुत किया।"

मैंने उसे कहा, "इसमें मेरा स्वार्थ है। मुझे अपनी सास और ननद का ऋण उतारना था। उन दोनों ने प्रसूति के समय मेरी और बच्चों की बहुत सेवा की। दरअसल गर्भवती मैं होती थी और उसकी पूरी तैयारी मेरी सास करती थीं। बच्चा केवल तुम्हारा और तुम्हारे पति का नहीं है, यह ससुरजी के पूरे परिवार का है। तभी देखो न, बच्चा अमेरिका में हुआ। मेरी देवरानी मिथिलेश ने इस खुशी में पूरे गाँव में हलुआ बँटवाया है।"

एक महीने अमेरिका में रहते हुए कल्पना को ढेर सारे लोकाचार सिखाती रही। मेरी मान्यता थी कि मायके में हँसती-खेलती, पढ़ती-लिखती बहू को दुनियादारी सिखाकर योग्य बहू बनाना सास की भी जिम्मेदारी होती है।

ध्रुव की छठी पुजाई में अमेरिका में रहते हुए भी सारे रस्म-रिवाज बिहार के संपन्न हुए। मिली दिल्ली में थी। मैंने कहा, "बड़े भाई से कार माँग लो।"

नवीन ने कहा, "कार प्रवीण से माँगों, मैं पेट्रोल दूँगा।"

दो वर्ष बाद दूसरे पोते धीर का जन्म हुआ था। मिली कॉर्नेल विश्वविद्यालय में पढ़ रही थी। वह भी प्रवीण के पास आ गई। 29 दिसंबर को धीर का जन्म हुआ।

□

परिवार के मांगलिक कार्यक्रम और हम दोनों

विवाह के बाद कच्ची उम्र में ही मैंने कैसे और क्यों पूरे परिवार तथा रिश्तेदारों की भी जिम्मेदारी ओढ़ ली, पता नहीं चला। मायके में सबसे छोटी होते हुए भी ससुराल में सबसे बड़ी होने की भूमिका में आ जाना सुखद लगा। मुझे नहीं स्मरण कि मायके और ससुराल में आयोजित किसी भी मांगलिक कार्यक्रम में मेरी अनुपस्थिति रही हो। दोनों स्थानों पर मेरी भूमिका में फर्क अवश्य रहा।

ससुराल में सबसे बड़ी होने के कारण आयोजन और खर्चे की भी जिम्मेदारी। ननद और देवरों के विवाह में सास-ससुर थे। व्यवस्था उनके हाथ में थी। अभय सिंह (मेरे देवर) की तीनों बेटियाँ सयानी हो रही थीं। एक-एक कर तीनों के विवाह आयोजित होने थे। अभय सिंह लड़का ढूँढ़ रहे थे। उन्होंने अपनी पत्नी को भी शिक्षक-प्रशिक्षण दिलवाया था। तीनों बेटियों को भी पढ़ाने-लिखाने में कोई कोताही नहीं बरती।

सर्वप्रथम बड़ी बेटी पुष्पम के लिए विकास राय का चयन किया। लड़का एयरफोर्स में कार्यरत था। 2 मई, 1993 को पुष्पम का विवाह मटिहानी गाँव से ही होना तय हुआ। ज्योंही मेरे घर (दिल्ली) उसका विवाह निश्चित होने की सूचना आई, मैं तो विवाह गीत की पंक्तियाँ दुहराने लगी, लेकिन मेरी बहू संगीता भी घर की बड़ी बहू होने की भूमिका में आ गई। मेरा बेटा नवीन उन दिनों किसी कारण से अस्वस्थ था। बड़ी पोती मात्र ढाई वर्ष की थी। संगीता ने विवाह में गाँव जाने की तैयारी शुरू कर दी। सबसे पहले विदा होती लड़की को आँचल में जीरा, दूब, हल्दी और सिक्का डालने के लिए सुंदर सा थैला (सिल्क कपड़े का) अपने हाथों सिलने लगी। उसके कमरे के पीछे की खिड़की खुलते ही उसकी छोटी बहन नीता के शयन कक्ष की खिड़की खुलती थी। उसने अपनी खिड़की खोलकर नीता को पुकारा और

कहा, "नीता! एक खुशखबरी है। पुष्पम का विवाह तय हो गया। तुम भी कुछ दहेज की सामग्री निकालो, मैं भी निकालती हूँ।" यह सब देख-सुनकर मैं बहुत प्रसन्न हो रही थी। संगीता को अपनी माँ से ही संस्कार मिला था, लेकिन ससुराल आने पर सास-ससुर से मिला संस्कार प्रगट हो रहा था। हम दोनों ने कभी परिवारवालों को पराया नहीं माना। संगीता ने भी सबको एक सा ही देखा और सुना था। पुष्पम का कन्यादान चाचीजी ने किया था।

बारात मटिहानी ही आई थी। विवाह के बाद हम एक सुखद अनुभूति लेकर पुनः दिल्ली लौट आए।

दूसरी बेटी सुचिता (पुतुल) भी विवाह योग्य हो गई थी। अभय सिंह ने आर.डी.एस. कॉलेज (मुजफ्फरपुर) में फिजिक्स के प्रोफेसर श्री रामदीन सिंह के सुपुत्र संजीव सिंह (इंजीनियर) से सुचिता का विवाह तय किया। विवाह की तिथि 5 जुलाई, 1998 को निश्चित हुई। दो सप्ताह पूर्व ही हम सपरिवार प्रवीण और कल्पना के विवाहोपरांत उनके स्वागत समारोह (मुजफ्फरपुर) से दिल्ली लौटे थे। पुनः संपूर्ण परिवार को लेकर मुजफ्फरपुर जाना आसान नहीं था, लेकिन हम 'न' तो कह ही नहीं सकते थे। हम लोगों ने विवाह में दिए जानेवाले दान-दहेज के लिए अभय सिंह को भरपूर मदद करना भी निश्चित किया। सबसे पहले पुनः संगीता ने दहेज के लिए कपड़े वगैरह की व्यवस्था की।

मेरे पति द्वारा ही कन्यादान करने का निर्णय हुआ। विवाह भी हमारे मुजफ्फरपुर के मकान से ही करना निश्चित हुआ। प्रो. रामदीन सिंह और हमारे घर की दूरी बहुत कम थी। बारात समय से आई। दूल्हा के मंडप पर (छत पर) आते ही तेज बारिश शुरू हो गई। उसी स्थिति में विवाह संपन्न हुआ। लड़की दूसरे दिन विदा हुई। विवाह में वर तथा वधू पक्ष की ओर से कोई शिकवे-शिकायत या रूठना-मनाना नहीं हुआ। अच्छे वातावरण में हमारे घर में एक और शुभ कार्य संपन्न हुआ।

तीसरी बेटी शालिनी (शालू) का ब्याह 2 जुलाई, 2006 को गाँव के श्री हरिनारायण मिश्र के पोते श्री शशिभूषण (इंजीनियर) से होना निश्चित हुआ। यह विवाह भी गन्नीपुर, मुजफ्फरपुर में होना था। शालू की इच्छा थी कि उसका कन्यादान मैं ही करूँ। यह भी जिद्द कि मैं बनारसी साड़ी ही पहनकर कन्यादान करूँगी। मैंने उसकी हर बात मान ली।

मैंने गन्नीपुर में 7 कट्ठे का प्लॉट खरीदकर एक ओर घर बनवाया और सामने जमीन खाली रखी। मेरी पड़ोसन, जिससे मैंने जमीन खरीदी थी, उसे वह

खाली प्लॉट बारात उतारने के लिए ही उपयुक्त लगा था। मेरी बेटी की बारात तो नहीं उतरी, लेकिन उस परिसर में 7-8 बारातें आईं। बेटियाँ विदा हुईं।

मिली माँ बननेवाली थी। मैंने संगीता से कहा, "तुम ही अमेरिका जाना।"

वह सहर्ष मिली के पास गई। 13 जुलाई, 2011 को मिली को एक बिटिया हुई। एक और मांगलिक कार्य मेरी भतीजी और उसके दो सुपुत्र दिल्ली में ही रहते थे। किसी-न-किसी कारण से निकेश और रीतेश के उपनयन संस्कार में देर हो गई। उपनयन संस्कार के लिए बरूआ (बच्चे) की आयु 6 वर्ष से 12 वर्ष ही मानी गई है। किरण ने एक बार अपने फूफाजी (मेरे पति) से पूछा, "अब तो देर हो गई। क्यों न बच्चों के विवाह के साथ ही उनका उपनयन कर दें?"

बिना जनेऊ के स्वयं दो पल भी नहीं रहनेवाले मेरे पति ने तपाक से कहा, "क्या जरूरत है अब जनेऊ की। छोड़ दो या विवाह के समय ही कर दो।"

मैं सुन रही थी। मैंने कहा, "तुम अपने भारतीय पुत्रों का जनेऊ नहीं करो, मैं तो अपने दोनों पौत्रों ध्रुव और धीर (अमेरिकन नागरिक) के उपनयन संस्कार भारत बुलाकर अवश्य करूँगी।" ये चुप रहे।

मैं मन-ही-मन बच्चों के जनेऊ का कार्यक्रम बना रही थी। घर में चर्चा करती। प्रवीण और कल्पना से भी बात करती। उनकी विशेष रुचि नहीं थी। इस बीच ये बीमार पड़ गए। मिली का विवाह ज्यादा जरूरी था। हम रुक गए। बड़ी मुश्किल से प्रवीण और कल्पना भी तैयार हुए।

मैंने जब दोनों पौत्रों का उपनयन संस्कार उनके बाबा के हाथों करवाने का निश्चय बताया, तो ये प्रसन्न हो गए। मिली की बेटी राधिका को भी दिल्ली बुलाना था। उपनयन संस्कार में बुआ की बड़ी भूमिका होती है।

मैंने निश्चय किया कि छह महीने की राधिका का अन्नप्रासन संस्कार भी साथ-ही-साथ कर देंगे। इनके सामने जब अपना प्रस्ताव रखा, ये प्रसन्न हो गए। 29 जनवरी, 2012 को दोनों मांगलिक कार्यक्रम निश्चित किए गए।

अपने मकान (कालकाजी, नई दिल्ली) के सामने और बगल में दो-दो पार्क बने हैं। उन्हीं में से एक पार्क में संस्कार के लिए मंडप बना और दूसरे पार्क में भोज व्यवस्था हुई। बहुत ठंड थी। कई दिनों से सूरज निकल ही नहीं रहा था। उस दिन सूरज निकला। खिली-खिली धूप थी। सभी मेहमान धूप का आनंद ले रहे थे। आपसी मेल-मिलाप हो रहा था। सब प्रसन्न थे। धूप के बारे में सब आपस में हुलास बाँटते देखे गए।

मैंने कहा, "आप लोगों को निमंत्रण भेजने से पूर्व मैंने सूर्य देवता को निमंत्रण भेजा था। आते कैसे नहीं।" सब लोग प्रसन्न थे। अति उत्सवीय वातावरण में पौत्रों का उपनयन संस्कार और नातिन का अन्नप्रासन संस्कार संपन्न हुआ।

मंडप पर पौत्रों को जनेऊ देते हुए पंडितजी द्वारा बोले जा रहे मंत्रों को अंग्रेजी में पोते को सुनाते हुए मेरे पति बहुत हर्षित थे। संस्कार समाप्त होने पर मेरी बहन विद्या ने कहा, "पोतों को जनेऊ देना बाबा का अधिकार होता है। आपने पूरा किया। आपका तो दूसरा ही जन्म हुआ है। अब पोती हंसा का भी कन्यादान कर लीजिएगा।" प्रसन्नता का भी तो यही कारण था। मेरे पति कहा करते थे, "मेरी पत्नी उत्सवप्रिय हैं। इन्हें कोई-न-कोई उत्सव चाहिए। सरकारी दफ्तरों में भी उत्सव ही मनाती रहीं।"

मेरे विचार से जीवन ही एक उत्सव है। उत्सव अकेले नहीं मनाए जाते। मुझे संबंधियों और समाज के बीच रहना सदा सुखद लगा है। मेरे अधिकांश निर्णयों को मेरे पति प्रारंभ में अस्वीकार करते रहे, पर बाद में भरपूर सहयोग देते रहे। दरअसल उन्हीं कामों को हाथ में लेना मेरी आदत हो गई, जिसके संपूर्ण होने पर मेरे पति को प्रसन्नता होती। दूसरी ओर, मेरे किसी काम को नापसंद करते हुए भी इनका सहयोग इसलिए करते, क्योंकि उसके संपन्न होने पर मुझे प्रसन्नता होती। इसलिए बाहर से देखने-सुननेवालों को यही प्रतीत होता कि घर में मेरी चलती थी, परंतु इनके रजामंदी के बिना कोई कार्य नहीं होता।

□

बोर्ड के अनोखे अनुभव

सन् 1996 में केंद्र में श्री अटल बिहारी वाजपेयीजी की सरकार बनी, लेकिन वह सरकार 13 दिन ही चल पाई। पुनः 1998 में अटलजी प्रधानमंत्री बने। मानव संसाधन मंत्री डॉ. मुरली मनोहर जोशीजी ने मुझे केंद्रीय समाज कल्याण बोर्ड की अध्यक्ष बनाया। वह संस्था मृतप्राय हो चुकी थी। पूर्ववर्ती सरकार ने उसे बंद करने का ही मन बना लिया था। अध्यक्ष बनने के बाद मैंने उसके ढाँचे और देश भर के राज्यों में उसकी शाखाओं के कार्यों का अध्ययन किया। मैं इस नतीजे पर आई कि उस संस्था को बंद नहीं करना चाहिए, बल्कि उसे पूर्व से भी अधिक धारदार और उपयोगी बनाया जा सकता है।

मैंने प्रधानमंत्री श्री अटल बिहारीजी, मानव संसाधान मंत्री डॉ. मुरली मनोहर जोशीजी से इस विषय पर बातचीत की। श्री त्रिलोकी नाथ चतुर्वेदी, पूर्व राज्यपाल, कर्नाटक के नेतृत्व में एक समिति बनी। उन्होंने विशेष रुचि लेकर उस संस्था को पुनर्जीवन प्रदान करने की अनुशंसाएँ कीं। इधर ढेर सारे नए कार्यक्रम बनाकर संस्था को देश भर में जाग्रत् करने के मेरे प्रयास प्रारंभ हो गए। राज्य स्तर के अधिकारीगण, राज्य बोर्ड की सदस्यगण तथा बोर्ड से जुड़ी स्वैच्छिक संस्थाएँ भी सक्रिय हो गईं। सब-के-सब उत्साहित।

प्रतिमाह मुझे प्रधानमंत्रीजी से मिलने का समय मिल जाता था। मैं देश भर में (विशेषकर गाँवों का) भ्रमण करती थी। केंद्र सरकार की योजनाओं के कार्यान्वयन की स्थितियाँ और ग्रामीण महिलाओं की आर्थिक-सामाजिक स्थिति का भी अवलोकन कर आती थी। प्रधानमंत्री सब सुनते थे। वे मेरे परिश्रम की प्रशंसा कभी शब्दों से नहीं करते, पर उनके चेहरे पर उभरे भावों से मैं समझ जाती कि मेरा काम ठीक दिशा में था।

2001, केंद्रीय समाज कल्याण बोर्ड का पचासवाँ वर्ष था। हमने स्वर्ण जयंती

वर्ष मनाने का निश्चय किया। देश भर में चलनेवाले अनेकानेक कार्यक्रम बना लिये।

पहली बार राज्य बोर्ड की सदस्यों और अधिकारियों को भी चार दिनों के लिए दिल्ली बुलाया। एक कार्यक्रम ऐसा था, जिसमें बोर्ड के प्रारंभिक काल (1953-56) से संचालित योजना (संक्षिप्त पाठ्यक्रम) के लाभार्थियों की उपलब्धियों का वर्णन सुनना था। देश भर से आई उन महिलाओं को राष्ट्रपति मा. अब्दुल कलामजी से मिलने का समय माँगा गया। छह माह पूर्व ही उन्होंने राष्ट्रपति का पदभार ग्रहण किया था। मैं उनसे मिलना चाहती थी। मैंने भी दो पत्र लिखे। मुझे समय नहीं मिला था, लेकिन देश भर की उन सक्षम महिलाओं से मिलाने की चिट्ठी का उत्तर तीन दिनों बाद ही मिलने पर राष्ट्रपति की प्राथमिकता से अवगत हुई। हम उनके कायल हो गए।

मैं उन पचास महिलाओं को लेकर राष्ट्रपति भवन पहुँच गई। उनमें मेरे गाँव से आई दो महिलाएँ (एक हिंदू, एक मुसलिम) थीं। दोनों की आयु कम थी।

राष्ट्रपति के सभागार में आने में थोड़ी देर हो रही थी। उनके एक अधिकारी ने महिलाओं को दूसरे कक्ष में भेजा, जहाँ उनके लिए नाश्ता रखा था। महिलाएँ नाश्ता ले रही थीं। उनमें मेरे गाँव से आनेवाली दोनों महिलाएँ भी थीं। एक जो मेरे घर में गाय-भैंस पालने, गोबर से गोइठा बनाने का काम करती थी, उस पर ध्यान ठहर गया। वह अपने प्लेट में नाश्ते का सामान निकालकर चम्मच-काँटे से खा रही थी। मेरे मन में प्रसन्नता और उपलब्धि की लहर दौड़ गई। गाँव की उस विधवा महिला को मैंने बोर्ड द्वारा प्रशिक्षण दिलवाकर पढ़ना-लिखना सिखा दिया था। वह राष्ट्रपति भवन पहुँचकर नाश्ता कर रही थी। मेरे जीवन में अब तक इससे बढ़कर उपलब्धि नहीं मिली थी। जीवन में सबसे बड़े आनंद का क्षण।

केंद्रीय समाज कल्याण बोर्ड द्वारा प्रतिवर्ष एक बड़ा कार्यक्रम होता था। विज्ञान भवन के बड़े सभागार में आयोजित उस भव्य कार्यक्रम में पाँच वर्षों तक लगातार प्रधानमंत्री अटल बिहारीजी आए। 2001 को 'नारी सशक्तीकरण वर्ष' मनाने का सुझाव मैंने ही डॉ. मुरली मनोहर जोशीजी को दिया था। प्रधानमंत्रीजी ने भी साल भर चलनेवाले उसे कार्यक्रम की स्वीकृति दे दी।

2001 जनवरी को उत्तम सामाजिक कार्यक्रम करनेवाली तमिलनाडु के गाँव की एक महिला को सम्मानित करना था। साथ ही 'नारी सशक्तीकरण वर्ष' का उद्घाटन भी। प्रधानमंत्री ही उद्घाटनकर्ता थे। सर्वप्रथम तो प्रधानमंत्री द्वारा उस परिश्रमी महिला को सम्मान दिलाने की घोषणा हुई। मंच पर उपस्थित डॉ. मुरली

मनोहर जोशी, राज्यमंत्री सुमित्रा महाजन, विभा पार्थसारथी, महिला आयोग की अध्यक्ष और मैं उपस्थित थी। प्रधानमंत्री बीच में थे। ज्योंही अति साधारण वेश में उस महिला को मंच पर लाकर प्रधानमंत्री के सामने खड़ा किया गया, वे चादर ओढ़ाकर सम्मानित करने के पूर्व उसके पाँव छूने के लिए झुके। वह महिला इसके लिए तैयार नहीं थी। वह भी झुककर उनके पाँव छूने लगी। तालियों की गड़गड़ाहट से सारा सभागार गूँज उठा। मैं बुदबुदाई, "अरे, अरे, इनके घुटने।" तसवीर में मेरे चेहरे पर शिकन भी देखी गई। मुरली मनोहरजी मेरी तरफ थे, मेरी चिंता की धमक से वे भी कुछ पल के लिए चिंतित हुए। दूसरी तरफ सुमित्रा महाजनजी और विभा पार्थसारथी ठठाकर हँसने लगीं। दृश्य शीघ्र ही बदल गया। लेकिन प्रधानमंत्रीजी ने अपने उस व्यवहार से 'नारी सशक्तीकरण वर्ष' का सही उद्‍घाटन कर दिया। दूसरे दिन समाचार-पत्रों में चित्र छपा। तमिलनाडु के मुख्यमंत्री श्री करुणानिधि ने गद्‍गद होकर प्रधानमंत्री के प्रति अपना आभार व्यक्त किया। पूरे वर्ष सारे देश में सैकड़ों कार्यक्रम हुए।

मेरे कार्यालय में वह तसवीर टाँग दी गई। तसवीर पर ध्यान केंद्रित करते ही मेरे मस्तिष्क में चार पंक्तियाँ गूँजी। मैंने शीघ्रता से उन्हें कागज पर उतारा—

"देखो पुनः पुरुषार्थ झुका
श्रद्धा का करने अभिनंदन
इतिहास पुरुष का कदम यही
नारी शक्ति का है वंदन।"

उस तसवीर के नीचे इन पंक्तियों को लिखकर हजारों प्रतियाँ बनवा लीं। सारे देश में बँटवाई। एक सज्जन मेरे कार्यालय में आए। कुछ देर तक ध्यान से तसवीर को देखते, पंक्तियाँ पढ़ते रहे। मेरी ओर देखकर पूछा, "यह तो बताइए, पहले तसवीर खिंचाई गई कि पहले पंक्तियाँ लिखी गईं। देखने से ऐसा लगता है कि पंक्तियों को देखकर तसवीर बनी। फिर उल्टा भी लगने लगता है।"

मैंने कहा, "पहले तसवीर बनी।"

बोर्ड की अध्यक्षता निभाते हुए मैंने अपने अनुभव और कल्पना की मिली-जुली सारी शक्ति उड़ेल दी थी।

केंद्रीय समाज कल्याण बोर्ड की स्थापना देश में बन रही स्वयंसेवी संस्थाओं के माध्यम से सरकारी योजनाओं को जमीन तक ले जाकर महिला व शिशु के कल्याण और विकास के कार्य करवाना था। वहीं उन संस्थाओं से अपेक्षा थी कि

वे समाज में महिला व शिशु की जमीनी आवश्यकताओं को बोर्ड तक पहुँचाएँ। पंडित जवाहर लाल नेहरू ने इस संस्था की स्थापना 1953 में की थी। डॉ. दुर्गाबाई देशमुख प्रथम अध्यक्ष बनाई गई थीं।

मैंने बोर्ड से जुड़े सारे अंगों को खँगालना प्रारंभ किया था। तत्कालीन सामाजिक स्थितियों से बोर्ड के प्रत्येक घटक को जोड़कर उसे पुनर्जीवन प्रदान करने के लिए मन में कुछ नई योजनाएँ जन्म लेने लगीं। मैंने श्री नरेंद्र भाई मोदी, गुजरात के महामंत्री, जो केंद्र में आ गए थे, उन्हें राय-विचार के लिए उचित व्यक्ति समझकर उनसे चर्चा की। (1) चेतना पर्व, (2) विकास पर्व, (3) नारी सशक्तीकरण पर्व, (4) पहचान पर्व, (5) स्वर्ण जयंती पर्व मनाने का निश्चय किया।

इन पर्वों को मनाते हुए स्वैच्छिक क्षेत्र में सुधार लाकर संस्थाओं को सक्रिय बनाने के लिए कई नए सूत्र दिए। उनका प्रचार-प्रसार और कार्यान्वयन भी। जैसे—

(क) कुआँ प्यास कार्यक्रम—बोर्ड (कुआँ) संस्थाओं (प्यासा) के पास जाए।

(ख) सरकारी पैसा न तिजोरी में, न पानी में—योजनाओं के लिए आवंटित राशि खर्च होनी चाहिए। परंतु सही संस्थाओं का चयन करना बोर्ड के अधिकारियों का दायित्व है। उस राशि को पानी में नहीं फेंकना है।

यह कहते हुए प्रसन्नता होती है कि अपने काम से मुझे बहुत प्रसन्नता मिली। एक साधारण महिला ने मुझसे कहा था, "मेहनत करती हूँ, इसलिए थकती नहीं।" उसका वह अनुभव मुझ पर भी लागू हो रहा था।

मेरी बेटी मिली 1998 में ही अमेरिका के कॉर्नेल विश्वविद्यालय में पीएच.डी. के लिए चली गई थी। उसको वहाँ ले जाने में प्रवीण का बड़ा हाथ था। उसके वहाँ चले जाने पर घर सूना-सूना हो गया था। उसके जाने के निश्चय होने पर संगीता बहुत रोती थी। मेरी एक मित्र ने पूछा, "मृदुलाजी तो सहज हैं, तुम क्यों इतना असहज हो रही हो?"

रोते हुए उसने कहा, "मम्मी तो घूमती रहती हैं। मिली तो मेरे साथ ही रहती थी।"

मुझे विश्व हिंदी सम्मेलन में सूरीनाम जाना था। मैंने घर में प्रस्ताव रखा, "मैं मिली से मिलकर आऊँगी।" मेरे पति ने अपना सुझाव रखा, "अभी आपको वहाँ नहीं जाना चाहिए। क्योंकि मात्र तीन महीने हुए हैं। वह अभी वहाँ जमने की कोशिश कर रही है। आपके जाने पर उसका प्रयास शिथिल पड़ जाएगा।"

सदा की तरह वह भी उनका सुझाव था। वे कभी हुकम नहीं चलाते थे। सुझाव देना कभी नहीं छोड़ते। मैं अधिकांश सुझाव नहीं मान पाई।

न्यूयॉर्क एयरपोर्ट पर प्रवीण और कल्पना आ गए थे। वे वहीं से मुझे कॉर्नेल ले गए। कार में यात्रा करते हुए मैं न्यूयॉर्क से कॉर्नेल का इलाका देखती गई थी। दो-तीन दिन रहकर फिर लौट आई। बेटी के बिछुड़ने का घाव पुनः हरा हो गया था। पति का सुझाव नहीं मानने का परिणाम था।

□

विविध आयाम

सन् 2004 में लोकसभा का चुनाव होना था। 1998 से लेकर 2003 तक श्री अटल बिहारी वाजपेयीजी के नेतृत्व में केंद्रीय सरकार के हर विभाग ने विकास के क्षेत्र में अभूतपूर्व कार्य किया था। विरोधी पक्ष भी मानते थे कि अगले चुनाव में राजग (राष्ट्रीय जनतांत्रिक गठबंधन) की ही जीत होगी। अटलजी का स्वास्थ्य थोड़ा-थोड़ा खराब रहने लगा था। श्री लालकृष्ण आडवाणीजी उप-प्रधानमंत्री बना दिए गए थे। श्री भैरों सिंह शेखावतजी उप-राष्ट्रपति बने थे।

मैं 10, राजाजी मार्ग, नई दिल्ली पर रहती थी। वह सरकारी बँगला मेरे नाम (अध्यक्ष, केंद्रीय समाज कल्याण बोर्ड) आवंटित होने पर उसके इतिहास की जानकारी मिली। उस दो मंजिले बँगले में सर्वप्रथम श्री जवाहरलाल नेहरूजी का आवास था। पुनः श्री फिरोज गांधी (नेहरूजी के दामाद और उनकी सुपुत्री इंदिरा गांधीजी) रहने लगे। फिरोज गांधीजी के बाद इंदिराजी का आवास रहा। उसके उपरांत कई अधिकारीगण रहते रहे। उस बँगले का आधा हिस्सा (भूमि तल) मेरे नाम आवंटित हुआ। 2004 को मैंने अपनी कार्य-अवधि पूरी होने पर अविलंब बँगला छोड़ दिया। अपने मकान कालकाजी में आकर रहने लगी। उस बँगले को पूर्व राष्ट्रपतियों के लिए आरक्षित कर दिया गया। श्री अब्दुल कलामजी ने अवकाश प्राप्ति के बाद उसे अपना आवास बनाना पसंद किया था। दोनों तल उनके नाम आवंटित हुए।

2004 के चुनाव में भा.ज.पा. के मात्र 139 प्रत्याशियों की जीत हुई। कांग्रेस (144 सीट) से 5 सीट कम 139 सीट मिली थीं। दूसरे दलों ने कांग्रेस का समर्थन किया और श्री मनमोहन सिंह (राज्यसभा सदस्य) के नेतृत्व में कांग्रेस की सरकार बनी।

नई सरकार अप्रैल 2004 में बन गई थी। मेरे कार्यकाल की अवधि नवंबर

2004 में पूरी होनी थी। मैंने अपना कार्यकाल पूरा किया। सरकारी पक्ष से किसी ने टोका-टोकी नहीं की। केंद्र में मानव संसाधन विकास मंत्री श्री अर्जुन सिंह थे। उनके अंदर ही केंद्रीय समाज कल्याण बोर्ड आता था।

मुझे सबसे बड़ा सुख और संतोष तब मिला, जब पूर्व प्रधानमंत्री श्री अटल बिहारी वाजपेयीजी ने आधे घंटे की मुलाकात में तीन-चार बार मेरे काम की सराहना की, "आपने बहुत अच्छा काम किया।" हम भा.ज.पा. के कार्यकर्तागण अपने नेताओं के श्रीमुख से ऐसी सराहना सुनने के अभ्यस्त नहीं थे। इसलिए मन मगन हुआ।

बाहर निकलकर मैंने अपने पति से कहा, "अब कोई काम नहीं करूँगी।"

उन्होंने पूछा, "क्यों ?"

"मुझे जिनसे शाबाशी और काम का प्रमाण-पत्र मिलना था, मिल गया।"

उन्होंने कहा, "अब आप और ज्यादा काम करेंगी।"

ऐसा ही हुआ। भा.ज.पा. की ओर से मुझे महिला मोर्चा की प्रभारी बनाया गया था। घर आकर मैंने आत्म-कथात्मक शैली में सीता का जीवनवृत्त (उपन्यास) लिखना प्रारंभ किया। साथ-ही-साथ केंद्रीय समाज कल्याण बोर्ड के द्वारा मिले स्वैच्छिक क्षेत्र के क्रियाकलापों के अनुभव पर एक ऐसी संस्था का निर्माण करने की जरूरत महसूस हुई, जो जिला स्तर पर सभी स्वयंसेवी संस्थाओं को एक मंच पर ला सके। बहुत सोच-विचार करने पर संस्था का नाम 'सोशल ऐक्शन थ्रू इंटिग्रेटेड नेटवर्क' 'साथी' दिया। कई राज्यों में इस संस्था के संयोजक बनवाए। अलग-अलग और सामूहिक बैठकें भी कीं।

2005 से मन में एक नई पत्रिका निकालने का विचार आने लगा। इस संबंध में कई उन लोगों से बातें कीं, जो उस क्षेत्र (स्वैच्छिक) से जुड़े थे। मैंने एक-एक को पत्रिका की आवश्यकता बतलाई। मैंने कहा, "लोकतंत्र में स्वैच्छिक क्षेत्र की बड़ी भूमिका है। लोकतंत्र की स्थापना से लेकर इसे जीवंत रखने तक। समय-समय पर लोकतंत्र में आई खामियों को खँगालते रहने तक। इनका सबसे बड़ा सहयोग तो कल्याणकारी सरकार की सहयोगी याजनाओं को जरूरतमंदों तक ले जाने का होता है। सरकार और समाज का ध्यान जनता की जरूरतों की ओर खींचना भी इनका कार्य होता है। आज कई कारणों से स्वयंसेवी संस्थाओं की कार्य-पद्धति में गिरावट आई है। तात्पर्य यह नहीं कि संस्थाएँ ही बंद हो जाएँ। एक उदाहरण से मैं अपनी बात समझाने की कोशिश करती थी। उदाहरण भी अपने प्रमुख कार्यक्षेत्र चौकाघर (किचन) से लिया था।

मेरे पिताजी बाजार से एक नया चाकू खरीदकर लाए। प्रारंभ में उसकी बड़ी देख-रेख होती थी। धीरे-धीरे लोहे के उस चाकू पर जंक लगने लगी। थोड़े ही दिनों में अपने शरीर पर जंक का बोझ ढोते हुए वह चाकू अपना धर्म, सब्जियाँ काटना ही भूल गया। मेरी माँ ने उसे फेंका नहीं, उसे लोहार के घर भेज उसका सही इलाज करवाया। चाकू नए आकार और रंग में पुनः सब्जियाँ काटने लगा। माँ बहुत खुश।

इसी प्रकार जिन उद्देश्यों से स्वयंसेवी संस्थाएँ बनाई जाती हैं, वे अपनी सही राह भूल सकती हैं। सकारात्मकता भूलकर नकारात्मक कार्यों को गले लगा सकती हैं। फिर उन्हें बंद करने की जगह उनमें सुधार लाने की कोशिश सरकार, समाज एवं स्वयंसेवी संस्थाओं की ओर से होनी चाहिए। मेरे द्वारा स्थापित संस्था 'साथी' का एक यह भी उद्देश्य था।

2006 में ही पत्रिका का नाम 'पाँचवाँ स्तंभ' निश्चित कर लिया। समाजहित में सोचनेवाले चिंतकों और विचारकों से भी राय ली। नवंबर 2006 में पत्रिका के लोकार्पण की तिथि तय की। प्रसिद्ध वकील और राजनीतिज्ञ श्री एल.एम. सिंघवीजी को लोकार्पण के लिए निमंत्रित किया था। उनके अनुसार ही तिथि निश्चित करनी थी। उनके पूर्व निर्धारित कार्यक्रमों की तिथियों में 27 नवंबर ही रिक्त बचती थी। 27 नवंबर को लोकार्पण का कार्यक्रम टालने की मेरी मनसा भाँपकर वे पूछ बैठे, "क्या कठिनाई है 27 नवंबर में?" मैंने कहा, "दरअसल वह मेरा जन्मदिन है।"

"तो हम जन्मदिन के उत्सव में ही लोकार्पण कर लेंगे।" उन्होंने हँसते हुए कहा।

मैंने कहा, "हमारे जन्मदिन का कोई उत्सव नहीं होता।"

"इस बार हम उत्सव मना लेंगे। संपादिका और पत्रिका का एक ही जन्मदिन होना भी सौभाग्य की बात है। चलिए, तिथि तय हो गई। आप तैयारी करें।"

मुझे मानना ही था। मान गई। 27 नवंबर को ही लोकार्पण निश्चित हुआ। लेकिन इस बीच डॉ. सिंघवी अधिक अस्वस्थ हो गए। उनका व्हील चेयर पर कार्यक्रम में उपस्थित रहना, न उन्हें जँचा, न मुझे रुचिकर लगा। पाँचवाँ स्तंभ का लोकार्पण 27 नवंबर को ही हुआ। पाइनियर के संपादक श्री चंदन मित्रा ने लोकार्पण किया।

पत्रिका प्रकाशन के ज्ञान से अनभिज्ञ हम चार-पाँच लोगों ने मिलकर मासिक प्रकाशन प्रारंभ किया। धनाभाव तो था ही। लेकिन राज्य सरकारों ने समय-समय पर मदद की। अपने समर्थ मित्रों ने सहायता दी। पत्रिका हर माह नियत समय पर निकलने लगी।

पत्रिका के मुखपृष्ठ पर पंक्ति लिखी थी, 'सकारात्मक चिंतन एवं व्यवहार का संवाहक' इस मंत्र का अक्षरश: पालन होता रहा। एक भी व्यक्ति या संस्था के नकारात्मकता के बारे में कभी कुछ छपा नहीं। बड़ी लकीरें खींचकर ही नकारात्मक विचार और व्यवहार को छँटता दिखाया जाने लगा। देखते-ही-देखते पत्रिका देशभर में पहुँची। लोकप्रिय हो गई। विशेषकर गाँवों में पहुँचाई जाने लगी, जहाँ अक्षर-अक्षर पढ़ने और आपस में पाठकों की चर्चा की खबरें आने लगीं। उत्साहवर्धन होना ही था, हुआ। परेशानियाँ भी उठानी पड़ती थीं। पाठकों द्वारा उत्साहवर्धन होता रहा।

इस बीच एक और संकल्प मन में जागा। राजमाता विजयाराजे सिंधिया की आत्मकथा 'राजपथ से लोकपथ पर' मैंने लिखी थी। उसके लोकार्पण में मंच पर उपस्थित होनेवालों में भारतीय जनता पार्टी, राष्ट्रीय स्वयंसेवक संघ, मजदूर संघ, विश्व हिंदू परिषद् एवं महिला मोर्चा के शीर्षस्थ नेतागण उपस्थित थे। राजमाता स्वयं एवं मैं भी लेखिका के रूप में उपस्थित रही। सभी वक्ताओं ने पुस्तक की भूरि-भूरि प्रशंसा की। लेकिन उसी सुबह एक पत्रकार ने अपने अंग्रेजी अखबार में दूरबीन से ढूँढ़-ढूँढ़कर पुस्तक से कुछ ऐसे प्रसंग छपवा दिए थे, जो चर्चा के विषय बने।

मेरा मूड सुबह ही खराब हो गया था। जिस निष्ठा और मनसा से पुस्तक की रचना हुई थी, उसको ठेस लगी।

कई वर्ष बाद उसका उड़िया में अनुवाद हुआ। उड़िया में अनूदित पुस्तक के लोकार्पण में सुश्री सुषमा स्वराजजी, उड़ीसा के मुख्यमंत्री श्री नवीन पटनायक, युवा भाजपा नेता श्री धर्मेंद्र प्रधान और लेखिका के रूप में मैं उपस्थित थी। लौटते समय मैं और सुषमाजी एक ही प्लेन में थीं। हम दोनों ने मिलकर उस पुस्तक पर एक फीचर फिल्म बनाने का निश्चय किया। सर्वप्रथम फिल्म बनाने के लिए धनराशि की आवश्यकता महसूस हुई। सुषमाजी ने कहा, "अपने ही पार्टी के कार्यकर्ताओं से धनराशि ले लें।"

प्रमुख पात्र राजमाता सिंधिया और उनके पति श्री माधवराव सिंधिया के लिए मैंने ही सुश्री हेमा मालिनीजी और श्री विनोद खन्नाजी का नाम सोचा। उन दोनों को दूरभाष पर सूचित भी किया। उन्होंने सहर्ष स्वीकार किया। निदेशक के लिए कलकत्ता के श्री गुलबहार सिंह का नाम तय हुआ। श्री गुलबहार सिंह ने मेरी कहानी 'दत्तक पिता' पर एक फीचर फिल्म 'दत्तक' बनाई थी। एन.एफ.डी.सी. के द्वारा वह फिल्म बनाई गई थी। इसलिए हेमा मालिनी और सुषमा स्वराजजी भी उस

निदेशक को जानती थीं। फिल्म का नाम 'एक थी रानी ऐसी भी' रखा गया।

फिल्म बननी प्रारंभ हुई, लेकिन कुछ दिनों बाद ही बहुत अधिक शूटिंग होकर धन के अभाव में रुक गई। मुझे बड़ा दु:ख हुआ। कारण दो थे। एक यह कि कोई संकल्पित कार्य रुक जाने पर मन पीड़ित होना स्वाभाविक था। दूसरा कि आर्थिक मदद देनेवाले और इस विषय में जानने वालों को क्या जवाब दूँगी। बहुत दिनों तक अटकी रही फिल्म। उसका एक और कारण था, मेरे पति की गंभीर बीमारी। अंततः फिल्म पूरी हुई।

***

अपने पति के सुझाव पर ही सीता की कथा एक उपन्यास आत्मकथ्य शैली में लिखना प्रारंभ किया था। सीता भले ही अपनी कथा कह रही थीं, पर लेखनी तो मेरी ही थी न! इसलिए बड़ा डर लग रहा था। लेखनी द्वारा सीता की कथा बखानने में छोटी सी भूल को भी पाठक माफ नहीं करेंगे। समीक्षक तो नहीं ही। इसलिए लेखनी ठुमक-ठुमककर चल रही थी। पुस्तक पूरी होने पर उस नाम पर चिंतन-मनन होने लगा। मैंने अपनी बहू संगीता सिन्हा से पूछा, "क्या नाम रखें?" पुस्तक लिखते हुए अपने पति, मित्रों के साथ संगीता को भी प्रसंग सुनाया करती थी। उसने कहा, "रामचरित मानस में जैसे है, 'माता पुनि बोली, सोमति डोली', ऐसा कोई नाम नहीं हो सकता?"

मैं प्रसन्न होती हुई बोली, "हाँ, हाँ, ऐसा ही नाम हो सकता है, 'सीता पुनि बोली'।"

प्रभात प्रकाशन ने इस पुस्तक का मुद्रण करवाया। लोकार्पण में मा. कु.पी. सुदर्शनजी (तत्कालीन सरसंघचालक, रा.स्व.से. संघ), श्री टी.एन. चतुर्वेदी, हेमा मालिनीजी और हिंदी भवन (भोपाल) के निदेशक श्री कैलाश चंद्र पंत थे। हिंदी भवन (दिल्ली) का बड़ा सभागार साहित्यकारों, संपादकों और विभिन्न सामाजिक संस्थाओं के पदाधिकारियों से खचाखच भरा था। वक्ताओं ने पुस्तक की प्रशंसा की।

कार्यक्रम से विदा लेते हुए मा. सुदर्शनजी ने कहा, "अब सावित्री पर लिखिए।" मैं भी वही सोच रही थी।

आत्मकथात्मक शैली में सावित्री की कथा लिखनी प्रारंभ की। सीता पुनि बोली लिखने के पूर्व विभिन्न लेखकों द्वारा रचित चौदह रामकथाएँ पढ़ी थीं। वाल्मीकि कृत 'रामायण' को ही आधार बनाया था, लेकिन विभिन्न कथाओं से कुछ-कुछ तो लिया ही था। मा. सुदर्शनजी के बाद संघ के सरसंघचालक मा. मोहन भागवतजी बने थे। उन्हें भी सीता पुनि बोली पढ़ने के लिए मैंने दी थी। उन्होंने एक

दिन पूछा, "अब क्या लिख रही हैं?"

मैंने कहा, "सावित्री की कथा।"

उन्होंने कहा, "श्रीअरविंद की सावित्री पढ़ी?"

मैंने कहा, "नहीं।"

उन्होंने कहा, "पढ़ लीजिए।"

मैंने पुस्तक संसद् भवन के पुस्तकालय से मँगवा ली। पढ़ी। उनके विचार और चरित्र व्याख्या सिर के ऊपर से निकल गए। गंभीर व्याख्या थी। लेकिन ऐसा नहीं कह सकती कि उसका प्रभाव नहीं पड़ा। 'विजयिनी' नाम दिया था। सामयिक प्रकाशन द्वारा प्रकाशित उस पुस्तक का लोकार्पण श्रीमती सुषमा स्वराजजी ने किया।

इस बीच हंसा रायपुर में कानून की पढ़ाई करने चली गई थी। घर सूना-सूना हो गया था। मैं दो महीने बाद ही ढेर सारे खाने-पीने का सामान लेकर उससे मिलने गई। मैं सोच रही थी कि पहली बार घर से बाहर हॉस्टल में रहकर उसे कितनी परेशानी हो रही होगी। वहाँ जाकर देखा कि वह अच्छी तरह रह रही थी। घर जैसी सुविधाएँ थीं नहीं, लेकिन वह उस नई परिस्थिति में अभियोजन की पूरी कोशिश कर रही थी। देखकर मेरा मन भी हल्का हुआ।

2009 में हमारे विवाह का पचासवाँ वर्ष था। बच्चों ने भी मनाने का मन बनाया था। लेकिन उन दिनों मीनाक्षी के विवाह के लिए हम परेशान थे। सयानी लड़की कुँवारी हो और हम अपना विवाह-दिन मनाएँ, कहीं से भी उचित नहीं लगा। इसलिए अपना विवाह दिन मनाना स्थगित कर दिया।

□

सुख और दुःख साथ-साथ

आखिर एक बड़ी चिंता का अंत हुआ। मैं बेटी मीनाक्षी के विवाह के लिए तब से लड़का ढूँढ़ने लगी, जब वह 22 वर्ष की हुई थी। लेकिन बाद में लोककथन में विश्वास हो गया कि जहाँ, जिस लड़के से विवाह लिखा होगा, तभी होगा। विवाह निश्चित हुआ, लेकिन भारत में नहीं, अमेरिका में ही करना पड़ा। हम रुक नहीं सकते थे। विवाह की तैयारी का सारा बोझ मीनाक्षी के कंधों पर ही रहा। वह सारी व्यवस्था कर-कर के बहुत थक गई थी। उस वर्ष ठंड का भी पार नहीं। उस स्थिति में भी संगीता और नवीन बाजार घूमते रहे विवाह की सामग्रियाँ खरीदते। दिल्ली से हम सपरिवार कैलिफोर्निया पहुँचे। प्रवीण सपरिवार वहीं आ गया था।

फ्रीमाउंट मुहल्ले के हिंदू मंदिर में विवाह संपन्न हुआ। कुछ भारतीय युवा परिवार जो मिली और प्रवीण के मित्र थे, वहीं आसपास रहते थे, विवाह में सम्मिलित होने आ गए थे। नई उम्र के लोगों ने विवाह का जश्न धूमधाम से मनाया। मुझे अपने शहर और गाँव के रिश्तेदारों तथा उन मित्रों की बड़ी याद आ रही थी, जो मिली के विवाह के लिए पूछ-पूछकर परेशान हो रहे थे। उसके विवाह संपन्न होने की प्रसन्नता तो थी ही। लड़का बिहार का ही था। माइक्रोसॉफ्ट में उच्च पद पर सेवारत। मेरी इच्छा थी कि दिल्ली में वैवाहिक जोड़ी का भव्य स्वागत समारोह किया जाए, लेकिन वे दोनों स्वागत के भव्य स्वरूप के लिए तैयार नहीं थे। इसलिए आठ महीने बाद दिल्ली में स्वागत समारोह हुआ, लेकिन बिल्कुल सादा रूप-रंग में। कम-से-कम लोग बुलाए गए थे।

छठ व्रत का समय था। मुझे पिछले सात वर्षों से रख रहे छठ व्रत का समापन भी करना था। उसी समय स्वागत समारोह भी आयोजित हुआ।

स्वागत समारोह में ही मेरे पति ने कुछ ठंडा पी लिया। जो उनके लिए वर्जित था। छठ व्रत प्रारंभ होने के पूर्व ही उनकी तबीयत खराब हुई। तीव्र ज्वर से पीड़ित हो

गए। छठ व्रत में विभिन्न प्रकार की तैयारियाँ करनी पड़ती हैं। मैं उस कार्य में अति व्यस्त थी। इनके साथ मेरे देवर अभय सिंह सोते थे। हम लोग उनका ब्लड टेस्ट भी करवा रहे थे। उन दिनों शहर में डेंगू का प्रकोप फैला था, इसलिए हम डेंगू का टेस्ट कराते थे, जो नेगेटिव आता था।

छठ के पारण के दिन ही सभी लोग वापस चले गए। मैंने कहा, "अब मैं इनको लेकर राममनोहर लोहिया अस्पताल जाऊँगी। अच्छी तरह इलाज करवाऊँगी।"

11 बजे सुबह नवीन गाड़ी लेकर आया। हम दोनों इनके पास गए। इनकी साँसें फूल रही थीं, फिर भी इन्होंने कहा, "थोड़ा आराम लग रहा है।" कुछ होना था, इसलिए हमने भी इनकी (बीमार) बात मान ली। रविवार दिन था, इसलिए नवीन घर में ही था। मुझे इन्हें देखकर लगा कि इनकी बीमारी बढ़ रही है। मैं, संगीता और नवीन इन्हें लेकर भागे। प्रथम तो अपने मुहल्ले के अस्पताल में गए। वहाँ वेंटिलेटर नहीं था, जिसकी इनको जरूरत थी। फिर दूसरे अस्पताल गए। गाड़ी की पिछली सीट पर मेरी दाहिनी ओर बैठे मेरे पति की स्थिति बिगड़ रही थी। गाड़ी चला रहे अपने पुत्र नवीन को मैं यह नहीं कह सकती थी।

ज्योंही एस्कॉर्ट अस्पताल के आपातकाल गेट पर पहुँची, इनकी साँसें टूट गईं। बहुत जल्दबाजी में स्ट्रेचर लाए और इन्हें इमर्जेंसी कक्ष में ले जाया गया। डॉक्टर ने शीघ्रता दिखाई। कॉर्डियक एरेस्ट। वेंटिलेटर पर रखा गया। समय से अस्पताल न ले जाने का अफसोस था, इनकी साँस लौट आने का संतोष। नौ दिन अस्पताल में रहकर लौटने पर भी काफी दिन लगा सामान्य होने में।

कुछ दिन पूर्व ही आत्मकथात्मक शैली में सावित्री की कहानी को उपन्यास के रूप में लिखा था। उपन्यास लिखते हुए सावित्री का लंबा वार्त्तालाप यमराज से करवाया था, जब वे सत्यवान की जान लेकर स्वर्गलोक जा रहे थे। वार्त्तालाप में सावित्री का पक्ष सुनकर बार-बार सावित्री की प्रशंसा करते हुए उन्होंने मुँहमाँगा वरदान दिया था। सावित्री तो पति की जान वापस चाहती थी। अंत में एक आशीर्वाद में उन्होंने कहा, "तुम विदुषी नारी हो। तुम एक सौ पुत्रों की माँ बनोगी?"

सावित्री प्रसन्न होकर कहती है, "आपने मुझे बहुत मनपसंद आशीर्वाद दिया, लेकिन मुझे दुःख है कि आपका यह आशीर्वाद फलित नहीं होगा, क्योंकि मेरे पति को आप लिये जा रहे हैं। मैं सौ क्या एक पुत्र की माँ भी नहीं बन सकती। कम-से-कम अपने आशीष के रक्षार्थ मेरे पति का प्राण लौटा दीजिए।"

यमराज असमंजस में पड़ गए। अंत में उन्होंने सत्यवान के प्राण वापस करने

का निर्णय किया। इस प्रकार सावित्री सती कहलाई। कुछ दिन पूर्व ही उस उपन्यास का लोकार्पण सुश्री सुषमाजी ने किया था। इनके अस्पताल में भरती होने के दूसरे दिन ही मा. आडवाणीजी और सुषमाजी को खबर करवाई। दोनों बार-बारी से एक घंटे के अंतराल पर अस्पताल पहुँचे। इन्हें आई.सी.यू. में अचेत पड़े हुए देखकर बाहर आईं। डॉक्टर से बात करती रहीं। वहाँ खड़े लोगों के बीच मुझे रोते देखकर बोलीं, "डॉक्टर साहब को कुछ नहीं होगा। थोड़े दिन पहले मृदुलाजी ने सती 'सावित्री' पर उपन्यास लिखते हुए यमराज से बातचीत की थी। उन्होंने आशीर्वाद तो सावित्री को दिया था, माँगने वाली तो मृदुलाजी थीं।"

एक बार तो जिंदगी ठहर गई थी। दरअसल यह एहसास दृढ़ हुआ कि अपने पति के बिना मेरा कोई वजूद नहीं है।

***

2014 अप्रैल-मई में 11वीं लोकसभा का चुनाव होना निश्चित हुआ। भाजपा राष्ट्रीय कार्यकारिणी की बैठक गोवा में होनी तय हुई। बैठक में श्री नरेंद्र मोदीजी को चुनाव घोषणा-पत्र का अध्यक्ष बनाने पर विचार-विमर्श होना था। श्री लालकृष्ण आडवाणीजी गोवा की बैठक में उपस्थित नहीं हुए। बैठक में बहुत गहमागहमी हुई। राष्ट्रीय अध्यक्ष श्री राजनाथ सिंह की परेशानी देखने लायक थी। अंततः चुनाव घोषणा-पत्र के अध्यक्ष के लिए श्री नरेंद्र मोदीजी की अध्यक्षता निश्चित हो गई।

फिर चुनाव की तैयारियाँ प्रारंभ हुईं। मैं एक सप्ताह के लिए बनारस में नरेंद्र मोदीजी के चुनाव क्षेत्र में प्रचार करती रही। श्री राजनाथ सिंहजी के चुनाव क्षेत्र लखनऊ भी गई। देश भर में भा.ज.पा. के पक्ष में चुनावी लहर थी।

चुनाव परिणाम में भा.ज.पा. के पक्ष में 282 सीट आईं। सारे देश में पार्टी के पक्ष में कार्यकर्ताओं और समर्थकों के बीच खुशी की लहर दौड़ गई। 26 मई को प्रधानमंत्री का शपथ ग्रहण राष्ट्रपति भवन के सामनेवाले बड़े मैदान में हुआ।

मेरे पति की अस्वस्थता पूर्णरूपेण समाप्त नहीं हुई थी। बीमारी के पूर्व वे भा.ज.पा. संसदीय दल के सचिव थे। पुनः कार्यालय जाने लगे। मेरी इच्छा नहीं थी कि वे कार्यालय जाएँ, लेकिन मैंने मना भी नहीं किया। बीमारी से पहले की बात और थी। बीमारी के बाद हर पल सचेत रहती कि उनके मन को मेरी किसी बात से चोट न लगे। बीमारी में नवीन और संगीता ने बहुत सतर्कता से काम लिया। कुछ दिनों बाद ही प्रवीण सपरिवार उन्हें देखने आया।

मैं 1980 से ही भा.ज.पा. के महिला मोर्चा का संगठन देखती रही। बीच में छह वर्ष के लिए केंद्रीय समाज कल्याण बोर्ड की अध्यक्ष बनी, लेकिन मेरे पति ने कभी किसी भा.ज.पा. अध्यक्ष या नेता से मेरे लिए कोई पद देने की पैरवी नहीं की। श्री नरेंद्र मोदीजी के प्रधानमंत्री बनने के बाद इन्होंने देश भर के वरिष्ठ नेताओं की एक सूची बनानी प्रारंभ की, जिन्हें राज्यों का राज्यपाल बनाया जा सकता था। उस सूची में मेरा भी नाम था। मैंने, इन्हें कहा कि वे मेरा नाम हटा दें। इनका जवाब था, "मैंने अपनी पत्नी के नाते आपका नाम नहीं दिया है। आपको राज्यपाल बनने योग्य समझकर सूची में नाम दिया है।"

कुछ लोगों से मिलकर भी सूची दी, जिसमें मेरा नाम था। मुझे अच्छा नहीं लगा, लेकिन इस बात पर हमारे बीच लड़ाई नहीं हुई। लड़ाई तो कभी होती भी नहीं थी। किसी-किसी बात पर मैं ही नाराज हुआ करती थी, वे चुपचाप सुन लेते थे।

दरअसल हमारे बीच कभी बराबरी का भाव आया ही नहीं। उम्र में वे मुझसे आठ वर्ष बड़े हैं। यह दूरी हमेशा बनी रही। विवाह के समय वे अंग्रेजी के व्याख्याता थे, मैं द्वितीय वर्ष की छात्रा। बराबरी का प्रश्न ही नहीं उठता। इसलिए टकराव भी नहीं।

केंद्र में बनी श्री नरेंद्र मोदीजी की सरकार को कोई परेशानी नहीं थी। ढेर सारे नए निर्णय लिये जा रहे थे। राज्यों में जहाँ-जहाँ राज्यपालों का कार्यकाल पूरा होता गया, वहाँ-वहाँ अपने दल के वरिष्ठ नेताओं को राज्यपाल बनाया जाने लगा।

गृहमंत्री राजनाथ सिंहजी की भी दिली इच्छा थी कि मैं राज्यपाल बनूँ।

राज्यपालों की तीसरी सूची 26 अगस्त को आई, जिसमें मेरा भी नाम था। मैंने 31 अगस्त को गोवा राजभवन में आकर शपथ ग्रहण किया। प्रवीण और मीनाक्षी भी सपरिवार शपथ ग्रहण में आ गए थे। दिल्ली से भी कई लोग आए। मेरी मित्र मोहिनी गर्ग और सिम्मी जैन भी आई थीं। दिल्ली विधानसभा में विपक्ष के नेता विजेंद्र गुप्ता अपनी पत्नी शोभा विजेंद्र के साथ आए।

मेरे मन पर एक बड़ी जिम्मेदारी सँभालने का बोझ आया। चारों ओर से बधाइयाँ आ रही थीं। मटिहानी और छपरा गाँव (ससुराल और मायका) में मेरे स्वागत की बृहत् तैयारी हुई थी। मुजफ्फरपुर के म. दर्शनदास महिला कॉलेज में भी भव्य स्वागत हुआ, जहाँ से मैंने बी.ए. ऑनर्स तक पढ़ाई की थी। बाद में चलकर मेरे पति के ननिहाल जानीपुर गाँव में भी भव्य स्वागत हुआ।

शपथ ग्रहण के तुरंत बाद दिल्ली जाकर राष्ट्रपति, उपराष्ट्रपति और प्रधानमंत्री

से शिष्टाचार भेंट करनी थी। मेरे पति भी मेरे साथ थे। प्रधानमंत्री ने हँसते हुए इनसे पूछा, "आप कहाँ रहेंगे?"

इन्होंने तपाक से कहा, "अब अकेले कहाँ रहूँगा। विवाह के पचास वर्षों में ज्यादा समय अकेले रहा। अब साथ रहने का सही समय आया है। गोवा में ही रहूँगा।"

प्रधानमंत्री मुसकरा रहे थे। मैंने प्रधानमंत्रीजी से पूछा, "मुझे वहाँ क्या कुछ नया करना चाहिए।"

उन्होंने दो-तीन नए कार्यक्रमों के सुझाव दिए। पहला था, चाँद के साथ-साथ बैठना। गाँव-गाँव में चाँदनी रात या पूर्णिमा में लोग एक स्थान पर इकट्ठा हों, गाँव की समस्याओं और समाधान पर विचार-विमर्श हो, गाना-बजाना और नृत्य का आयोजन हो। अंत में सादा भोजन। एक भी बल्ब नहीं जलेगा। चाँदनी रात में ही बैठेंगे।

दूसरी बात उन्होंने कही, "क्या आप राजभवन में होने वाले ऐट होम कार्यक्रम के मेहमानों की सूची में परिवर्तन ला सकती हैं?" मैं उनका आशय समझ गई थी।

चाँद के साथ-साथ कार्यक्रम तो राजभवन के अंदर ही मना लिया। एक मास की पूर्णिमा को गोवा के लोक कलाकारों को बुलवाया। वे आदिवासी समाज के थे। गोवा के विद्यार्थी, नेता, कलाकर, प्रोफेसर आदि थे। प्रांगण में एक भी बल्ब नहीं जला था। सब ओर चाँदनी बिखरी थी। लोगों ने बहुत पसंद किया। कार्यक्रम के अंत में खाना हुआ। वह भी बिना रोशनी के। चाँद की रोशनी ही यथेष्ट थी।

26 जनवरी को राजभवन में होने वाले ऐट होम कार्यक्रम में निमंत्रित लोगों की पहले की सूची खँगाल ली गई थी। कुछ ऐसे नाम थे, जो अब दुनिया में रहे भी नहीं। कुछ ऐसे, जिनके पते बदल गए। कुछ नाम इसलिए हटाए गए, क्योंकि पिछले पंद्रह-बीस वर्षों से आमंत्रित हो रहे थे। उस सूची में नए नाम जोड़े जानेवाली श्रेणियाँ थीं—दिव्यांग, बुजुर्ग, अनाथालय, बालभवन जैसी संस्थाओं के सदस्य। गोवा के छात्र, संगीतज्ञ, नृत्यांगनाएँ या अन्य क्षेत्रों में देश में उपलब्धि प्राप्त लोग। यह सूची भी एक कार्यक्रम के बाद बदल दी जाती है। 15 अगस्त, 26 जनवरी तथा गोवा मुक्ति दिवस पर तीन ऐट होम कार्यक्रम होते हैं।

राजभवन में पहली बार गाय पालन, मधुमक्खी पालन, सब्जियों की खेती प्रारंभ की।

गोवा और गोवा से बाहर जाने पर भी अपने स्वागत में फल लेने और हमारे

पास आए विशिष्ट जनों को फल की टोकरी देने का अभ्यास प्रारंभ किया। (मैंने श्रीमती आनंदी बेन पटेल, तत्कालीन गुजरात सरकार की मंत्री से सीखा था।) इसका प्रचार सारे देश में किया।

देश के कई राज्यों से विभिन्न कार्यक्रमों में उद्घाटक अथवा मुख्य वक्ता के नाते निमंत्रण आने लगा। गोवा के अंदर भी बहुत सी राष्ट्रीय-अंतरराष्ट्रीय संगोष्ठियों में जाने लगी। ऐसे आमंत्रणों के 70 प्रतिशत को नकारना ही पड़ता था। राज्यपालों के लिए 73 दिन ही अपने राज्य से बाहर रहने का नियम बना दिया गया। प्रथम वर्ष में मेरे अधिक दिन हो गए थे। दूसरे वर्ष से मैंने बहुत नियंत्रण किया। मुझे एक तरह से यह नियम अच्छा लगा। क्योंकि इस नियम का नियंत्रण नहीं रहने पर मेरे 100 से अधिक दिन बाहर बीतते। मैंने निमंत्रणों को अस्वीकार करना प्रारंभ कर दिया।

मैं व्रत-त्योहारों में भी गोवा में ही रहने लगी। गोवा में बिहारी परिवार रहते हैं। नदी और सागर किनारे पर वहाँ के बाशिंदे छठ व्रत मनाते हैं। उन्होंने मुझे आमंत्रित किया। मैं एक नदी के किनारे पोंडा में छठ व्रत में सम्मिलित हुई। वहाँ घाट पर कोई भी महिला छठ के गीत नहीं गा रही थी। अर्घ्य देने के बाद नदी किनारे मंच लगाया गया था। स्त्री-पुरुष बड़ी संख्या में नीचे बैठे। मेरा भी भाषण होना था। भाषण द्वारा मुझे सूर्य पूजा (छठ पर्व) की महिमा बतानी थी। मैं गीतों के माध्यम से ही छठ पर्व की महिमा बताने लगी। सामने बैठी महिलाओं को इशारे से मेरे साथ गाने के लिए कहा। वे लोग गाने लगीं। उसके बाद से मात्र एक वर्ष (2015) के लिए दिल्ली गई। बाकी तीन वर्ष यहीं घाट पर (मीरामार बीच) जाती रही।

आत्मकथ्य शैली में सीता, सावित्री की कथा उपन्यास के रूप में लिख चुकी थी। 'परितप्त लंकेश्वरी' भी पूरी कर ली। मेरी इच्छा थी कि उसका लोकार्पण श्री नरेंद्र मोदीजी (प्रधानमंत्री) करें। लेकिन उनसे समय नहीं मिल पाया। राष्ट्रीय स्वयंसेवक संघ के सरसंघचालक डॉ. मोहन भागवतजी से अनुरोध किया। उन्होंने मेरे कई उपन्यास पढ़े थे।

माननीय मोहन भागवतजी ने 'परितप्त लंकेश्वरी' का लोकार्पण करना स्वीकार किया। उनकी सुविधानुसार कार्यक्रम भोपाल में संपन्न हुआ। भोपाल शहर के प्रतिष्ठित राजनेता, साहित्यकार, पत्रकार, विद्वज्जन उपस्थित थे, राष्ट्रीय स्वयंसेवक संघ के अधिकारीगण एवं स्वयंसेवक भी। राष्ट्रीय सेविका समिति की पूर्व संचालिका सुश्री प्रमिला ताई और उनके साथ अन्य वरिष्ठ महिलाएँ भी उपस्थित थीं।

कार्यक्रम की अध्यक्षता लोकसभा की अध्यक्ष श्रीमती सुमित्रा महाजन ने की।

मध्य प्रदेश सरकार के मुख्यमंत्री श्री शिवराज सिंह चौहान ने भी अपने विचार रखे।

'दिवस जात नहिं लागहिं बारा' तुलसीदास की यह उक्ति ऐसे समय पर स्मरण हो आती है, जब पीछे मुड़कर देखने पर बीता हुआ समय अत्यंत छोटा लगने लगता है। लगभग चार वर्ष की अवधि बीत गई। मेरी आयु का 75वाँ वर्ष आनेवाला था। एक वर्ष पूर्व हमारे कुछ आत्मीयजनों ने मिलकर मेरी पारिवारिक और साहित्यक जीवन उपलब्धियों पर एक ग्रंथ निकालने का निश्चय किया। वरिष्ठ साहित्यकारों की एक समिति बन गई। कुछ नौजवान भी जुड़े।

देशभर के साहित्यकारों को पत्र भेजकर उन्हें आलेख लिखने के लिए आग्रह किया गया। दो-तीन महीने में ढेर सारे आलेख आ गए। ज्यादातर ऐसे लेखक, जो मुझे जानते थे, कुछ ऐसे भी, जिन्होंने मात्र मेरा साहित्य पढ़ा था, कभी सुना था, नजदीक से नहीं जानते थे। ऐसे लोगों के लेखों से पता चलता था, मानो वे मेरे अंतरंग रहे हों।

परिवार के सदस्यों ने भी अपनी अनुभूतियाँ लिखीं। इसमें पाँच धार्मिक क्षेत्र के जाने-माने संतों के भी आशीर्वचन हैं।

कार्यक्रम की तैयारी श्री प्रभात कुमार (प्रभात प्रकाशन) ने ही बड़े अनुराग से की। एक और पुस्तक (उपन्यास) 'अहल्या उवाच' अहल्या, गौतम और इंद्र की प्रसिद्ध कथा थी। कार्यक्रम में हंसा के होने वाले ससुर-सास, श्री अजित सिन्हा और श्रीमती शुभासिनी सिन्हा भी थीं। कंस्टीट्यूशन क्लब (दिल्ली) का सभागार ठसाठस भर गया।

वह 'पाँचवाँ स्तंभ' का भी जन्मदिवस था। 12वीं वर्षगाँठ। श्री राम नाईकजी (राज्यपाल, उत्तर प्रदेश) आए थे। वक्ताओं ने पुस्तक की भूरि-भूरि प्रशंसा की।

मुझे अपने पति द्वारा समीक्षा की आशा थी। कोई भी मेरी रचना अच्छी नहीं लगती, वे चुप रहते हैं। लेकिन रचना ठीक लगने पर कई बार कहेंगे, "बहुत अच्छी रचना है।" 'सहजता की भव्यता' (500 पृष्ठ) कई दिनों तक पढ़ते रहे। कई बार बोले, "पुस्तक बहुत अच्छी बनी है।" लेखकों ने सब सही-सही लिखा है, आदि-आदि।

हमारे साथ काम करते गौरवेश सिंह की प्रशंसा करते रहे। उनका कहना सही था कि उसके सक्रिय सहयोग के बिना पुस्तक पूरी नहीं होती।

'अहल्या उवाच' पुस्तक की छोटी सी समीक्षा डॉ. कुमुद शर्मा ने की। उसके बोलते समय सभागार निस्तब्ध हो गया था। सभागार में उपस्थित जनों को उनके

द्वारा पुस्तक का विश्लेषण बहुत भा गया था। कार्यक्रम में श्री विंदेश्वर पाठक (सुलभ इंटरनेशनल के संस्थापक) उपस्थित थे। उन्हें भी चंद शब्द बोलने का अवसर मिला। उन्होंने देश भर में अपने केंद्रों (सुलभ शैचालय के कार्यालय) पर रखने के लिए पुस्तक की एक हजार प्रतियाँ क्रय करने का आदेश दिया। प्रभात प्रकाशन ने दो महीने बाद ही उन्हें पुस्तकें भेज दीं।

28 नवंबर, 2017 को मैं अपनी आयु के छिहत्तरवें वर्ष में प्रवेश कर गई। □

तीन मुख्यमंत्रियों को शपथ दिलाई

मैंने 31 अगस्त, 2014 को राज्यपाल के पद का शपथ ग्रहण किया। उस समय गोवा के यशस्वी मुख्यमंत्री श्री मनोहर पार्रिकरजी थे। वे सारे देश में सादगी और ईमानदारी के लिए प्रसिद्ध थे। 2017 में गोवा विधानसभा का चुनाव होना था। उसके पूर्व ही श्री पर्रिकरजी को केंद्र सरकार में रक्षा मंत्री बनाया गया। उनके स्थान पर श्री लक्ष्मीकांत पारसेकर को मैंने मुख्यमंत्री की शपथ दिलाई। विधानसभा चुनाव में श्री पारसेकर की हार हो गई। पार्टी के विधायकों की संख्या भी सरकार बनाने लायक नहीं थी। चुनाव परिणाम की जानकारी होने पर प्रधानमंत्री श्री नरेंद्र मोदीजी ने श्री पर्रिकरजी से गोवा जाने के लिए कहा। वे जानते थे कि रक्षा मंत्री का पद वे बखूबी निभा रहे थे। कई उपलब्धियाँ उनके खाते में जाती थीं। गोवा को छोटा राज्य समझकर उन्होंने उपेक्षा नहीं की। अपने योग्य रक्षा मंत्री को गोवा में सरकार बनाने के लिए भेजा। भा.ज.पा. के वरिष्ठ नेता और केंद्र सरकार में मंत्री श्री नितिन गडकरी भी गोवा आ गए। सुबह-सुबह चुनाव परिणाम आने पर मुझे अंदाज हो रहा था कि कांग्रेस के ही मुख्यमंत्री बनेंगे। लेकिन दिन भर में कांग्रेस की तरफ से न कोई फोन आया, न मिलने के लिए समय माँगा। भा.ज.पा. की तरफ से भी कोई खबर नहीं। शाम को 5-6 बजे के बीच पर्रिकरजी का फोन आया। उन्होंने कहा, "गोवा फॉरवर्ड पार्टी और महाराष्ट्रवादी गोमंतक पार्टी की ओर से समर्थन मिल रहा है। मैंने दोनों पार्टी से लिखित समर्थन स्वीकृति ली है। सभी 21 विधायकों को लेकर राजभवन आना चाहता हूँ।" मैंने स्वीकृति दे दी।

वे सब-के-सब आ गए। मैंने उन्हें दरबार हॉल में बैठाया। एक-एक करके परिचय लिया। सबने सहर्ष भा.ज.पा., विशेषकर पर्रिकर के नेतृत्व में सरकार बनाने में समर्थन देने का आश्वासन दे दिया। मुख्यमंत्री और उनके मंत्रिमंडल

के सदस्यों को शपथ ग्रहण कराने की तैयारी के लिए राजभवन को थोड़ा समय चाहिए था।

मैंने राष्ट्रपति और गृहमंत्री को भी अपना लिखित और मौखिक निर्णय सुनाया।

दूसरे दिन कांग्रेस पार्टी वालों ने मिलने का समय माँगा। मैंने सहर्ष दिया। उनकी शिकायत थी कि सबसे बड़ी पार्टी बनकर आई कांग्रेस पार्टी को हमारी ओर से सरकार बनाने का निमंत्रण क्यों नहीं मिला। वे सुप्रीम कोर्ट भी चले गए। मैं बता दूँ कि विधानसभा का वैसा स्वरूप बनने पर मैंने संविधान में दर्ज नियमों को गहराई से अध्ययन किया था।

सुप्रीम कोर्ट ने उनकी नहीं मानी। राज्यपाल के निर्णयों को चुनौती देनेवाली माँग को निरस्त कर दिया। समय से राजभवन उनके नहीं पहुँचने के लिए फटकार भी लगाई।

दूसरे दिन श्री मनोहर पर्रिकर और उनके मंत्रिमंडल का शपथ ग्रहण हुआ, लेकिन अगले 24 दिनों तक राज्यसभा में कांग्रेस पार्टी ने गोवा की राज्यपाल के निर्णयों पर चर्चा करने की माँग जोर-शोर से उठाती रही।

मुझे तब विशेष संतोष हुआ, जब गोवा विश्वविद्यालय के दीक्षांत समारोह में पधारे राष्ट्रपति श्री प्रणब मुखर्जी ने कहा, "गोवा में जब आप सरकार बना रही थीं, मैंने आपकी गतिविधियों पर नजर रखी थी। अच्छा किया आपने। सभी संवैधानिक धाराओं के अनुकूल।"

श्री पर्रिकर की सरकार जनता के हित में चल रही थी। अचानक 2018 के फरवरी में पर्रिकरजी के एक गंभीर जानलेवा बीमारी से ग्रसित होने की सूचना आई। मात्र गोवा के निवासी नहीं, पूरे देश का मन दरक गया। अमेरिका, दिल्ली, गोवा में साल भर चिकित्सा होती रही। उस दौरान भारत के किसी कोने से दूरभाष पर बातें होतीं, दूसरी ओर से पहला प्रश्न आता, "पर्रिकरजी कैसे हैं?" सब लोग उनके स्वस्थ होने की कामना करते रहे, पर ईश्वर को कुछ और मंजूर था।

अंततः 17 मार्च, 2019 को सायंकाल उनकी क्षीणतम साँस भी टूट गई। दूसरे दिन उनकी अंत्येष्टि होनी थी। प्रधानमंत्री के आने की सूचना मिली। संविधान के अनुसार शीघ्रातिशीघ्र नए मुख्यमंत्री का शपथ ग्रहण करवाना था। कांग्रेस की ओर से राजभवन में मिलने का समय माँगा गया। प्रधानमंत्री को रिसीव करने जाने के पूर्व मैंने कांग्रेस के अध्यक्ष, अधिकारी और विधायकों को राजभवन आने का

समय दिया। उनमें सिर्फ तीन विधायक आए थे। बाद में उन्होंने पूरी सूची भेज दी। कांग्रेस द्वारा भेजी सूची में विधायकों की संख्या बहुमत से कम थी। रात्रि के आठ बजे डॉ. प्रमोद सावंतजी सभी 21 विधायकों के साथ आए। रात्रि के ढाई बजे राजभवन में शपथ ग्रहण समारोह हुआ।

इस प्रकार पिछले पाँच वर्षों में मैंने तीन मुख्यमंत्रियों को शपथ दिलवाई। पूरे देश से अच्छी प्रतिक्रिया आई।

□

हंसा और सृजन विवाहोत्सव

पिछले दो वर्षों से संगीता हंसा के विवाह के लिए बहुत चिंतित थी। दरअसल हंसा को ही विवाह के लिए हामी भरनी थी और लड़के का नाम-पता भी बताना था। विवाह का नाम लेते ही हंसा चिढ़ जाती थी। हम लोग भी चिंतित हुए। इस बीच मेरा बंगलौर जाना हुआ। मिली भी वहीं थी। मेरे ए.डी.सी. ने 'मैसूर शिल्क' दुकान में जाने का हमारा कार्यक्रम बना दिया। हम दोनों ने कई साड़ियाँ देखीं। अचानक एक लाल और पीले (हल्दी) रंग के मेल की साड़ी पर मेरी नजरें ठहर गईं। मैंने कहा, "यह साड़ी हंसा हल्दी के रस्म में पहनेगी।" मिली को हँसी आ गई। उसने कहा, "पहले लड़का तो ठीक हो।"

मैंने कहा, "साड़ी खरीद लेने पर लड़का भी ठीक हो जाएगा।"

दिल्ली जाने पर मैंने वह साड़ी हंसा को ओढ़ाकर कहा, "यह शुभ-शुभ की साड़ी है। अब हाँ बोलो।" मैं एक विवाह गीत भी गुनगुनाने लगी। हंसा अपने बाबा की बगल में बैठी थी। उनके पीछे मुँह छुपाकर उसने हाँ बोल दिया। लड़के का नाम-पता भी बताया। हम सबने तालियाँ बजा दीं। विवाह की तैयारियाँ प्रारंभ हो गईं। सृजन के पिताजी श्री अजित सिन्हा, जो सुप्रीम कोर्ट में वरिष्ठ वकील हैं, नोएडा में रहते हैं। उनके यहाँ नवीन और संगीता गए। वे सहर्ष तैयार हो गए। बिना किसी हर-हर, खड़-खड़ के सभी रस्म-रिवाज निभाते हुए शुभ दिन पर विवाह संपन्न हुआ।

कालकाजी वाले घर में निवास कर रहे चार सदस्यों में से एक ससुराल चली गई। तीन बचे। नवीन, संगीता और समृद्धि। समृद्धि अपनी पढ़ाई में बहुत मेहनत करती है।

4 फरवरी को हंसा-सृजन के विवाह की पहली वर्षगाँठ थी। वे दोनों आगरा गए थे। 2019 की 14-15 फरवरी को मटिहानी में कारिख बाबा की बड़ी पूजा

होनी थी। अभजजी ने मुझे पूर्व सूचना दे दी थी। संगीता भी मेरे साथ गई। पिछले पाँच वर्षों से संगीता गन्नीपुर में (अपने घर में) ही ठहरती है। मुझे धीरे-धीरे घर की जिम्मेदारियों से भी विलग होना चाहिए। वह अपने घर की समस्याओं की जानकारी लेती है और उसके निदान की बात भी सोचती है। अच्छी बात है। मुझे सुखद लगता है।

देखते-देखते समय बीत गया। मेरे पति की आयु पचासी वर्ष पूर्ण करनेवाली थी। नवीन की इच्छा थी कि उनका जन्मदिन मनाया जाए। 3 अप्रैल को हंसा और उसके दादाजी, दोनों की जन्मतिथि है।

यह निश्चित हुआ था कि डॉक्टर साहब के हमउम्रों को आमंत्रित किया जाए। प्रथम तो इन्होंने कहा, “क्या जरूरत है जन्मदिन मनाने की।” लेकिन बच्चों की इच्छा को सम्मान देते हुए मान गए।

सारी तैयारियाँ नवीन, संगीता और बच्चों ने मिलकर कीं। हम दोनों भी दिल्ली पहुँचे। हमारे सभी रिश्तेदार (दिल्ली में रहनेवाले), कुछ मित्र और राजनीति से जुड़े लोग आए। वातावरण बड़ा खुशनुमा था। वरिष्ठ नेताओं में मा. आडवाणीजी, डॉ. मुरली मनोहर जोशी आए। वे लोग भी प्रसन्न थे।

□

पुनरावलोकन

दांपत्य के 60 वर्ष पूरे हुए। यात्रा समाप्त नहीं हुई है। शुरुआत में चार वर्ष सिर्फ हम दोनों थे। मैं विद्यार्थी, वे प्रोफेसर। प्रथम दो वर्ष हम लोग साथ नहीं रहते थे। प्रारंभ में उनका कॉलेज पश्चिम बंगाल में, मैं मुजफ्फरपुर में। दो वर्ष के बाद ये 1960 के दिसंबर से मुजफ्फरपुर रामदयालु सिंह कॉलेज में पढ़ाने लगे। गणेश (सेवक) के सहयोग से श्री गणेश हुआ हमारे चौका-चुल्हे का। बोलने और सुनने में छह दशक बहुत लंबा लगता है। 60 वर्ष छह दशक से दस गुणा। स्मृति को लंबा फैलाव देना होता है।

स्मृतियों को कागज पर उतारने के पूर्व बहुत मुश्किल लगता था, लेकिन जैसे-जैसे आगे बढ़ती गई, बड़ी सहजता से लेखनी उन पलों को उकेरती गई, जिन्हें मैंने मन-मस्तिष्क में सँवार रखा था। प्रकाशक को भेजने के पूर्व स्वयं पढ़ने बैठी तो ऐसा लगा कि पलों में बीत गए 60 वर्ष।

यह दावा करना कि मैंने सबकुछ सही-सही और सविस्तार लिख दिया, ऐसा तो संभव ही नहीं है। मन के अंदर झाँककर देखती हूँ तो यही लगता है कि हमने प्रारंभ में ही निभाने का संकल्प ले लिया था, और धीरे-धीरे निभती गई जिंदगी।

मायके परिवार में भाई-बहनों में सबसे छोटी बालिका षोडशी होने पर ही ससुराल परिवार में सबसे बड़ी बहू हो गई। पद बड़ा। परिवारवालों की बड़ी अपेक्षाएँ। सदा बड़ों से प्यार पानेवाली युवती को रिश्ते में छोटे, उम्र में बड़े देवर और हमउम्र ननद को भी प्यार देना था।

मुझे प्रारंभ में ही यह महसूस होता रहा कि मेरे साथ निभाने के साथ-साथ मेरे परिवार के सभी छोटे-बड़े के साथ निभाने में इनका बड़ा हाथ रहा। दरअसल इन्होंने मुझे कभी बराबर माना ही नहीं। उम्र और पढ़ाई दोनों में मैं छोटी थी, इसलिए मेरी भूलों को नजरअंदाज करने और हर वक्त कुछ-न-कुछ सिखाते रहने की इनकी आदत प्रारंभ में ही पड़ गई थी। 60 वर्ष बाद प्रौढ़ हो गई है वह। बड़े की भूमिका में ही रह गए।

प्रारंभ में जहाँ कभी भी दो-चार महिला मित्रों या घर की रिश्तेदार महिलाओं के बीच में बैठती, उनके द्वारा अपने-अपने पतियों की शिकायतों के पुलिंदे खोल लिए जाते। मैं भी अपनी स्मृति पर दवाब डालकर इनके कुछ अवगुण निकालने की कोशिश करती, क्योंकि उस परिवेश का उस समय वही राग व स्वर होता था। लेकिन मैं इनमें कोई नुक्श नहीं निकाल पाती। कहा जाता है, "बिल्ली पहली रात मारी जाती है।" हम दोनों के बीच जो बिल्ली मारी गई थी, उसका अलग हथियार था। इन्होंने कहा था, "मैं जीवन में आपके लिए बहुत अधिक सुख-सुविधाएँ नहीं जुटा सकूँगा। मेरे जीवन का उद्‌देश्य कुछ और है। आप मन लगाकर पढ़िए। अच्छी नौकरी करिएगा। मेरा जीवन चलाने लायक थोड़ा-बहुत पैसे दे दिया करिएगा।" या तो मैंने उनकी बात को गंभीरता से लिया नहीं, या यह समझकर कि जब वह समय आएगा, तब देखा जाएगा, बात को साबुत ही छोड़ दिया। उसे छीला नहीं। बात को छीलने से रुखड़ी हो जाती है। कभी उलाहना भी नहीं दिया। दरअसल व्यावहारिक जीवन में इन्होंने परिवार चलाने के लिए पैसे की आमदनी भी की, हर पल परिवार को सुखी बनाने की सोचते रहे।

ऐसा भी नहीं कि इनकी सारी बातें-व्यवहार मुझे अच्छे ही लगते रहे। वैसे समय पर आदत बन गई थी चुप रह जाने की। कुछ देर बाद ही शांत मन से विश्लेषण करती। तब तक अपना गुस्सा भी शांत हो जाया करता था। कैसी जोड़ी रब ने बनाई थी। एक आत्मविश्वास से लबालब भरा हुआ, दूसरी ने आत्मविश्वास लाने में 60 वर्ष बिता दिए। अब भी अपने पर पूर्ण विश्वास नहीं।

यह बेमेल जोड़ी भी नहीं कही जा सकती। घरवालों का बड़ा सहयोग रहा। सास-ससुर और गाँववालों ने तो पढ़ी-लिखी होने के कारण भरपूर समझदारी का भी चोंगा पहना दिया था। मात्र कॉलेज में पढ़ती होने के कारण गाँव में रहती मेरी हमउम्रों से मुझे अधिक समझदार मान लिया था। एक बार मेरे पति ने कहा था, "आपकी स्थिति कालीदास की होने वाली है। आपने चुप रहकर, कम-से-कम बोलकर गाँववालों का विश्वास जीत लिया, अब आपको बहुत समझदार बनकर दिखाना ही होगा।"

बहुत सोच-समझकर दांपत्य और परिवार जीवन में मेरे पाँव नहीं उठे थे। एक बार उठे तो बस चलते गए। उस भूमि पर चलते हुए न कदमों की संख्या गिनी जा सकती है, न स्वर, न ताल पहचाने जा सकते हैं। बस चलते जाना है।

एक बात का संतोष अवश्य है। अपने बच्चे, तीनों भाई-बहन और उनके बच्चों में आपसी प्रेम-संबंध। इसमें अपना भी बड़ा योगदान मानती हूँ। बड़ी बहू संगीता ने अपने बड़े होने का दायित्व भलीभाँति सँभाला है। प्रवीण-कल्पना और

मीनाक्षी-रणवीर चंद्रा को भरपूर स्नेह और सहयोग देना उसका स्वभाव बन गया। उन्हें भी अपनी भाभी से प्यार और उनके निर्णयों पर विश्वास है। नवीन उसके इस व्यवहार में भरपूर सहयोग करता है। विवाह के दो वर्ष बाद मिली के गर्भवती होने पर प्रसूति के समय उसकी सेवा के लिए संगीता ही गई। दोनों बच्चियों को मेरे पास दिल्ली छोड़ गई थी। प्रवीण और कल्पना को भी भाई-भाभी और दोनों भतीजियों का विशेष ध्यान रहता है। मिली को अपने सास-ससुर से बहुत सम्मान मिलता है। हम दोनों अब दृष्टा भर हैं।

अपने ससुराल परिवार में बड़े-छोटों को यथायोग्य सम्मान और स्नेह देने में मेरी पहल का विशेष महत्त्व नहीं है। घर के एक-एक बड़े-छोटे सदस्यों ने मुझे अपेक्षा से अधिक स्नेह और सम्मान दिया। सभी संबंधों की गाँठें सिंचित होती रही हैं।

देखा और कहा जाता है कि पति-पत्नी 50-60 वर्ष साथ बिताते-बिताते भाई-बहन की तरह हो जाते हैं। बोली, भाषा, भाव और विचार एक हो ही जाते हैं, उनकी शारीरिक भाषा भी एक हो जाती है।

हमारे साथ तो भिन्न स्थिति हुई। विवाह के कुछ वर्षों बाद ही इनके एक मित्र ने बातचीत में किसी विषय पर मेरी प्रतिक्रिया सुनकर कहा था, "क्या बात है ? आपके पास अपना भी कोई विचार है, या केवल पति की बातें आप अपने मुँह में डालकर सुनाती हैं।" वे हँसने लगे। मेरा उपहास ही उड़ाया था।

मैं सोचने लगी, ऐसा क्यों हुआ। ऐसा तो होना ही था, जब पत्नी को माटी के लौंदे के रूप में इन्होंने स्वीकार किया था। उसमें आँख-नाक गढ़ने की कोशिश जारी थी।

इसके विपरीत भी मेरी स्वीकृतियाँ थीं। जब मुझे विवाह से पूर्व ही जाननेवाली एक प्रोफेसर महिला ने कहा था, "समाज में मृदुलाजी अब बड़ी समझदार मानी जा रही हैं, साहित्य सृजन भी करने लगीं। यह सब इनके पति के कारण हुआ है। इन्हें क्या आता था।"

किसी ने जब उनकी प्रतिक्रिया मुझे सुनाई, मैंने कहा, "हाँ, विचार के बीज भले ही उनके रहे, उसे अंकुरित होने और फूलने-फलने के लिए तो उचित भूमि चाहिए, संभवत: वह भूमि मेरा मानस और हृदय ही रहा।"

पति-पत्नी के बीच विचारों और व्यवहारों का भी घोल हो जाता है। कुछ दिनों बाद छाँटना मुश्किल कि कौन सा विचार किसका है। यही तो दांपत्य है। यही रूप है अर्धनारीश्वर का।

□

द्वितीय खंड

रामकृपाल सिन्हा

मेरा गाँव : एक परिचय

मेरा जन्म मटिहानी गाँव में हुआ। यह गाँव बागमती नदी की गोद में बसा है। बिहार के मुजफ्फरपुर नगर से सीतामढ़ी जानेवाली सड़क पर लगभग 30–32 किलोमीटर उत्तर में है। इसके पश्चिम में बसंत, भरत पट्टी, दक्षिण में शाही जीवर, बनौली एकमा और पूरब में बेरौना–फतेहपुर इत्यादि गाँव हैं। गाँव के उत्तर में बेनीपुर और भरथुआ चौड़ है। यह औराई प्रखंड के अंतर्गत स्थित है।

इस गाँव में बहुसंख्यक आबादी भूमिहार–ब्राह्मणों की है। भूमिहार नाम पिछले सौ वर्षों में ही ज्यादा प्रचलित हुआ है। 1860–80 के सर्वे या रजिस्टरी के दस्तावेजों में लोग पश्चिमी ब्राह्मण ही लिखते थे। सभी ब्राह्मण एक ही वंश के हैं, महवरिया कश्यप गोत्रीय। समय–समय पर इस गाँव से निकलकर लोग उत्तर बिहार के कई गाँवों में बस गए हैं। गाँव से सटे पूरब में एक छोटा सा टोला है, जिसे बेरौना कहते हैं। वहाँ के लोग भी यहीं से जाकर बसे हैं। एक गाँव सूरसंड (सीतामढ़ी जिला) के पास रघरपुरा बसा है। कुछ लोग मधुबनी जिले में भी जाकर बसे हैं। एक गाँव सहरसा के पास भी है। भारत के मुसलिम शासकों के अत्याचारों से अपने जान–मान की रक्षा के लिए कई ब्राह्मण कुनबे समय–समय पर उत्तर प्रदेश और मध्य प्रदेश से भागकर बिहार में बसते रहे। आज उनमें ज्यादातर लोग 'भूमिहार' कहलाते हैं।

सन् 1870 के बाद उत्तर बिहार में रेलगाड़ियों का जाल बिछने लगा। अंग्रेजी शासन काल में सड़कों की हालत ठीक की जाने लगी। पक्की सड़क और नदियों पर लोहे के पुल बिछने लगे। यातायात और व्यापार बढ़ने लगा। अंग्रेजी राज की केंद्रीय सत्ता कलकत्ता में थी। बिहार भी उसी में शामिल था।

वहाँ से अंग्रेजी शिक्षा का विस्तार होने लगा। अंग्रेजी और देशी भाषाओं में अखबार भी छपने लगे। इन सब परिवर्तनों का इस छोटे से गाँव पर भी असर होने लगा। 1901 तक गाँव में शिक्षा का कोई प्रबंध नहीं था। एक मौलवी साहब के

पास बैठकर गाँव के कुछ लोग फारसी लिपि पढ़ा करते थे। सभी सरकारी दफ्तरों में फारसी का ही बोलबाला था। अब धीरे-धीरे अंग्रेजी भी पैर फैलाने लगी थी। हिंदी की पढ़ाई भी कहीं-कहीं होती थी। चिट्ठी आदि 'कैथी लिपि' में लिखी जाती थी।

मैथिली पुरोहित सभी कारोबार मिथिलाक्षर में करते थे। देवनागरी और हिंदी भाषा केवल रामचरितमानस, सुखसागर आदि धार्मिक ग्रंथों में ही उपलब्ध थी। 1901 के बाद राष्ट्रीय चेतना के प्रचार में आर्य समाज का भी बहुत योगदान रहा। इस गाँव से भी कुछ लोग कलकत्ता हाईकोर्ट में अपने मुकदमों की पैरवी के लिए जाते थे और वहाँ से आकर देश-दुनिया में होने वाले परिवर्तनों की चर्चा करते थे।

बिहार, बंगाल प्रदेश और उड़ीसा एक साथ थे। 1912 में बिहार बंगाल से अलग प्रदेश बना। 1935 में उड़ीसा अलग राज्य बना। बिहार का केंद्र पटना बना। जिला बोर्ड को शिक्षा, स्वास्थ्य और सड़क दो जिम्मेवारियाँ दी जाने लगीं। हमारे मटिहानी गाँव में भी एक प्राथमिक स्कूल खुला। अब इस गाँव में दो मिडिल स्कूल और एक हाई स्कूल है। सन् 1951 में गाँव के बीच में एक पुस्तकालय भवन बना। बहुत सालों तक वह पुस्तकालय अपने कक्ष में पुस्तकों को समेटे खड़ा रहा। उसकी सुरक्षा और देखरेख निरक्षर लोग ही करते थे। गाँव में साक्षरों की संख्या बढ़ती गई। उनमें से ज्यादातर लोग जीविका के लिए पलायन करते गए। गाँव में अब इस भवन का अस्तित्व नहीं है। किताबें और अन्य सामान इधर-उधर हो गए।

सन् 1953 में गाँव के सामूहिक प्रयास और बाबू महावीर सिंह के आर्थिक सहयोग से हाई स्कूल बना, जो अच्छा चल रहा है। सभी स्कूलों की सरकारी व्यवस्था से पढ़ाई और प्रशासन पर असर पड़ा है। मगर गाँव में शिक्षा का समुचित प्रसार हुआ। लड़कियों और गरीब लोगों के बच्चों की पढ़ाई में सुविधा हुई। आज इस गाँव की अनेक बेटियाँ अपने ससुराल में शिक्षिका हैं। यहाँ के मिडिल स्कूल में अधिकांश शिक्षिकाएँ गाँव की बहुएँ ही हैं।

स्वास्थ्य की देखरेख के लिए कोई सरकारी व्यवस्था नहीं थी। रून्नीसैदपुर, औराई और रामपुर हरि में जिला बोर्ड का आयुर्वेदिक औषधालय था। मटिहानी गाँव में बाबू रामगुलाम सिंह के घर पर एक नन्हूक मिश्र वैद्य थे। वे गाँव और उसके पास में बीमारों की देखरेख करते थे। पानी पीने के लिए हर टोले में पक्का कुआँ था। इस गाँव में 1940 तक बारह कुएँ इस्तेमाल में थे। हैजे का प्रकोप होता रहता था। लोग बड़ी संख्या में मर जाते थे। मलेरिया दूसरा भयानक रोग था। द्वितीय महायुद्ध के बाद 1944-46 में उत्तर बिहार में भयानक मलेरिया फैला था। सरकार

ने मलेरिया केंद्र बनवाए थे। कुनैन की गोलियाँ बाँटी जाती थीं। मटिहानी ऐसे छोटे से गाँव में भी लगभग 40-50 लोग मलेरिया से मरे थे। औरतों के भोजन, रहन-सहन और स्वास्थ्य का कोई ध्यान नहीं रखा जाता था। प्रसव ग्रामीण परंपरा से धाय की देखरेख में कराया जाता था। अधिकांश बच्चे छोटी उमर में मर जाते थे। प्रसव के समय और प्रसवजनित रोगों से मरनेवाली महिलाओं की संख्या अधिक थी। उन दिनों महिला डॉक्टर का नाम भी नहीं सुना जाता था।

मुजफ्फरपुर नगर से सीतामढ़ी तक की सड़क जिला बोर्ड की देखरेख में थी। एक नंबर पर ईंटें बिछी थीं। बैलगाड़ियाँ केवल तीन नंबर पर चल सकती थीं। गाँव की सड़कों को कोई देखनेवाला नहीं था। पास के खेतवाले या मकानवाले अपने बगल की सड़क का निजी इस्तेमाल लाठी के बल पर करते थे।

आम लोगों को पैदल चलने के सिवा और कोई साधन नहीं था। किसान बैलगाड़ी का इस्तेमाल करते थे। मटिहानी गाँव में 15-20 अच्छे घोड़े रहते थे। इनका इस्तेमाल शादी-बारात में होता था। मगर मुख्य उद्देश्य घोड़ा पालकर सीतामढ़ी, कांट-ब्रह्मपुर, सोनपुर मेले में बेचकर मुनाफा कमाना होता था। 1940 के बाद बाबू महावीर सिंह, रामगोपाल सिंह, रामनंदन सिंह और राजनंदन सिंह ने कुछ दिनों के लिए हाथी भी पाल रखे थे। शादी-ब्याह में या बहू-बेटियों को नैहर और ससुराल जाने में पालकी, खड़खड़िया या बैलगाड़ी ही उपयोगी थी। गाँव में चार-पाँच पालकी व खड़खड़िया थीं और खेतहर मजदूर अपने मजबूत कंधों पर पालकी और खड़खड़िया लेकर तेजी से दौड़ते थे। उस समय कूट शब्दों का प्रयोग करते थे। बरसात के दिनों में नाव या डेंगी का खूब इस्तेमाल होता था। बाढ़ में व्यापारी भी नाव से ही समान ढोते और गाड़ियों का उपयोग करते थे। 1940-45 तक गाँव में किसी के पास साइकिल भी नहीं थी।

आग अपने चूल्हे में या बोरसी में सँभालकर रखी जाती थी या घूरा में। माचिस का आगमन नहीं हुआ था। न कोई बीड़ी-सिगरेट पीता था। कुछ महिलाएँ हुक्का पीने वाली होती थीं। पुरुषों में कई लोग भांग खाते या पीते थे। ताड़, खजूर से निकाली गई ताड़ी ऊँची जाति के लोगों के लिए वर्जित थी। शराब कोई छूता नहीं था। लोग मांस-मछली खानेवाले थे, लेकिन मुरगा, अंडा वर्जित था। वैष्णव शाक्त या शैव एक ही परिवार में होते थे। कुछ लोग आर्य समाज के प्रभाव में आकर छुआछूत को तोड़ने लगे। ऐसे लोगों को चौके में भोजन देना बंद कर दिया गया। उनका भोजन पात्र अलग रहता और आँगन में खाना दिया जाता था। बाद में धीरे-

धीरे लोग इस तरह की 'वर्जनाएँ' भूल गए।

स्वराज्य आंदोलन और खादी का प्रचार 1922 के बाद काफी बढ़ा। 1937 में बिहार में डॉ. श्रीकृष्ण सिंह प्रधानमंत्री (मुख्यमंत्री का प्रयोग बाद में शुरू हुआ) बने। खादी और हरिजन उद्धार, नारी शिक्षा इत्यादि में युवा वर्ग का उत्साह बढ़ा।

1934 के 14 जनवरी को उत्तर बिहार में भयंकर भूकंप का झटका लगा। मटिहानी के अधिकांश लोगों के घर कच्ची दीवारों के और खपरैल की छतें थीं। वे बरबाद हो गए। फूस के घर पर कम असर पड़ा। कई आँगन और खेतों में धरती फट गई। बालूमय फब्बारे फूट गए। फसल नष्ट हुई। खेत बालू से भर गए। नदी की धार उथली हो गई। ऊँची जमीन नीची और नीची जमीन ऊँची हो गई। 1934 में महात्मा गांधी भरथुआ चौर देखने आए। जलभराव से किसानों की दुर्दशा होती थी। उनके हस्तक्षेप से बिहार सरकार ने बेनीपुर से कटरा गढ़ तक नहर निकालने का निर्णय लिया।

मटिहानी गाँव के श्री योगेंद्र सिंह तथा सूर्यदेव सिंह (मेरे पिता) ने आगे बढ़कर गांधी के अभियान में साथ दिया।

जब वेदौल में खादी केंद्र था तो मटिहानी और आसपास के गाँव में घर-घर चरखा पर सूत कातने, उसके बदले खादी वस्त्र लेने का आंदोलन खड़ा हुआ। एक समय था, जब मटिहानी में लगभग एक सौ कत्तिने थीं। अब सब समाप्त है।

इस गाँव में जीविका का मूल साधन खेती और उससे जुड़े कार्य थे। पशुपालन और दूध के लिए भैंस पालन का भी प्रचलन था। गरीब परिवार बकरी पालते थे। सोनार के दरवाजे से सोना-चाँदी पीटने की आवाज आती थी। अब यह हुनर और हथौड़े गायब हैं। कुम्हार सारे गाँव तथा पड़ोसी गाँवों में भी मिट्टी के बरतन देते थे, अब सब विकास कार्यों में मजदूर बन गए हैं। बनियों के घरों से चीउड़ा और मूढ़ी-लाई की गंध आती थी। कोई-कोई हुक्का के लिए तंबाकू बनाते थे। एक जाति में परिवार के लोग चर्मकार थे। मरे पशुओं के खाल और चमड़े पर उनका अधिकार था। पूजा, शादी-ब्याह, जनेऊ ऐसे समारोहों के मौके पर ढोल-पीपही बजाते थे, उससे भी उनकी कमाई होती थी। महिलाएँ प्रसव काल में प्रसूतियों की मदद करके ईनाम पाती थीं।

मुशहर समाज में खेत मजदूरी प्रमुख काम था। कुछ लोग कहारी जानते थे। पालकी, खड़खड़िया पर दूल्हा-दुलहन को ढोकर लगन के समय अतिरिक्त आमदनी कर लेते थे।

मल्लाहों के कई हुनर थे—बाँस की टोकरी, छींटी बनाना, फूस-बाँस का घर खड़ा करना, मछली पकड़ने के लिए कोंती, घना, जाल बनाना, हल जोतना, कुदाल चलाना, खुरपी, हँसुआ से घास निकालना गाँव के सभी मजदूर जानते थे। महिलाएँ हल नहीं चलातीं, पर वे सभी काम ढेंकी, मूसल, ओखल, जांता, रोटी-चावल, तरकारी बनाना, खेत में कटनी, कमैनी, अलुआ कोड़ना जैसे कार्य करती थीं। पशुपालन का काम सभी जाति के लोग करते थे।

1950 से पूर्व बहुत कम लोग गाँव छोड़कर शहरों में मजदूरी करने जाते थे। बाद में कई मल्लाह नौजवान बाँस के काम के लिए पूर्णिया और आसाम जाने लगे। गाँव में एक भी सरकारी कर्मचारी नहीं था। वेतन भोगियों में प्राथमिक स्कूल के तीन-चार शिक्षक और एक डाक पीउन (डाकिया) मात्र थे।

□

मेरा बचपन

सन् 1934 के 3 अप्रैल को मेरा जन्म रात्रि साढ़े आठ बजे हुआ। मेरी माताजी का नाम बनारसी देवी तथा पिताजी का नाम सूर्यदेव सिंह था। मेरे दादा श्री प्रदीप सिंह और परदादा श्री तिलक सिंह थे। भूकंप के कारण हमारा घर गिर गया था। फूस का घर बनाया गया था।

जिस घर में बच्चा पैदा होता था, उसे सोयेरी घर कहा जाता था। उसमें बच्चा और जच्चा छह दिनों तक रहते थे। केवल धाय ही उसमें प्रवेश करती थी। छठे दिन स्नानादि कराकर जच्चा को नया वस्त्र पहनाया जाता था। धीरे-धीरे माँ की गोद से निकलकर मैं अपने छोटे दादा अछेवर सिंह के साथ दरवाजे पर सोने लगा।

मुझे याद है कि अपने गाँव स्कूल जाने के पहले मैं अपनी फूआ के घर मोरसंड गाँव के स्कूल में कुछ दिनों तक पढ़ा था। बाद में वहाँ से लौट आया। गाँव में रहते हुए बचपन में कई ऐसे कार्य किए, जिन्हें स्मरण कर आज भी रोमांचित होता हूँ।

एक दिन मैं और मेरे पड़ोसी भुवनेश्वर सिंह, दोनों ने मिलकर गाँव छोड़कर भागने का निर्णय लिया। हमारे मन में योगी बनने की इच्छा उत्पन्न हुई थी। हम दोनों अपने घर से कुछ पैसे चुराकर हिमालय की ओर तपस्या करने के लिए निकल गए। कुछ दूर गाँव से दो माइल नहर किनारे जाकर सोच-विचार करने लगे। फिर हम लोग वहाँ से वापस घर आ गए। गाँव के एक घर के आँगन में एक का पपीता पेड़ था। एक दिन दोपहर में घर की सभी महिलाएँ खा-पीकर सो गई थीं, मैं उस आँगन में गया और पेड़ पर चढ़ गया। अचानक पेड़ से गिर गया। चोट आई। घर की महिलाएँ मुझे नीचे पड़ा देखकर घबरा गईं।

एक दिन मैं बेर के पेड़ पर बेर तोड़ने के लिए चढ़ा। अचानक मेरी धोती खुल गई। पेड़ से नीचे जमीन पर गिर गया। एक बड़ा लकड़ी का टुकड़ा मेरे बाएँ पैर में धँस गया।

एक दिन जामुन के पेड़ के नीचे हमारे टोले के बच्चे पत्थर से जामुन तोड़ रहे थे। एक पत्थर मेरे सिर पर गिरा और सारे शरीर पर खून फैल गया।

एक बार मैं अपने कोट (खेत) में मकई की रखवाली कर रहा था। पास में ही बाँस का झुरमुट था। मैंने उसमें से एक पतली सी लाठी के लायक बाँस काट लिया। घर लौटने पर मेरे पिताजी ने बहुत डाँटा। उन्होंने कहा कि इसे ले जाकर बाँस के मालिक को वापस करो और उनसे माफी माँगो। गाँव से भदई गाँव के स्कूल जाते समय कई बार हम लोग रास्ते के पेड़ पर चढ़ जाते थे और शाम होने पर ही घर वापस लौटते। रास्ते में लहठी बनानेवाले की एक दुकान थी। हम लोग कई बार वहाँ जाकर देखते कि लहठी कैसे बनाई जाती है और स्कूल नहीं जाते। छुट्टी के समय घर वापस आ जाते थे।

जब लगभग पाँच वर्ष का हुआ तो मुझे और मेरे साथ मेरे पड़ोसी भुवनेश्वर सिंह को मेरे पिताजी गाँव के प्राइमरी स्कूल के प्रधानाध्यापक बाबू रामबहादुर सिंह के पास ले गए। उन्होंने मुझसे गायत्री मंत्र का उच्चारण करवाया और कुछ संस्कृत श्लोकों से मुझे आशीर्वाद दिया। दूसरे दिन से मैं स्कूल जाने लगा। स्कूल में पशुपति सिंह एक शिक्षक थे, जो स्कूल में ही रहते थे। शनिवार के दिन सभी विद्यार्थी अपने घर से 'शनिचरा' (चावल और गुड़) ले जाते थे। स्कूल पोखर के किनारे था, इसलिए पानी और गोबर से शनिवार को सारे स्कूल को लीपा जाता था। यह काम विद्यार्थी किया करते थे। उसके बाद गुड़ और चावल विद्यार्थियों को प्रसाद के रूप में दिया जाता था। बचा हुआ चावल शिक्षक लोग आपस में बाँट लेते थे। शिक्षक और विद्यार्थियों के लिए गणेश चतुदर्शी का पर्व धूमधाम से मनाया जाता था। दूसरे दिन से कई दिनों तक शिक्षकगण और सभी विद्यार्थियों के साथ एक-एक कर सभी विद्यार्थियों के घर जाते थे। वहाँ तरह-तरह के सामूहिक गीत गाए जाते थे। छात्रों की माँ गुरुजी को कुछ पैसे, रुमाल, मेवा इत्यादि भेंट करती थी। कभी-कभी बच्चे की आँख पर पट्टी बाँध दी जाती थी, ताकि माँ से ज्यादा पैसा लिया जा सके।

मेरे गाँव में मेरे पिताजी और प्रधानाध्यापक के बीच स्कूल के बारे में लड़ाई शुरू हो गई। परिणाम हुआ कि स्कूल लोअर स्कूल बना दिया गया। मुझे भदई प्राइमरी स्कूल में पढ़ना पड़ा। वहाँ के गुरुजी रामविलास सिंह बहुत ही नामी शिक्षक थे। लगभग 45 वर्षों तक वे उसी गाँव में शिक्षक रहे। पूरा चक्रव्रती अंक गणित उच्च वर्ग में ही हम लोगों को सिखा दिया गया था। व्याकरण चंद्रिका। दो वर्ष के बाद भदई स्कूल से पास करके मैंने औराई में मिडिल स्कूल में नाम लिखवाया।

वहाँ छात्रावास में रहता था। पहली बार अंग्रेजी की पढ़ाई छठे वर्ग से शुरू हुई। हमारे गाँव के पास के महेंद्र नारायण सिंह और जुगलकिशोर शाही औराई स्कूल में शिक्षक थे। छात्रावास में दिन के दस बजे और रात को आठ–नौ बजे भोजन मिलता था। नाश्ते के लिए विद्यार्थी घर से अपना सामान मँगाते थे। नाश्ते के सामान में चूड़ा, गुड़, ठेकुआ, लाई, सत्तू आदि होता था। हर शनिवार को शाम में विद्यार्थी रामायण का पाठ करते थे। गीत–इत्यादि गाते थे। जन्माष्टमी के दिन लखनदेई नदी नाव से पार कर हम लोग बगल के गाँव बभनगामा मंदिर जाते थे। दो साल के बाद मिडिल स्कूल की पढ़ाई खत्म कर मैं पुपरी चला गया। पुपरी हाई स्कूल मेरे ननिहाल के नजदीक था। वहाँ भी मैं हॉस्टल में रहने लगा। एल.एम. हाई स्कूल पुपरी। पुपरी स्कूल का काफी नाम था। श्री रामसेवक ठाकुर प्रधानाध्यापक थे। रामचंद्र ठाकुर अंग्रेजी के शिक्षक थे। रामनंदन चौधरी, जगलाल महतो, इत्यादि प्रमुख शिक्षक थे। एक मौलवी साहब थे, जो बच्चों को उर्दू पढ़ाते थे।

□

यज्ञोपवीत संस्कार

सन् 1940 में मेरे चाचा संजीवन सिंह का विवाह हुआ। मैं पहली बार दूल्हा के साथ सहबलिया (दूल्हे के साथ जानेवाला) पालकी में बैठकर कटरा गाँव बारात में गया था। बारात तीन दिनों तक उस गाँव में जश्न मनाकर दुलहन को लेकर लौटी। वह मेरा बारात का पहला अनुभव था। 1942 में गांधीजी के आह्वान पर 'अंग्रेजो भारत छोड़ो' आंदोलन शुरू हुआ। बिहार में कई थानों में आग लगा दी गई। उन दिनों मेरे गाँव का थाना कटरा में था। मेरे पिताजी और कुछ लोगों ने मिलकर कटरा थाना में आग लगाने के आंदोलन में हिस्सा लिया। कुछ सिपाही मारे भी गए। मेरे पिताजी भागकर नेपाल में छिप गए।

1943 में मेरा उपनयन संस्कार (जनेऊ) किया गया। मुझे कई दिनों तक उपवास करना पड़ा। जनेऊ के समय नदी किनारे मटकौर का रस्म किया गया, जिसमें महिलाएँ गीत गाती थीं। सभी को अंकुरी और गुड़ बाँटा गया था। मेरे पिताजी ने जनेऊ में मेरे आचार्य की भूमिका निभाई। पूरे गाँव और आसपपास के गाँवों को भोज का निमंत्रण दिया गया था। नाते-रिश्तेदार सभी मेहमान हमारे घर पधारे थे। नौकर-चाकर, सेवक-सेविकाओं को नए वस्त्र दिए गए थे। पहली बार मुझे चमड़े का जूता पहनाया गया था।

एक घटना मुझे याद आती है। मेरे नाना सुखदेव मिश्र जानीपुर से न्योते के लिए आए थे। उन दिनों उनका पेट खराब चल रहा था, इसलिए वे फलाहार करते थे। जब वे फलाहार करते तो मेरे दादाजी समेत उनके श्रेणी के सभी लोग उनके सामने उपस्थित हो जाते। वे एक बार में 10 किलो उबला हुआ केला, 5-10 किलो दही और 3-4 किलो चीनी का नाश्ता करते थे। जनेऊ के कुछ दिनों बाद मैं जाड़े के दिनों में दुलाई (शॉल) ओढ़कर खेत पर चला गया। वह मुझसे कहीं खो गया। घर में मेरी काफी खिंचाई हुई। एक दिन स्कूल से लौटने पर आँगन में मंडप के नीचे

खाट पर लेटा था कि मेरे पिताजी ने मेरी पिटाई शुरू कर दी। वे दिन में बच्चों के सोने के घोर विरोधी थे। मेरे गाँव में अकसर बाढ़ आ जाती थी। हम लोग नदी और पोखर में खूब नहाते थे। पोखर के किनारे एक पीपल का पेड़ था। उस पर चढ़कर पानी में कूदते थे। बरसात के दिनों में स्कूल में जिस दिन छुट्टी होती, हम गाँव से दूर खेत के मचान पर मकई की रखवाली करते थे। चिड़िया उड़ाते थे। गरमी की छुट्टियों में ज्यादातर समय आम के बागीचे में ही बीतता था। मेरे पिताजी बहुत अनुशासनप्रिय व्यक्ति थे, इसलिए जाड़े के दिनों में भी सुबह 4 बजे जगाते और लालटेन जलाकर पढ़ाई करवाते थे।

□

उच्च विद्यालयीय जीवन

उच्च विद्यालय के वर्ग में मैं हमेशा प्रथम आता था, इसलिए मेरा विद्यालय फीस माफ कर दिया जाता था। उच्च विद्यालय के हॉस्टल में एक बार हरिश्चंद्र नाटक का मंचन किया गया, जिसमें मैंने इंद्र का अभिनय किया था। समाचार-पत्रों में उस नाटक का वृत्तांत छपा। समाचार-पत्रों में शीर्षक था—'मंच पर गोल्ड मेडल की बरसात।' लेकिन किसी कलाकार को कुछ भी नहीं मिला था।

विद्यालय के कुछ छात्र रेलवे स्टेशन के प्लेटफार्म के रास्ते होकर विद्यालय आते-जाते थे। एक दिन स्टेशन मास्टर ने किसी छात्र को 'लौंडा' कहकर पुकारा। वह स्टेशन मास्टर उत्तर प्रदेश का था। यह सुनकर कुछ छात्रों ने स्टेशन मास्टर की पिटाई कर दी। प्रधानाध्यापक के पास शिकायत पहुँची।

हॉस्टल के पास एक आम का बागीचा था। हम लोग कई छात्र मिलकर रात में आम के पेड़ पर आम की चोरी किया करते थे। हमारे हॉस्टल के बगल में एक अस्पताल था। वहाँ डॉक्टर के परिवार रहते थे। हॉस्टल के लड़के उस रास्ते से आते-जाते थे। उसमें से एक लड़के ने कहा, "छोटी हूँ बालम, जवान होने दे।" उसमें मेरा भी नाम लपेटा गया। प्रधानाध्यापक ने हम लोगों को बुलाकर बहुत डाँट लगाई।

हम लोग परीक्षा के लिए सेंटप कर दिए गए थे। कुछ छात्रों की छात्रावास अधीक्षक से कुछ कहासुनी हो गई। हम लोग बाजार में एक मकान में किराया देकर रहने लगे। 1952 में मैं मैट्रिक परीक्षा देने के बाद अपने एक साथी के साथ बिना पैसे के और बिना टिकट कलकत्ता चला गया। कलकत्ता से मैं जगन्नाथपुरी चला गया। आने के बाद बीच रास्ते में खड़गपुर स्टेशन पर टीटी ने पकड़ लिया। हमारे पास पैसा नहीं मिलने पर भी उन्होंने हमें छोड़ दिया। परीक्षा देने के बाद एक दिन मैं मुजफ्फरपुर के जिला बोर्ड के ऑफिस में पहुँचा। वहाँ मैंने किसी स्कूल में

नौकरी के लिए आवेदन दिया। मुझे किसी गाँव के एक स्कूल में 25 रुपए महीने की तनख्वाह की नौकरी मिली, लेकिन मैंने नहीं की।

जिस दिन मैट्रिक का रिजल्ट निकला, उस दिन मैं पटना में था। वहाँ अखबार में देखा कि मैं प्रथम श्रेणी से पास कर गया था। मुजफ्फरपुर जिले में मेरा तीसरा नंबर था। इस बीच मेरे परिवार में कई उथल-पुथल हो चुके थे। मेरे चाचाजी की मृत्यु उनकी शादी के एक साल बाद ही हो गई थी। मेरे दादाजी और मेरी छोटी बहन उर्मिला की भी मौत हो गई।

1948 में मेरे पिताजी ने पुराने घर को छोड़कर खलिहान पर नया घर बनवाया। उसके लिए वे नेपाल के जंगल से सखुआ की लकड़ी खरीदकर लाए थे। चार कमरे का खपरैल मकान बनाया गया था। उस मकान में मिट्टी का प्लास्टर किया गया था। एक बार आँधी में मकान का पूरा छप्पर उड़कर दूर चला गया। दूसरी बार गाँव में आग लगी। सैकड़ों मकान जल गए। हमारा भी मकान जल गया। कोठियों में अनाज भी जल गया। बेढ़ी-बखारी में धान जल गए। कपड़े जल गए। मेरी माँ के बक्से में जो जेवर थे, वे भी पिघलकर एक साथ हो गए।

मैं पुपरी स्कूल में पढ़ता था। मेरा ननिहाल वहाँ के निकट गाँव जानीपुर में था। वहाँ से मैं दो बैलगाड़ियों पर बाँस लेकर मटिहानी पहुँचा। फिर पुनः घर बनाया गया। इस बीच मेरे परिवार की महिलाएँ बगल के एक पड़ोसी के मकान में एक कमरे में रहती थीं। इसी बीच मेरे छोटे बाबा ने मेरे पिताजी से घर का बँटवारा कर लिया। मेरी माताजी के ऊपर बोझ बढ़ गया। मेरे पिताजी ने माँ के गहने-जेवर बेचकर चार बीघा उपजाऊ जमीन भरथुआ चौर में खरीदी।

□

विश्वविद्यालय की शिक्षा

लंगट सिंह कॉलेज में मेरा इंटर में नामांकन हो चुका था। उसी साल मेरे छोटे बाबा की मृत्यु हो गई। लंगट सिंह कॉलेज में कला संकाय में नामांकन कराया। मेरे गाँव के सभी पढ़े-लिखे लोग मुझसे उम्मीद कर रहे थे कि मैं साइंस में नामांकन कराऊँ। मैं जानता था, साइंस में पढ़ने के बाद मेडिकल और इंजीनियरिंग कराना मेरे परिवार के बस की बात नहीं थी। इसलिए आर्ट्स में नामांकन कराया। शहर में एक कमरा किराए पर लिया। गाँव से एक आदमी लेकर आया और मेस चलाने लगा। दुर्भाग्य से मेरे गाँव का एक लड़का प्रोफेसर के घर से चोरी करके भाग गया। मेरे आदमी की पिटाई हो गई। मेरा मेस बंद हो गया। मैंने फीस माफी के लिए आवेदन दिया था, लेकिन मेरा नाम लिस्ट में नहीं था। मैं प्रभारी शिक्षक से मिला। मैंने उनसे कहा कि मैंने पूरे जिले में तीसरा स्थान प्राप्त किया है, फिर भी मेरे फीस की माफी नहीं हुई। फिर उन्होंने मुझे अपने घर ट्यूशन के लिए रख लिया। उनका नाम देवनारायण सिंह था। वे हिंदी के विभागाध्यक्ष थे। इससे मुझे काफी सुविधा होने लगी। इंटर में मेरा मूल विषय था—मनोविज्ञान, नागरिक शास्त्र, दर्शनशास्त्र, हिंदी, अंग्रेजी।

मुजफ्फरपुर में पढ़ते हुए मटिहानी गाँव के श्री धर्मदेव विद्यार्थी एवं विचार सागर आदि युवकों के साथ गाँव में एक हाई स्कूल खोलने का निर्णय लिया। मैंने अपने परिवार के लोगों को कटरा रजिस्टरी ऑफिस जाकर स्कूल के लिए जमीन की रजिस्टरी करवाई। बाबू महावीर सिंह ने चार हजार रुपए स्कूल के नाम पर जमा करवाने का आश्वासन दिया। हम लोगों ने गाँव के आसपास के गाँव से बाँस माँगकर स्कूल की मकान के लिए प्रयास शरू कर दिया। गाँव के सभी लोगों ने एक दिन श्रमदान करके स्कूल के जमीन में मिट्टी की भराई का काम किया। इस तरह स्कूल की इमारत का काम शुरू हुआ। रामवृक्ष बाबू उन दिनों टाटा के हाट गमरिया

में कार्यरत थे। मैंने उन्हें चिट्ठी लिखकर गाँव आने का आग्रह किया। वे गाँव आ गए। और तब स्कूल का काम जोर से चलने लगा। इसके पूर्व गाँव के बाबू रामनंदन सिंह एवं राजनंदन सिंह से जमीन लिखवाकर पुस्तकालय निर्माण शुरू किया था। गाँव में एक घंटे का श्रमदान देकर ग्रामीणों द्वारा सड़कों का निर्माण किया गया। स्कूल की छुट्टियों के दिनों में ये सारे कार्य होते थे।

1952 में विधानसभा के चुनाव हो रहे थे। मेरे पिताजी कांग्रेस के उम्मीदवार मथुरा प्रसाद सिंह के लिए काम कर रहे थे। हम गाँव के युवक लोग रामवृक्ष बेनीपुरी सोशलिस्ट पार्टी के उम्मीदावार के लिए जोर लगा रहे थे। जिस दिन कांग्रेस के उम्मीदवार मेरे गाँव में आनेवाले थे, उसी दिन हम लोगों ने गाँव के चौराहे पर सोशलिस्ट पार्टी का झंडा फहराने का निश्चय किया। हम लोग झंडा लगा रहे थे कि उसी समय कांग्रेस के उम्मीदवार आ गए। मेरे पिताजी नाराज हो गए। उन्होंने परीक्षा फीस भरने के लिए पैसा देने से इनकार कर दिया। बाद में अपने मित्र योगेंद्र सिंह के समझाने पर वे नरम हुए।

□

पढ़ाई के लिए पटना स्थानांतरण

सन् 1954 में मैं लंगट सिंह कॉलेज से अच्छे अंकों के साथ पास कर गया। मैंने पटना कॉलेज में एडमिशन का मन बनाया। पटना कॉलेज में अंग्रेजी ऑनर्स में नामांकन कराया। वहाँ कॉलेज के एक हॉस्टल में मुझे जगह दी गई। एक दिन कुछ विद्यार्थियों के साथ एक शिक्षक हॉस्टल के सभी कमरों में निरीक्षण करने आए। मैं अपनी सीट पर बैठा था। वे मेरे कमरे में झाँके। उनके पीछे विद्यार्थियों का झुंड था। मैंने उनसे पूछा, "आप किससे मिलने आए?" वे बोले, "आप से ही।" पीछे से विद्यार्थियों ने इशारा किया कि वे प्रोफेसर के.के. दत्ता हैं। बिहार के स्वतंत्रता आंदोलन का इतिहास उन्होंने लिखा है। बाद में मैं पटना कॉलेज परिसर स्थित न्यू हॉस्टल में चला आया। डॉ. आर.के. सिन्हा अंग्रेजी के विभागाध्यक्ष, बहुत ही योग्य शिक्षक थे। डॉ. विद्यार्थी बी.एन. कॉलेज से क्लास लेने आते थे। कमरुद्दीन अहमद पटना कॉलेज के प्रिंसिपल थे। प्रो. हरिमोहन झा मैथिली के नामी लेखक और दर्शनशास्त्र के अध्यक्ष थे। एक डॉ. वर्मा राजनीतिक शास्त्र के शिक्षक थे। उनका शरीर काफी लंबा-चौड़ा था। एक बार अमेरिका में किसी रेस्त्राँ में से उन्हें नीग्रो समझकर निकाल दिया गया था। यह कहानी वे हम लोगों को सुनाते थे।

पटना कॉलेज में उन्हीं दिनों किसी मुद्दे पर छात्रों का आंदोलन शुरू हो गया। बी.एन. कॉलेज का एक छात्र पांडे गोली से मारा गया। सारे बिहार में छात्र आंदोलन फैल गया। काफी दिनों तक चलता रहा। उन्हीं दिनों डॉ. राधाकृष्णन का पटना साइंस कॉलेज में भाषण हुआ था। पटना कॉलेज में रहते हुए मैं एन.सी.सी. में भी सक्रिय था। एन.सी.सी. में मुजफ्फरपुर से ही मैं सक्रिय था। एक कैंप पूसा रोड में लगा था। भोजन विषाक्त होने के कारण सभी कैडेट दस्त से पीड़ित हो गए। मैं भी उसका शिकार बन गया। दो दिन तक बेहोश रहा। फिर वहाँ मुजफ्फरपुर कॉलेज में लाया गया। पटना कॉलेज से एक सोशल कैंप कोसी नदी के प्रोजेक्ट पर बाँध बना

रहा था, वहाँ हमें ले जाया गया। एन.सी.सी. परेड के लिए सभी कैडेट को यूनिफॉर्म और बूट दिए जाते थे। कॉलेज के बाद एक घंटा परेड कराया जाता था। उसके बाद कुछ नाश्ता भी कराया जाता था। पटना कॉलेज से एक कैंप धनबाद में लगा। एन.सी.सी. में सेकेंड लेफ्टिनेंट और कैप्टन कॉलेज के ही शिक्षक होते थे। उन्हें अतिरिक्त भत्ता दिया जाता था। कॉलेज छोड़ने के बाद सारे कैडेट यूनिफॉर्म जमा कर देते थे। पटना कॉलेज में पढ़ते हुए मैं शहर में ट्यूशन पढ़ाया करता था। पटना कॉलेज के मेरे साथियों में श्री जसवंत सिन्हा बाद में आई.एस. हुए और फिर भारत में केंद्रीय वित्त मंत्री बने। दूसरे मित्र रामा स्वामी मणि थे। वे आई.एफ.एस. होकर यू.एन. में पद स्थापित हो गए। शिक्षक आंदोलन में सैयद शहाबुद्दीन नेता बनकर उभरे थे। बाद में वे आई.ए.एस. बने।

□

एम.ए. की शिक्षा के लिए कलकत्ता की ओर

परीक्षा देने के बाद कुछ दिनों के लिए गाँव में ही रहा। फिर कलकत्ता चला गया। कलकत्ता में कैल्फि स्ट्रीट ट्राम डिपो में मेरे गाँव के पड़ोस बेनीपुर के तेजनारायण सिंह नौकरी करते थे। मैं उन्हीं के साथ रहने लगा। वहाँ रहते हुए मैंने अपनी बी.ए. की पढ़ाई पास की। फिर मैंने कलकत्ता विश्वविद्यालय में नाम लिखाने का निर्णय लिया। पुपरी के देवकी बुबना के ससुर श्री नंदलाल सिंहानिया थे। उनसे मैं मिला। उन्होंने अपने नातियों को पढ़ाने के लिए मुझे नियुक्त कर लिया और रहने के लिए अपने घर में कमरा दे दिया। कुछ परिवारों में जाकर ट्यूशन करने लगा। इस तरह एम.ए. की पढ़ाई के लिए भी घर से पैसा नहीं लिया। अंग्रेजी के विभागाध्यक्ष ए.जी. स्टॉक थीं। वे बहुत सीधी–सादी महिला थीं। अविवाहित थीं। मेरे क्लास में लड़कियों की संख्या काफी थी। मैं विभाग में अंग्रेजी सेमिनार का सचिव चुना गया। मैं प्रतिदिन सुबह सेमिनार की लाइब्रेरी खोलता था। एक वॉल पेपर भी निकालना शुरू किया था। अंग्रेजी विभाग की ओर से 'सी एसटूपस् टू कंकर' नाटक का मंचन किया। फिर मैंने कई विद्वानों को बुलाकर भाषण करवाया था। उसमें सुनीति कुमार चटर्जी और राहुल सांकृत्यायन तथा कई अंग्रेजी विद्वान् भी थे। मेरी सक्रियता और कार्यकलापों से विभाग के अध्यक्ष डॉ. ए.जी. स्टॉक बहुत प्रसन्न थीं। वे चाहती थीं कि मैं किसी जहाज में नौकरी करूँ और सारे संसार में घूमकर किताब लिखूँ। कलकत्ता विश्वविद्यालय में मेरे तीन साथी थे—उड़ीसा से जगदीश प्रसादजी, आंध्र से डी.एस. राव और ए.बी. कृष्णमाचारी। इसमें जगदीश प्रसाद क्लास में आँखों पर पट्टी बाँधकर जादू दिखाते थे। एक बार मैं उड़ीसा में उनके गाँव भी गया था।

कलकत्ता विश्वविद्यालय में पढ़ने के समय मैंने अपने भाई मदन सिंह, जो गाँव से मैट्रिक पास कर चुका था, को बुला लिया। कलकत्ता में ही इंटर में उसका नामांकन करवाया। हमारे विभागाध्यक्ष ए.जी. स्टॉक एक दिन मुझे और एक बँगलादेशी लड़की बद्रुनिशा को वॉटेनिकल गार्डन पिकनिक पर ले गए। उन्हें हस्तरेखा का ज्ञान था। उन्होंने मेरे हाथ की रेखा को पढ़कर कहा, "यू आर ए फ्लर्ट।" कलकत्ता में पढ़ाई करते समय मेरा कुछ लड़कियों से भी संपर्क हुआ। उन में से एक बिहार की लड़की ने मुझसे कहा था, "यदि मुझसे शादी करना चाहते हो तो आई.ए.एस. बनना पड़ेगा।" लेकिन मैंने नकार दिया था। मैंने बंगाल की एक लड़की मिस घोष को शादी का प्रस्ताव दिया था, परंतु उसने अपने प्रेमी का हवाला देकर मेरे प्रस्ताव को ठुकरा दिया। इस क्षेत्र में मेरे पास निराशा के सिवाय कुछ नहीं था।

मेरे सहपाठी श्री कृष्णमाचारी मेरे साथ मेरे गाँव गए थे। वहाँ से हम लोगों ने पैदल जनकपुर (नेपाल) की यात्रा की और फिर पैदल ही मुजफ्फरपुर लौटे। रास्ते में हम लोगों ने नेपाल के मटिहानी के मंदिर में रात्रि विश्राम किया और फिर दूसरे दिन जनकपुर धाम पहुँचकर किसी मंदिर में रुक गए। वहाँ खाना भी मिला। लौटते समय कई गाँवों में रात बिताते हुए वापस अपने गाँव लौटा।

□

विवाह के अनेक प्रस्ताव और निर्णय

कॉलेज में परीक्षा देने के बाद मेरा रिजल्ट नहीं निकला था। डॉ. ए.जी. स्टॉक ने कांदी राज कॉलेज मुसीदाबाद जिले में भेज दिया। वहाँ मैं नौकरी करने लगा। जब मैं कांदी राज कॉलेज में लैक्चरर था, तब गरमी की छुट्टी में घर गया। मेरी माताजी मेरी शादी के लिए बहुत ही दबाब डालने लगीं। उसी वक्त मुजफ्फरपुर से दो प्रोफेसर डॉ. सुरेंद्र नाथ दीक्षित और रामस्वार्थ चौधरी को साथ लेकर छपरा के बाबू छबीले सिंह मेरे गाँव, मेरे घर पहुँच गए। उनकी बेटी लक्खीसराय बालिका विद्यापीठ से मैट्रिक पास करके महंत दर्शनदास कॉलेज में प्रथम वर्ष में इंटर में पढ़ रही थी। छपरा जिले के एक गाँव से एक डॉक्टर लड़की के अभिभावक भी आए थे। और भी कई लड़कीवाले मेरे घर पर आ गए। मैंने लक्खीसराय विद्यापीठ की खूब प्रशंसा सुनी थी। वहाँ लड़कियाँ खादी पहनती थीं। योग और व्यायाम सीखती थीं। अपना कपड़ा, शौचालय और भोजन के बरतन खुद साफ करती थीं, इसलिए मैंने उसी के पक्ष में निर्णय लिया। बाद में फलदान हो गया। जब मैं शहर आया तो बेनीपुरीजी की बेटी प्रभा बेनीपुरी ने मुझे कहा, "भैया, लड़की बहुत मोटी है, देखने में अच्छी नहीं है।" मैंने कहा, "जो हो गया हो गया, अब मैं क्या करूँ।"

22 जून, 1959 को मेरी शादी हो गई। शादी के बाद मैं फिर वापस कांदी राज कॉलेज चला गया। एक वर्ष बाद, 1960 में मेरी पत्नी मृदुला सिन्हा अपने भाई और भाभी के साथ वहाँ पहुँचीं। कांदी राज कॉलेज को छोड़कर मैं टाकी गवर्नमेंट कॉलेज 24 परगना में चला गया।

इसी बीच राम दयालु कॉलेज (मुजफ्फरपुर) से साक्षात्कार के लिए पत्र आया। मैं उस कॉलेज में साक्षात्कार देने पहुँचा। जितने उम्मीदवार आए थे, सभी को क्लास में पढ़ाकर जाँचा गया। मैं उनमें प्रथम आया, इसलिए मेरी नियुक्ति हो

गई। कलकत्ता लौटकर टाकी गवर्नमेंट कॉलेज आया और इस्तीफा दिया। फिर लौटकर आर.डी.एस. कॉलेज में कार्यभार ग्रहण किया। आर.डी.एस. कॉलेज में मुझे केवल चार महीने के लिए रखा गया। गरमी की छुट्टियों से पहले नौकरी समाप्त कर दी गई। इस बीच प्राचार्य गया बाबू ने मुझे केदार प्रसाद उप-प्राचार्य के साथ पंडौल कॉलेज में विश्वविद्यालय परीक्षा केंद्र पर ड्यूटी लगवा दी। केदार बाबू के साथ मेरा संपर्क बढ़ा। केदार बाबू आर.एस.एस. के मुजफ्फरपुर जिले के संघचालक थे। उन्होंने आर.एस.एस. कार्यकर्ताओं को मेरे बारे में सूचना दी। गरमी छुट्टी के बाद हमें कॉलेज में बहाल कर लिया गया।

इस बीच मृदुलाजी बी.ए. तीसरे वर्ष में हॉस्टल छोड़कर मेरे साथ गन्नीपुर में किराए के एक मकान में रहने आ गई थीं। इंटर की परीक्षा उन्होंने हॉस्टल में रहकर ही दी। अच्छे नंबरों से इंटर पास कर गईं। फिर बी.ए. साइकोलॉजी ऑनर्स में उसी कॉलेज में नाम लिखावाया। मैं कॉलेज में एक लोकप्रिय शिक्षक के नाते जाना जाने लगा। कई लड़के मेरे पास प्राइवेट ट्यूशन पढ़ने आने लगे। उन दिनों कॉलेज में श्री बी. घोष विभाग के अध्यक्ष थे। मिथिला बाबू, शिव शंकर दूबे, रामशंकर शर्मा, राम शोभा सिंह हमसे वरिष्ठ प्राध्यापक थे। केदार बाबू से प्रेरित राष्ट्रीय स्वयंसेवक संघ के कार्यकर्ता मेरे पास आने लगे। उन्होंने मुझे कई छोटी-मोटी गोष्ठियों में बुलाना प्रारंभ किया। एक हफ्ते का एक शीत शिविर लगाया गया। मैं उसमें शामिल हुआ। संघ के प्रचारक भोला बाबूजी ने मुझे संघ का व्रत दिलवाया। कुछ ही दिनों के बाद मुझे बिहार विश्वविद्यालय छात्र संघ के नेताओं ने विद्यार्थी परिषद् का अध्यक्ष बना दिया। इन्हीं दिनों मैं पी-एच.डी. के लिए रिसर्च की तैयारी में लग गया। मुजफ्फरपुर में प्राकृत जैनोलॉजी जैन संस्थान के निदेशक डॉ. नथमल टाटिया ने मेरा पी-एच.डी. का गाइड बनना स्वीकार किया। साथ-ही-साथ उन्होंने प्राकृत जैन और अहिंसा में एम.ए. की परीक्षा देने को प्रेरित किया। मैंने प्राकृत जैन अहिंसा में प्रथम स्थान पाकर स्वर्ण पदक प्राप्त किया। बाद में मैंने पी-एच.डी. की भी उपाधि प्राप्त कर ली।

मदन सिंह (मेरा भाई) के विवाह के पहले मेरी बहन सुशीला की शादी हुई। मेरे गाँव के पास विशनपुर गाँव के श्री कामेश्वर मिश्र से सुशीला की शादी हुई। मेरे छोटे भाई मदन सिंह कलकत्ता से बी.एस-सी. करने के बाद कुछ दिनों तक कांटी के सिरसिया उच्च विद्यालय में शिक्षक रहे। बाद में वे बनारस के पास शाहुपुरी के एक कारखाने में काम करने लगे। उनकी शादी के लिए बनारस

के एक मथुरा प्रसाद सिंह अपनी बेटी का संबंध लेकर मेरे पास मुजफ्फरपुर आए। उनकी बेटी निर्मला बी.ए. पास कर चुकी थी। संबंध तय हो गया। हम लोग बारात लेकर बनारस पहुँचे। शादी संपन्न हुई। हमारे भाई अपने परिवार के साथ शाहुपुरी में रहने लगे। बाद में वे राजस्थान के कोटा शहर में दूसरे कारखाने में चले गए।

□

सामाजिक-राजनीतिक जीवन में प्रवेश

सन् 1964 में मृदुलाजी एम.ए. पास कर गईं। उनको मोतिहारी श्रीकृष्ण महिला कॉलेज में व्याख्याता पद मिल गया। नवीन की उम्र मात्र एक साल की थी। इससे बड़ी कठिनाई हुई। अंत में मृदुलाजी को कॉलेज छोड़ना पड़ा। मुजफ्फरपुर में भारतीय शिशु मंदिर की प्राध्यापिका बनकर काम करने लगीं।

दूसरी तरफ राजनीति के मोर्चे पर जनसंघ के लोगों ने मुझे 1964 में जिला का अध्यक्ष बना दिया। पार्टी ने मेरे लिए एक जीप खरीदी। पार्टी का एक कार्यकर्ता अशर्फी ठाकुर 'ड्राइवर' था। वह गाड़ी में एक कुदाल भी रखता था। मैं एक-दो कार्यकर्ताओं के साथ गाड़ी में बैठकर पार्टी के प्रचार के लिए निकल जाता था। अपने साथ में पार्टी की सदस्यता रसीद भी रखता था। खासकर रविवार को या छुट्टियों के दिनों में मैं पार्टी का काम करता था। कभी सीतामढ़ी में या कभी हाजीपुर में रुककर दो-तीन दिन आसपास के गाँवों में घूमता था।

एक बार सीतामढ़ी में स्थानीय नेता बदरी चौधरी के घर में सोया था। कुछ प्रत्याशियों ने मुझे अपने कुछ पैसे जमा कराए थे। रात में अचानक नींद खुलने पर मुझे एहसास हुआ कि मेरा कुरता हवा में बाहर की ओर चला जा रहा है। मेरी समझ में आया कि कोई चोर है और मैंने हल्ला किया। घर के लोग जाग गए। सच में चोर मेरा कुरता लेकर भाग रहा था। सभी के जागने पर वह कुरता छोड़कर भाग गया। रास्ते में किसी ने पूछा कि क्यों भाग रहे हो तो उसने कहा कि भैया मार रहे हैं।

□

पिता की जिम्मेदारी और राजनीतिक गतिविधियाँ

सन् 1963 में मेरे प्रथम पुत्र नवीन सिन्हा (बबलू) का जन्म हुआ। मुजफ्फरपुर में एक नया निजी अस्पताल खुला था। उन दिनों हम लोग मझौलिया रोड पर रहते थे। 1967 में बिहार में विधानसभा और लोकसभा का आम चुनाव का समय आ गया। मैं जिला अध्यक्ष के नाते एक वरिष्ठ कार्यकर्ता श्री जनार्दन प्रसाद विनायक का नाम मुजफ्फरपुर विधानसभा के लिए भेज चुका था, लेकिन केंद्रीय चुनाव समिति ने मेरा नाम तय करके भेज दिया। मेरे कॉलेज में एक छात्र और एक शिक्षक पुलिस गोलीबारी में मारे गए थे। सारे बिहार में छात्र आंदोलन शुरू हो गया था। न चाहते हुए भी मुझे चुनाव लड़ना पड़ा। मेरे चुनाव का सारा खर्चा पार्टी ने उठाया। मैं चुनाव डेढ़ हजार वोटों से हार गया। कांग्रेस के मोहनलाल गुप्ता विजयी हुए। मैं पार्टी के काम में लगा रहा। 1966 में मेरे दूसरे पुत्र प्रवीण सिन्हा (डबलू) का जन्म हुआ। संयोग से 1967 के विधानसभा चुनाव में भारतीय जनसंघ को 26 सीटें मिली और बिहार में संयुक्त विधायक दल की सरकार बनी, जिसके महामाया बाबू प्रथम मुख्यमंत्री बने।

1967 में बिहार के संगठन मंत्री श्री अश्विनी कुमार मेरे साथ मेरे घर आए। मेरे साथ मेरे भाई अभय सिंह की बारात में डूमरी गाँव गए थे। उन्होंने मुझसे कहा कि बिहार जनसंघ ने मुझे विधान परिषद् में भेजने का तय किया है। मैं चुप हो गया। मैंने उनसे प्रस्ताव पर विचार करने के लिए कुछ समय माँगा। बाद में 1968 में मैंने बिहार विधान परिषद् में जनसंघ का पहला दीपक बनकर प्रवेश किया। कॉलेज से लीव विदाउट पेय पर छुट्टी ले ली।

अपने चुनाव के बाद डॉ. जगन्नाथ मिश्र (लंगट सिंह महाविद्यालय में

अर्थशास्त्र के प्राध्यापक) तिरहुत स्नातक क्षेत्र से विधान परिषद् के लिए खड़े हुए। मैंने उन्हें जनसंघ के समर्थन से जिताया। हमने संस्कृत में शपथ ग्रहण की। इस पर भोला सिंह सोशलिस्ट नेता ने आपत्ति जाहिर की, लेकिन अखबारों ने मेरे संस्कृत में शपथ लेने का समर्थन किया। 1967 से 71 तक बिहार में कई मुख्यमंत्री बदले गए। 1970 में माननीय कर्पूरी ठाकुर मुख्यमंत्री बने। विधान परिषद् में मैं उनके कैबिनेट में शामिल हुआ। लघु सिंचाई योजना का प्रभार मिला। कैबिनेट मीटिंग में कर्पूरीजी अंग्रेजी को मैट्रिक की परीक्षा में स्वैच्छिक बनाने का प्रस्ताव लाए। मैंने विरोध किया। मेरा तर्क यह था कि इससे गरीब के बच्चों को हानि होगी। अमीर के बच्चे ट्यूशन पढ़कर काम चला लेंगे, परंतु गरीब के बच्चे ̈ ? मगर हमारी बात नहीं मानी गई।

एक दिन कैबिनेट में कर्पूरी ठाकुरजी का प्रस्ताव आया कि सभी मंत्री 1500 रुपए की जगह मात्र 500 रुपए वेतन लेंगे। मैंने इसका विरोध किया। मैंने कहा, "मेरा खर्चा 500 रुपए में पूरा नहीं होगा। हमारे घर कई लोग आते रहते हैं, जिनके भोजन, चाय-पानी में खर्चा होता है।" मेरा तर्क सुनकर सभी मंत्रियों ने मेरा समर्थन किया था। मेरे तर्क का मतलब था कि सभी मंत्री ईमानदारी से काम करें।

मंत्री के नाते मैंने कई विभागीय दफ्तरों पर अचानक निरीक्षण किया। अनेक दफ्तरों में गंदगी भरी थी। बिहारशरीफ में कर्मचारी जमीन पर चटाई बिछाकर बैठते थे और गंदगी का अंबार था। पटना में एक सुपरिंटेंडेंट इंजीनियर के दफ्तर में उसके टेबल पर धूल जमी थी। बगल के कमरे में किसी कर्मचारी ने बीड़ी पीकर टूटे भाग को एक कोने में जमा किया हुआ था। मुझे आश्चर्य हुआ। मैंने सभी कर्मचारियों को हटाकर इंजीनियर को समझाया, "आप यहाँ के वरिष्ठ हैं। आप सभी से सफाई का काम करवाएँ।" मैंने ट्यूबवेल कॉरपोरेशन का निर्माण किया। इसके लिए हरियाणा और पंजाब का दौरा किया। वहाँ से आकर मैंने ट्यूबवेल कॉरपोरेशन बनाया। ट्यूबवेल के लोहे का पाइप खरीदने में बहुत भ्रष्टाचार था, उसको मैंने रोका।

1971 में मार्च महीने से वर्षा शुरू हो गई। गेहूँ की फसल अच्छी हुई थी, मगर खलिहान में ही बहुत सारा गेहूँ सड़ गया। मेरे साथ राज्यमंत्री ललित उरांव थे। दक्षिण बिहार में लघु सिंचाई विभाग की ओर से बड़े कुएँ का जोरदार अभियान चलाया गया। एक बार मैं ट्रेन से जहानाबाद गया। मेरे साथ एक चपरासी गांधी टोपी पहने हुआ था। मैं सूट में था। स्टेशन पर ऑफिसर लोगों ने चपरासी को मंत्री समझा और उसी को माला पहना दी।

एक बार जहानाबाद जिले की पुनपुन नदी में दूसरे पार जाना था। एक स्थानीय नेता नदी में चले गए। मैं अपना पैंट उतारकर नदी में चला गया। चीफ इंजीनियर अंडरवीयर नहीं पहने थे तो वे दूसरी ओर काफी घूमकर बहुत देर से आए। एक बार मधुबनी जिले के बाबूवरही गाँव में कार्यक्रम था। नदी में नाव नहीं थी। वहाँ भी पैंट उतारकर नदी पार की। वहाँ साइकिल से गाँव में गया। पहली बार कोई मंत्री साइकिल से किसी कार्यक्रम में पहुँचा। सारे अखबारों में यह खबर छपी थी। वह सरकार भी ज्यादा दिन नहीं टिक पाई। कांग्रेस ने चालाकी से सरकार को च्युत कर दिया। 1974 तक मैं बिहार विधान परिषद् का सदस्य रहा।

पटना में आर ब्लॉक में मेरा निवास था। मंत्रिमंडल भंग होने के बाद मेरे मकान के एक हिस्से में भारतीय मजदूर संघ का कार्यालय बन गया। जिस रात मैं पटना से दिल्ली के लिए विदा हुआ, बाँध के टूटने से भयानक बाढ़ आई और सारे पटना में पानी भर गया। जिस मकान में मैं रहता था, वह भी पानी भरने से नहीं बचा।

□

राज्यसभा की सदस्यता और राजनीतिक गतिविधियाँ

सन् 1974 में मेरा विधान परिषद् का समय पूरा हो गया था। मैंने कॉलेज में जाने का मन बना लिया था। उस समय जगदंबी प्रसाद यादव राज्यसभा में थे। उन्हें दुबारा राज्यसभा में जाने के लिए बिहार जनसंघ से प्रस्ताव पारित किया था। किंतु केंद्रीय समिति ने देश भर से जितने भी सदस्य उस वर्ष राज्यसभा से रिटायर हुए थे, उन्हें दुबारा टिकट न देने का निर्णय लिया। केंद्रीय समिति ने मेरे नाम का प्रस्ताव राज्यसभा के लिए पारित कर दिया। 1974 में हैदराबाद में जनसंघ की केंद्रीय नेताओं की तीन दिनों की बैठक हुई। वहाँ से हम लोग दिल्ली लौटे। 1974 जनसंघ और कांग्रेस 'ओ' की पार्टी के समर्थन से मैं राज्यसभा के लिए निर्वाचित हुआ। दिल्ली जाकर राज्यसभा के लिए संसद् भवन में मैंने संस्कृत में शपथ ग्रहण की। एक दशक पूर्व अपनी पत्नी और एक वर्षीय पुत्र के साथ दिल्ली आया था। घूमते हुए संसद् भवन के पास पहुँचे। पत्नी ने कहा, " क्या आप अंदर नहीं जाएँगे ?"

मैंने कहा था, "नहीं, मैं सदस्य बनकर ही अंदर जाऊँगा।"

मेरा संसद् भवन में सांसद बनकर जाने का पत्नी को दिया हुआ वचन पूरा हुआ। उस वर्ष मेरे साथ जनसंघ के श्री भैरों सिंह शेखावत, उ.प्र. से श्री प्रकाश वीर शास्त्री, श्री सुब्रह्मण्यम स्वामी राज्यसभा में सदस्य चुनकर आए थे।

उस समय कनार्टक के पुराने नेता श्री जट्टी राज्यसभा के सभापति थे। मेरा आवास विट्ठल भाई पटेल हाउस में दिया गया। उन दिनों एक सांसद को पाँच सौ रुपए महीने का वेतन मिलता था, जिसमें मकान-भाड़ा, बिजली-पानी का खर्च काट लिया जाता था। परिवार रखना बहुत मुश्किल था, इसलिए मेरी पत्नी और बच्चे मुजफ्फरपुर में ही रहते थे।

1975 के जनवरी महीने में समस्तीपुर में ललित नारायण मिश्र के ऊपर बम से हमला हुआ, जिसमें उनकी मृत्यु हो गई और कई लोग घायल हुए।

15 जनवरी को मुझे मीसा के तहत हिरासत में ले लिया गया। मुजफ्फरपुर के कई दलों के कुछ और नेता भी हिरासत में ले लिये गए थे। जब पटना हाई कोर्ट में जज ने सरकारी वकील से पूछा, "रामकृपाल सिंह को क्या आपने स्मलिंग के आरोप में बंदी बनाया है?" सरकारी वकील ने कहा, "हम लोग उनको छोड़ रहे हैं।" दो सप्ताह के अंदर मुझे छोड़ दिया गया। 1975 के मई में इलाहाबाद हाई कोर्ट में इंदिरा गांधी की चुनाव में जीत अवैध घोषित कर दी गई, इसलिए चारों तरफ शोर-गुल होने लगा। इंदिरा गांधी पर इस्तीफा देने का दवाब बढ़ने लगा, मगर इंदिरा गांधी ने देश पर आपातकाल लागू कर दिया। 21 जून, 1975 को आपातकाल घोषित कर दिया गया। उस दिन मैं अपने चचेरे साले कामोद प्रसाद के शादी में मुजपफरपुर कलक्टर से गाड़ी लेकर गया था। दूसरे दिन साहेबगंज बाजार में एक जनसभा हुई। हम लोग आपातकाल का अर्थ नहीं समझ पा रहे थे। धीरे-धीरे सूचना बाहर आने लगी कि सभी विरोधी पक्ष के केंद्रीय नेताओं को हिरासत में ले लिया गया। मोरारजी देसाई, चंद्रशेखर, अटल बिहारी वाजपेयी, आडवाणीजी जैसे सभी बड़े नेता जेल में बंद कर दिए गए। मुझे खोजने पुलिस दल मेरे निवास मुजफ्फरपुर पर आए थे, संयोग से मैं वहाँ नहीं था। कुछ दिनों तक मैं इधर-उधर छिपता रहा। बाद में दिल्ली चला गया।

आपातकाल के दौरान हजारों बेकसूर लोग जेल में डाले गए। बहुत से नेता भूमिगत हो गए। जॉर्ज फर्नांडिस पर गंभीर आरोप लगाए। इस बीच सत्तापक्ष के द्वारा जबरन नसबंदी का अभियान शुरू किया गया। यह तांडव 1977 तक चलता रहा। इस बीच इंदिराजी ने लोकसभा के पाँच साल का समय एक साल और बढ़ा दिया। 1977 के जनवरी में लोकसभा के चुनाव की घोषणा की गई। राजनीतिक दल दुविधा में थे। चुनाव लड़ा जाए या विरोध किया जाए।

1976 के 28 अक्तूबर को मेरी बेटी का जन्म हुआ, जिसका नाम मीनाक्षी (मिली) रखा गया। तीन बेटे के बाद जन्म ली हुई बेटी को हमारे समाज में 'तेतर बेटी' कहा जाता है। बिहार में एक कहावत है, 'तेतर बेटी राज कराए।' जनवरी में वह अपनी माँ के साथ जिस दिन दिल्ली आई, उसी दिन इंदिराजी ने चुनाव की घोषणा कर दी। जयप्रकाशजी बंबई में थे। मैं उनसे मिलने गया। उनसे कुछ महत्त्वपूर्ण बातें हुईं।

सरकार का सबसे अधिक गुस्सा राष्ट्रीय स्वयंसेवक संघ पर पड़ा। राष्ट्रीय स्वयंसेवक संघ को गैर-कानूनी घोषित कर दिया गया। उनके प्रमुख नेताओं को जेल में डाल दिया गया। कई नेता जेल से ही चुनाव लड़े। जैसे जॉर्ज फर्नांडिस। सारे देश में चुनाव का माहौल गरमाने लगा। सभी प्रमुख विरोधी दल एक ही चुनाव चिह्न पर लड़े—हल छाप पर। सभी पार्टियों को एक मंच और एक ही चुनाव-चिह्न अपनाने का जयप्रकाशजी का प्रयास ज्यादा कारगार साबित हुआ था। चुनाव के परिणाम में राजस्थान में मात्र एक सीट छोड़कर सारे उत्तर भारत में कांग्रेस को बंगाल से लेकर पंजाब तक कहीं एक भी सीट नहीं मिली, लेकिन दक्षिण भारत में कांग्रेस को 151 सीटें मिल गईं। नवनिर्वाचित सांसदों ने गांधीजी की समाधि पर जाकर शपथ ग्रहण की।

अब प्रधानमंत्री कौन बने, इस पर राजनीति शुरू हुई। कुछ लोग जगजीवन राम को बनाना चाहते थे, लेकिन चरण सिंह ने विरोध किया। अंत में मोरारजी देसाई के नाम पर सहमति बनी। मोरारजी के साथ मैं भी राष्ट्रपति भवन में गया। मोरारजी ने प्रधानमंत्री पद की शपथ ली। उनके साथ जनसंघ से अटल बिहारी वाजपेयी, श्री लालकृष्ण आडवाणी और श्री वृजलाल वर्मा, तीन कैबिनेट मंत्री बनाए गए। सभी पार्टियों के प्रमुख नेताओं को कैबिनेट में स्थान दिया गया। देश में पहली बार विरोधी दलों की सरकार (जनता पार्टी) की सरकार बनी थी। चंद्रशेखर उस पार्टी के अध्यक्ष बनाए गए थे।

□

केंद्र में मंत्री और विदेश प्रवास

12 अगस्त, 1977 को राज्यमंत्रियों को शपथ ग्रहण कराया गया, जिसमें मेरा भी नाम था। मुझे संसदीय कार्य और श्रम विभाग का राज्य मंत्री बनाया गया। मेरे कैबिनेट मंत्री रविंद्र वर्मा थे। वे राँची से लोकसभा में कांग्रेस 'ओ' से जीते थे। शपथ ग्रहण के दिन मैं नॉर्थ एवेन्यू के एक फ्लैट में था। बाद में 16 अशोक रोड में चला गया। मैंने श्रम विभाग के लिए श्री उपेंद्र कुमार, जो सुरक्षा विभाग में पदाधिकारी थे, उनको अपना निजी सचिव नियुक्त किया। श्री देसराज तिवारी को संसदीय कार्य के लिए अपना निजी सचिव नियुक्त किया।

मोरारजी देसाई एक अच्छे प्रशासक थे। वे अपने सादे जीवन और रहन-सहन के लिए प्रसिद्ध थे। वे सवेरे 4:30 बजे जगते थे और सात बजे से लेकर रात नौ बजे तक काम करते थे। और 10 बजे के पहले अवश्य सो जाते थे। मुझे वे बहुत मानते थे। सरकार में रहते हुए बड़े नेताओं की सत्ता की अभिलाषा खत्म नहीं हुई थी, इसलिए चरण सिंह, जगजीवन राम, चंद्रशेखर—ये तीन नेता बराबर इस धुन में थे कि वे प्रधानमंत्री बन जाएँ।

विदेश विभाग के विदेश मंत्री श्री अटल बिहारी वाजपेयी की ओर से मुझे क्यूबा जाने का आदेश मिला। मेरी प्रथम विदेश यात्रा थी। क्यूबा पहुँचने का रास्ता बहुत टेढ़ा-मेढ़ा था। दिल्ली से लंदन गया, लंदन से मैड्रिट। एक रात कनाडा में मेरे साथ विदेश विभाग के क्लाइंट सेक्रेटरी थे। कनाडा में एक रात बिताने के बाद हम लोग क्यूबा के लिए प्रस्थान कर गए। क्यूबा के हवाना एयरपोर्ट पर वहाँ के विदेश मंत्री मेरे स्वागत के लिए उपस्थित थे। दूसरे दिन समारोह में केस्ट्रो से मिला। तीन-चार दिन क्यूबा में रहा। वहाँ तंबाकू और ईख की खेती बड़े पैमाने पर हो रही थी। मैंने एक खेत में स्कूली बच्चों को तंबाकू का पौधा लगाते देखा। लौटने के बाद एक दिन न्यूयॉर्क से वॉशिंगटन में रुका। कई दर्शनीय स्थानों पर गया। क्यूबा से विदाई के

समय मुझे रम की कई बोतल और सिगार के डिब्बे उपहार में दिए गए। मैंने रम की बोतल होटल कर्मचारियों को बाँट दी और सिगार दिल्ली में सिगार पीनेवाले सांसद श्री दिग्विजय नारायण सिंह, श्री वसंत नारायण सिंह, श्री दिनेश सिंह को भेंट कर दी।

इसी बीच प्रधानमंत्री मोरारजी देसाई आसाम की यात्रा पर गए। उनका प्लेन क्रैश कर गया, जिसमें कई कर्मचारी मारे गए, लेकिन कर्मचारियों ने अपनी जान पर खेलकर प्रधानमंत्री के जीवन की रक्षा की। बाद में प्रधानमंत्री ने मुझे बताया कि उन्हें शरीर में काफी चोट आई थी।

दूसरे साल मैं 1979 में इंटरनेशनल लेवर ऑर्गेनाइजेशन की ओर से मोरक्को के मराक्के शहर में सम्मेलन में गया। मोरक्को में कुछ भारतीय व्यक्ति भी व्यापार करते हैं। मैं उनसे मिला। उन लोगों ने मुझे अपनी एक बैठक में बुलाया। मेरे सामने अपनी कठिनाइयाँ रखीं, जिनमें सबसे महत्त्वपूर्ण बात यह थी कि हिंदू के नाते मरने के बाद उन्हें श्मसान की सुविधा नहीं थी। उन्हें मृत शरीर को जल में प्रवाह करना पड़ता था। दूसरे दिन मैं मोरक्को के प्रधानमंत्री से मिलनेवाला था। मैंने प्रधानमंत्री से उनकी कठिनाइयों के बारे में चर्चा की। वहाँ से मैं पेरिस लौटा। पेरिस में एक शाकाहारी भोजनालय में खाना खाया। सरकारी व्यवस्था से मैं एक होटल में था। वहाँ मैंने कुछ पुराने कपड़े धोने के लिए दिए। उसकी धुलाई 150 फ्रेंक्स थी। मेरे उन पुराने कपड़ों के मूल्य से भी कई गुणा ज्यादा। मैंने सोचा कि कपड़े को वहीं छोड़ देता हूँ, लेकिन भारतीय दूतावास के कर्मचारियों ने समझाया कि इससे देश की बदनामी होगी।

वहाँ से मैं मॉस्को पहुँचा। मॉस्को हवाई अड्डे पर वहाँ के सरकारी पदाधिकारीगण मेरे स्वागत के लिए आए हुए थे। मुझे एक होटल में ठहराया गया। उन दिनों इंद्र कुमार गुजराल मॉस्को में भारत के राजदूत थे। दूसरे दिन मॉस्को में मैं एक रेडीमेड कपड़े का सिलाई केंद्र देखने गया। शीशे के एक कारखाने को देखने गया। बाद में मैं रूस के श्रम मंत्री से मिला। उनसे श्रम संबंधित कई बिंदुओं पर चर्चा हुई। फिर मैं दक्षिण रूस के किस्लोवोदी में गया। वहाँ के कई शहरों में घूमा। एक फार्म में भी गया। एक चर्च में सभी भक्त हाथ में छोटी-छोटी किसी वृक्ष की टहनी लिये थे। वहाँ मैंने चर्च के सामने दो-तीन लोगों को भीख माँगते हुए देखा। वहाँ के शहर में एक विशाल कब्रगाह है, जिसमें एक रूसी माँ की बहुत बड़ी मूर्ति है। रूस और उसके कई हिस्सों में जल चिकित्सा तथा मिट्टी चिकित्सा के अस्पताल मैं देखने गया। वहाँ बाथटब में मिट्टी की चिकित्सा कर सुलाया

गया। मैं पीटसबर्ग 'लेनिनग्राद' गया। रूस के उत्तरी किनारे पर यह शहर बसा है। लेनिनग्राद में मैं एसमोलनी मकान देखा, जिसमें लेनिन रहते थे। मॉस्को में लेनिन का शव दर्शन के लिए रखा हुआ था। मैं भी वहाँ गया। यात्रा से एक रात पहले भारतीय दूतावास में इंद्र कुमार गुजरालजी ने मुझे भोजन पर बुलाया। भोजन कराते हुए श्रीमती गुजराल ने मुझे सूचित किया कि डिप्लोमैटिक बैग में आपके लिए भारत से हरी सब्जियाँ मँगाई हैं।

श्री गुजराल ने सूचना दी कि बिहार में कर्पूरी ठकुर को हटाकर रामसुंदर दास को मुख्यमंत्री बनाया गया। यह सूचना मेरे लिए सुखकर नहीं थी। मैंने गुजराल से कहा कि जनता पार्टी के लिए यह परिवर्तन घातक होगा। मैं दूसरे दिन दिल्ली पहुँच गया।

मैं दो वर्षों तक केंद्रीय मंत्री रहा। इस बीच देश के कई हिस्सों में ई.एस.आई. के अस्पतालों गें निरीक्षण किया। देश में कई जगह वर्कर्स एज़ुकेशन सेंटर थे। उनमें कई सुधार किए।

जब मैं दिल्ली में मंत्रिमंडल में था, मेरे भाई मदन सिंह को हार्ट अटैक हुआ। उसके कारण उनकी मृत्यु हो गई। मैं कोटा पहुँचा और उनका अंतिम संस्कार वहीं नदी के किनारे किया। उनके परिवार को लेकर अपने साथ दिल्ली लौट आया। उसके कुछ दिन पूर्व मैं मृदुलाजी के साथ कश्मीर घूमने गया था। वहाँ पहाड़ी रास्ते पर चलने से मृदुलाजी की साँस फूलने लगती थी। एक बार हम लोग हिमाचल भी गए।

एक दिन मैं संसद् में व्यस्त था। अचानक मृदुलाजी के बेहोश होने की खबर आई। मुझे डॉ. राम मनोहर लोहिया अस्पताल ले जाया गया। डॉक्टरों की कुशलता के कारण पता चला कि उनके गर्भाशय में एक गाँठ थी और वह अंदर ही फट गई थी, जिसके कारण शरीर पीला हो रहा था। ऑपरेशन हुआ। मृदुलाजी के प्राण बच गए।

मेरे छोटे बेटे परिमल की मायोपैथिक बीमारी बढ़ती गई। उसका विश्व भर में कोई इलाज नहीं निकला है। अपने घर पर तरह-तरह के प्रयोग किए गए, लेकिन कोई लाभ नहीं दिखा। इसी बीच मोरारजी ने अपने मंत्रिमंडल से राजनारायण और चरण सिंह को बाहर कर दिया था। अटल बिहारी वाजपेयी तथा अन्य नेताओं के समझाने पर चरण सिंह को वापस ले लिया, लेकिन किसी भी हालत में राजनारायण को लेने को तैयार नहीं हुए। उधर बिहार और उत्तर प्रदेश में कांग्रेस के समर्थन से मुख्यमंत्री बन गए। इन सबका प्रभाव दिल्ली की सरकार पर पड़ा और मधु लिमये

इत्यादि नेताओं ने मिलकर चरण सिंह को बगावत के लिए खड़ा कर दिया। अपना अल्पमत स्वीकार करते हुए मोरारजी भाई ने राष्ट्रपति के पास जाकर अपना त्याग-पत्र दे दिया। सभी निजी अधिकारीगण मुझसे मिलना चाहते थे। मैं कोठी के पीछे लॉन में मृदुलाजी के साथ बैठा था। दोनों चुपचाप। एक अधिकारी को अपनी ओर आते देख मैं समझ गया कि वे मुझे बुलाने आ रहे है। मैं झटके से उठा। उठते हुए पत्नी से कहा, "जस की तस धर दीन्ही चदरिया।" उसकी ओर देखा और आगे बढ़ गया। यह बात मैं और किसी से नहीं कह सकता था। बाद में चरण सिंह प्रधानमंत्री बने। लेकिन पहले ही दिन कांग्रेस ने उनसे समर्थन वापस ले लिया। इस तरह जनता पार्टी का प्रयोग विफल हो गया।

चरण सिंह के सामने कोई रास्ता नहीं था। उन्हें आम चुनाव की घोषणा करनी पड़ी। 1980 में चुनाव संपन्न हुआ। इस चुनाव में इंदिरा गांधी विजयी हो गईं। चुनाव के बाद जनता पार्टी पदाधिकारियों की बैठक हुई, जिसमें मैं भी शामिल था। जनसंघ को आर.एस.एस. से संबंध विच्छेद करने का प्रस्ताव लाया गया। उसी समय जनसंघ के कार्यकर्ताओं का दिल्ली में सम्मेलन हुआ। उसमें जनता पार्टी से विच्छेद कर नई पार्टी के गठन का निश्चय हुआ। नई पार्टी का नाम 'भारतीय जनता पार्टी' रखा गया। भारतीय जनता पार्टी में कांग्रेस के कई नेता शामिल हो गए। शांति भूषण, सिकंदर बख्त जैसे नेता प्रमुख थे।

1980 के जनवरी में मेरी दादी का देहांत हो गया। उसके कुछ दिनों बाद मेरे पिताजी भी हमें छोड़ गए। मैंने ही मुखाग्नि दी। लगभग 15 दिनों तक मैं लगातार गाँव में ही रहा। श्राद्ध भोज में मृदुलाजी ने बढ़-चढ़कर व्यवस्था में हिस्सा लिया। अब मैं स्थायी तौर पर मुजफ्फरपुर में ही रहने लग गया।

राज्यसभा का मेरा कार्यकाल समाप्त हो चुका था। मैं मुजफ्फरपुर में लौटकर रामदयालु कॉलेज में पुनः अपने पद पर आ गया। मृदुलाजी और बच्चे पढ़ाई के लिए दिल्ली में ही रह गए। हम लोग सरकारी मकान छोड़कर राजेंद्र प्रसाद रोड में आ गए। बाद में अश्विनी कुमारजी राज्यसभा के सदस्य बने। उन्हें विट्ठल भाई पटेल हाउस में आवास मिला। हमारा परिवार भी उनके आवास में रहने लगा। सरकार में मंत्री रहने के समय डी.डी.ए. से सांसदों के लिए भूमि आवंटन का प्रावधान मृदुलाजी को पता लगा। मैं दिल्ली में मकान नहीं बनाना चाहता था, लेकिन मृदुलाजी ने पाँच हजार रुपए (अपने भाई से उधार लेकर) जमा कर जमीन के लिए नामांकन करा लिया। इस बात को लेकर हमारे बीच मतभेद भी उभरा। दिल्ली में

मकान बनाने के मैं बिल्कुल विरुद्ध था। मोरारजी भाई ने दिल्ली में मकान के लिए जमीन संसद् सदस्यों के बीच आवंटन के लिए प्रतिबंध लगा दिया था। पुनः कांग्रेस की सरकार आने पर 25-30 पूर्व सांसद जमीन आवंटन के लिए बाकी रह गए थे। उसमें मेरा भी नाम था। संयोग से अंतिम इंस्टॉलमेंट के लोगों को जमीन आवंटित कर दी गई। मुझे रोहिणी के प्रशांत बिहार में जमीन मिली थी, लेकिन हमने उसे नापसंद किया और फिर कालकाजी में हमें एक छोटा सा प्लॉट मिला। मेरे पास पैसे नहीं थे। मैंने सोचा, अश्विनीजी को दे दूँ और उसमें से एक फ्लैट वे मुझे दे दें। मगर मृदुलाजी ने इसे स्वीकार नहीं किया। 1984 में हमें जमीन भूखंड का अधिकार मिल गया। धीरे-धीरे हम लोग मकान बनाने लग गए। एक लाख रुपए एल.आई. सी. से कर्ज लिया। हमने कालकाजी के मकान को भाड़े पर लगा दिया। इस बीच 1984 में मैं भाजपा से सीतामढ़ी लोकसभा से चुनाव में कूद गया। चुनाव प्रारंभ होने के पूर्व इंदिरा गांधी की हत्या हो गई थी। चुनाव पर बहुत प्रभाव पड़ा। कांग्रेस और राजीव गांधी के पक्ष में 400 से अधिक सदस्य आए। भाजपा को केवल दो सीटें प्राप्त हुईं। एक आंध्र प्रदेश से और एक गुजरात से। अटल बिहारी वाजपेयी सहित बड़े नेता चुनाव हार गए।

इस बीच बिहार में विधानसभा चुनाव की घोषणा हुई। मैं 1990 में कांटी से भाजपा का प्रत्याशी बना। चुनाव हार गया। उसके पूर्व 1988 के प्रथम जनवरी को मेरे तृतीय पुत्र परिमल का देहांत हो गया। उसी वर्ष द्वितीय पुत्र प्रवीण सिन्हा अमेरिका में पढ़ने के लिए चला गया। उसका पहला एडमिशन माउंटोना स्टेट विश्वविद्यालय में हुआ। बाद में पुलमैन विश्वविद्यालय में चला गया। इसी बीच हमने बड़े पुत्र नवीन सिन्हा की शादी का निर्णय ले लिया। मुजफ्फरपुर के निकट कमतौल गाँव में श्री कामेश्वर प्रसाद शाही बरौनी के ऑयल रिफाइनरी में बड़े अफसर थे। उनकी बेटी पढ़ी-लिखी और देखने में सुंदर थी। वे दिल्ली में कालकाजी के देशबंधु अपार्टमेंट के एक फ्लैट में रहते थे। हमारा परिवार उन दिनों विट्ठल भाई पटेल हाउस में रहता था। हमने 10 राजेंद्र प्रसाद रोड, नई दिल्ली से शादी की व्यवस्था की। शादी में शामिल होने के लिए प्रवीण भी अमेरिका से आ गया। हमारे गाँव से भी हमारे छोटे भाई अभय सिंह अपने परिवार के साथ शादी में शामिल होने के लिए दिल्ली पहुँचे। बारात में श्री लालकृष्ण आडवाणी और वाजपेयीजी के साथ अन्य वरिष्ठ नेता भी शामिल हुए। शादी से पहले कालकाजी में मेरे घर के निचले तल का निर्माण हो चुका था, जिसे हमने किराए पर लगा दिया था। बाद में दूसरे तल

और अंतिम तल का निर्माण कार्य शुरू हुआ। कुछ दिनों तक नई दुलहन विट्ठल भाई पटेल हाउस में रही। बाद में परिवार सहित अपने मकान कालकाजी में रहने चला गया। कॉलेज में अध्यापन के साथ-साथ बाकी समय में मैं भाजपा का कार्य करता था। इसके लिए मुझे पटना कार्यालय में हफ्ते में दो-तीन दिन रहना पड़ता था। 1990 में मेरी बड़ी पोती हंसा सिन्हा और 1995 में दूसरी पोती समृद्धि सिन्हा का जन्म हुआ।

1995 में उत्तर प्रदेश के विधानसभा चुनाव हुए, जिसमें कई जिलों में प्रचार के लिए घूमता रहा।

□

कॉलेज से सेवा-मुक्त

सन् 1996 के 3 जनवरी को मैं कॉलेज की नौकरी से सेवामुक्त हो गया। इसके बाद मैं दिल्ली चला आया। माननीय आडवाणीजी उस समय पार्टी के अध्यक्ष थे। उन्होंने उस समय मुझे बीजेपी का कार्यालय मंत्री घोषित कर दिया। 1996 में अटल बिहारी वाजपेयी ने 13 दिनों तक प्रधानमंत्री के पद पर रहकर बाद में एक वोट से बहुमत खो दिया। फिर दुबारा चुनाव हुआ। इस बीच कारगिल में पाकिस्तान की ओर से हमला बोल दिया गया। भारतीय जवानों ने मुँहतोड़ जवाब दिया और कब्जा किए हुए जगहों को मुक्त करा लिया गया। दुबारा चुनाव हुआ। एन.डी.ए. को बहुमत प्राप्त हुआ। अटल विहारी वाजपेयी दुबारा प्रधानमंत्री बने। फिर 13 महीने के बाद सरकार अपना बहुमत जुटाने में असफल हो गई। जिससे पुनः एक बार सरकार गिर गई। पुनः चुनाव हुआ। इस बार एनडीए को पूर्णतः बहुमत हासिल हुआ और सरकार पूरे पाँच साल चली। भा.ज.पा. की सरकार ने सभी क्षेत्रों में महत्त्वपूर्ण काम किए। प्रधानमंत्री की सबसे बड़ी उपलब्धि सारे देश में नेशनल हाईवे का विस्तार करना रहा।

अटलजी की सरकार में मृदुलाजी को केंद्रीय समाज कल्याण बोर्ड का अध्यक्ष बनाया गया। अध्यक्ष के नाते उन्हें सरकार की ओर से 10 ए, राजाजी मार्ग में आवास आवंटित किया गया। हम दोनों कालकाजी से वहाँ रहने चले गए।

1998 में मेरी बेटी मिली पी–एच.डी. के लिए अमेरिका गई। इसी वर्ष मेरे द्वितीय पुत्र प्रवीण सिन्हा ने स्वेच्छा से हिमाचल प्रदेश की रहनेवाली कल्पना कंवर से शादी कर ली। 2001 में बड़ा पोता ध्रुव और 2003 में छोटा पोता धीर का जन्म हुआ। उसके जन्म के समय मृदुलाजी अपनी बहू की सेवा के लिए अमेरिका गई थीं।

मैं 2002 तक केंद्रीय कार्यालय में कार्यालय मंत्री रहा। बाद में मैं श्यामा प्रसाद मुखर्जी स्मृति न्यास का सचिव बन गया। नई दिल्ली सरकार से न्यास के

लिए एक जमीन आवंटित हुई थी। मैंने वहाँ पर एस्बेस्टर सेड बनाकर दफ्तर खोला। कुछ कर्मचारियों के लिए भी आवासीय मकान बनवाए। 2006 में श्यामा प्रसाद मुखर्जी न्यास से हट गया।

2009 में श्री लालकृष्ण आडवाणीजी संसदीय दल के नेता थे। उन्होंने मुझे संसदीय दल का कार्यालय मंत्री बनाया। मेरे सहयोग के रूप में शणमुखनाथजी थे। कार्यालय मंत्री के नाते मेरे मन में एक विचार आया कि नए सांसदों को अपना अनुभव बताऊँ। प्रत्येक मंगलवार को संसदीय दल की बैठक होती थी। उसमें संसद् में किन–किन मुद्दों पर बात उठानी है, उसकी चर्चा होती थी।

2010 में मेरी पुत्री मीनाक्षी सिन्हा का विवाह डॉ. रणवीर चंद्रा से तय हुआ। विवाह के लिए हम सपरिवार कैलिफोर्निया पहुँचे। वहाँ एक मंदिर में विवाह संपन्न हुआ। मेरी बेटी कैलिफोर्निया की एक अच्छी कंपनी में कार्यरत थी और दामाद श्री रणवीर चंद्रा माइक्रोसॉफ्ट में एक वरीय पदाधिकारी थे। विवाह के बाद भारत बुलाकर दिल्ली में उन लोगों के स्वागत समारोह का आयोजन हुआ। उसी समय मैं गंभीर बीमारी से पीड़ित हुआ। मुझे दिल्ली के एस्कॉर्ट अस्पताल में भर्ती कराया गया। 9 दिनों तक वेंटिलेटर पर रहा। वेंटिलेटर से निकलने के बाद कई तरह की विकृतियाँ आ गईं।

मेरे अस्वस्थ होने पर सभी को आश्चर्य हुआ। पार्टी के सभी वरिष्ठ नेतागण मुझसे मिलने अस्पताल पहुँचे। अस्पताल से छुट्टी मिलने पर मैं पुनः पार्टी संसदीय कार्यालय जाने लगा।

2014 में एन.डी.ए. को पूर्ण बहुमत मिला। श्री नरेंद्र मोदी प्रधानमंत्री बने। श्री वेंकैया नायडू संसदीय कार्य मंत्री बने। उन्होंने मुझसे कहा कि आप इस्तीफा दे दीजिए। मैंने श्री नरेंद्र मोदीजी से पूछकर अपना इस्तीफा दे दिया।

2014 के अगस्त महीने में मृदुलाजी को गोवा की राज्यपाल घोषित किया गया। 31 अगस्त, 2014 को मृदुलाजी ने शपथ ग्रहण की। उसके बाद मैं उनके साथ गोवा रहने लगा।

राज्यपाल पद पर रहते हुए मृदुलाजी ने कई अनोखे काम किए। देश के बड़े साहित्यकारों में उनका नाम बड़े सम्मान से लिया जाता है। उनकी अब तक लगभग 75 किताबें प्रकाशित हो चुकी हैं।

□

मुझसे लिये गए साक्षात्कार के अंश···

1. विवाह के लिए लड़की चयन का क्या आधार था?

उत्तर : मेरा विवाह 1959 के 22 जून को हुआ। मैं कॉलेज में (बंगाल) व्याख्याता हो चुका था। मैंने बिहार के लक्खीसराय स्थित उस स्कूल की बढ़ाई सुनी थी। उस स्कूल में सादगी से रहना तथा हर लड़की को अपने हाथ से काम करना सिखाया जाता था। आश्रम स्कूल था। मेरे दो शिक्षकों के साथ एक लड़कीवाले मेरे गाँव आए। विवाह पारिवारिक स्तर पर तय हुआ। मैंने लड़की देखे बिना ही हामी भर दी।

2. राजनीति का सफर कब से शुरू हुआ? दोनों में क्या भिन्नता है और क्या समानता है?

उत्तर : विद्यार्थी जीवन से ही मैं राजनीति की दृष्टि से जागरूक था। मेरे पिताजी कांग्रेस के कर्मठ सदस्य थे। उन्हें गाँव में लोग नेताजी कहते थे। 1952 के विधानसभा चुनाव में मेरे पिताजी कांग्रेस के लिए काम और मेरे गाँव के हम सब युवक समाजवादी पार्टी के लिए काम कर रहे थे। मेरे पिताजी ने मुझसे नाराज होकर मैट्रिक की परीक्षा की फीस के लिए पैसा देने से मना कर दिया। बाद में एक मित्र के समझाने पर वे फीस की राशि देने के लिए तैयार हुए। पटना कॉलेज में मैं सोशलिस्ट मंच का सेक्रेटरी बनाया गया। 1960 में मुजफ्फरपुर के कॉलेज में पढ़ाते समय मैं राष्ट्रीय स्वयंसेवक संघ के संपर्क में आया। मैं बिहार विश्वविद्यालय विद्यार्थी परिषद् का प्रथम अध्यक्ष बना। मुजफ्फरपुर जिले में जनसंघ पार्टी का अध्यक्ष बनाया गया। 1967 में जनसंघ पार्टी की ओर से विधानसभा का चुनाव लड़ा। कुछ मतों से हार हुई।

दो व्यक्ति कभी एक समान नहीं होते। हम दोनों में भी कुछ-कुछ भिन्नताएँ हैं। लेकिन इस कारण जीवन जीने की राह में रुकावटें नहीं आतीं। भिन्नताओं के

बीच सहमति आसानी से बनती रही है।

3. घर की जिम्मेदारी किस पर है?

उत्तर : 1968 में बिहार विधान परिषद् में जनसंघ पार्टी का पहला दीपक बना। मेरी पत्नी 1964 में एम.ए. करके मोतिहारी महिला कॉलेज में लैक्चरर हो गईं। मैं 1971 में बिहार की संविद सरकार में कैबिनेट मंत्री बना। आपातकाल के लागू होने के पूर्व मुझे 'मीसा' में गिरफ्तार कर लिया गया। 1974 में राज्यसभा का सदस्य बना। 1977 में जनता पार्टी बनने पर वहाँ भी मंत्री बना। मेरी पत्नी राजनीति के बारे में उदासीन थीं। वे व्याख्याता का कार्य छोड़कर भारतीय शिशु मंदिर की प्राचार्या बनीं। इन्होंने अपनी योग्यता और लगन से शिशु मंदिर की ख्याति फैलाई। उस विद्यालय में पढ़े बच्चों का संस्कार विशेष दिखता है। बाहरी जिम्मेदारियों के साथ-साथ घर की पूर्ण जिम्मेदारियाँ उन पर ही रहीं। घर बनवाने से लेकर रखरखाव तक।

4. पत्नी की कौन सी बात आपको विशेष पसंद है?

उत्तर : कोई दो व्यक्ति सभी बातों में समान नहीं हो सकते। मेरी पत्नी सफाई पसंद हैं। वे सुस्वादु भोजन और अच्छे कपड़े की रुचि रखती हैं। सबके साथ मीठा व्यवहार रखना उनके विशेष गुण हैं। वे बराबर रचनात्मक विचार और व्यवहार रखती हैं। गाँव, मुजफ्फरपुर और दिल्ली में मेरे विरोध के बावजूद मकान बनवाया। आर्थिक तंगी और बच्चे की बीमारी को झेला। घर के परिवेश को बिगड़ने नहीं दिया। मेरी पत्नी धीरे-धीरे एक नामी लेखिका बन गईं। यह उपलब्धि उनके परिश्रम के बल पर ही मिली है। मुझे स्मरण नहीं कि हम दोनों में कभी लड़ाई हुई हो। मुझे एक सुघड़, व्यावहारिक, सहृदय और कर्मठ पत्नी मिली।

5. वह कौन सी आदत/रुचि आपमें है, जो वे बदलना चाहती हैं?

उत्तर : मेरी कई आदतें हैं, जिनको वे बदलना चाहती रहीं, पर मैं बदल नहीं सका। अब तो वे भी हार गईं।

6. आप स्वयं प्रोफेसर रहे हैं। विद्यार्थियों के लेखन का वर्गीकरण करते तथा अंक देते रहे हैं। आप अपने वैवाहिक जीवन को कौन सा रैंक देंगे?

उत्तर : मेरा वैवाहिक जीवन सफल रहा है। मैं संतुष्ट हूँ। मैं अपने वैवाहिक जीवन को सुखी और यशस्वी मानता हूँ।

□

अनुभव निचोड़

पिछले 3 अप्रैल, 2019 को मैंने अपनी आयु के 85 वर्ष पूरे किए हैं। इस जीवन यात्रा में खेतों में काम करने वाले मजदूरों से लेकर देश के चार-चार प्रधानमंत्रियों से भी घनिष्ट संबंध रहे हैं। माता-पिता, भाई-बहन, दादी-दादा के साथ अन्य संबंधियों और मित्रों से भी। घर या दफ्तर में काम करने वाले सेवक-सेविकाएँ भी हमारे स्नेह-भाजक बने और हम उनके आदर के पात्र। जो कुछ दिन साथ रहकर चले गए, उनकी भी स्मृतियाँ सहलाती रहती हैं।

सबसे अधिक समय तक कदम-से-कदम मिलाकर साथ चलने वाली मेरी पत्नी मृदुला सिन्हा रही हैं। प्रारंभ में रुचियाँ भिन्न-भिन्न थीं। साथ चलते-चलते सोच-विचार और व्यवहार में हम एक होते गए। इस 60 वर्षीय यात्रा में किसकी अधिक चली, कहना कठिन है। परिवार और सार्वजनिक जीवन में भी हमारे कदम समानांतर रहे। सभी ओर रिश्तेदारों एवं मित्रों का स्नेह प्राप्त करते हुए।

इस यात्रा में उतार-चढ़ाव भी आए। कभी धूप, कभी छाँह। हम दोनों ने अपनी सम्मिलित सूझ-बूझ और व्यवहार से दुःख में शांत रहकर एक-दूसरे को शक्ति दी, वहीं जब-जब पारिवारिक, राजनीतिक और साहित्यिक जीवन में मानो कड़कड़ाती ठंड में धूप आई, शांत मन से ही सेवन किया।

बच्चों के लालन-पालन में कष्ट तो हुआ, लेकिन इस उम्र में आकर अपने तीनों संस्कारी बच्चों और उनकी संतानों की बढ़त देखकर हृदय से जुड़ा जाते हैं।

इस यात्रा में मेरे छोटे भाई अभय सिंह, उनकी पत्नी मिथिलेश, बहन सुशीला मिश्र एवं उसके स्व. पति कामेश्वर मिश्र का भी रचनात्मक सहयोग रहा। हमारे तीनों समधी-समधिन कामेश्वर शाही और वैदेही शाही, श्री कँवर दंपती एवं श्री रमेश तिवारी और सौ. राधिका तिवारी भी हमारी जीवनयात्रा में साथ-साथ हो गए।

सार्वजनिक जीवन में शीर्ष नेताओं से लेकर निचले पायदान पर खड़े हजारों

कार्यकर्ताओं को समुचित यथायोग्य भाव दिया और लिया।

इस यात्रा में हमारे मित्रों की संख्या इसलिए भी बढ़ गई कि मृदुला सिन्हाजी के सभी मित्र मेरे और मेरे सभी मित्र उनके मित्र होते गए।

अपने सफल वैवाहिक जीवन के हर पल को खँगालते हुए इस स्थिति में आया हूँ कि युवाओं को यह सीख दे सकूँ—'चार पाँवों पर चलते हुए कभी आगे बढ़ने की दौड़ में नहीं फँसे। कदम मिलाकर चलते हुए एक-दूसरे का सहयोग और सम्मान करते रहें। दोनों का अटूट और अनुराग भरा संबंध हो तो बादल छँट जाते हैं। धूप खिल जाती है।' कवि ने ठीक ही कहा है—

'यह जीवन क्या है निर्झर है
मस्ती ही इसका पानी है
सुख-दुःख के दोनों तीरों से
चल रहा है राह मनमानी है।'

□□□